从私塾到北大

卞毓方 著

作家出版社

图书在版编目（CIP）数据

从私塾到北大 / 卞毓方著. -- 北京：作家出版社，
2024. 12. -- ISBN 978-7-5212-3161-8

Ⅰ . I267

中国国家版本馆CIP数据核字第2024S381G7号

从私塾到北大

作　　者：卞毓方
责任编辑：桑良勇
装帧设计：周思陶
出版发行：作家出版社有限公司
社　　址：北京农展馆南里10号　　邮　　编：100125
电话传真：86-10-65067186（发行中心）
　　　　　86-10-65004079（总编室）
E-mail:zuojia@zuojia.net.cn
http://www.zuojiachubanshe.com
印　　刷：唐山嘉德印刷有限公司
成品尺寸：145×210
字　　数：251千
印　　张：12.25
版　　次：2024年12月第1版
印　　次：2024年12月第1次印刷
ISBN　978-7-5212-3161-8
定　　价：60.00元

目　录

C

D

附　录

代序：张謇是一方风水

一

　　阳光从头顶白花花、明晃晃地喷洒下来，仿佛蓝天无穷无尽的诉说。它泼泻在田野，溅落在房屋，激射在河流。它淋浴着、抚慰着大地全部敏感的神经。有一刹那，它刺痛了我的睫毛，连同睫毛森严拱卫下的瞳孔。因为你不得不仰起头，眯了眼，打量矗立于大道中央的这位状元——张謇的铜塑。紫褐色的身姿挺拔在两米多高的大理石座，那起点就攒足了气势。太阳的光芒聚焦在他的圆颅、方肩，飞弹出一派银色的光辉。张謇一手拄了文明棍，一手插在大氅的口袋，气定神闲，蔼然远视——如果乡人不说，我会当他是孙中山，或是陈嘉庚，反正他们生活的背景相近，衣着神态也八九差不离。凝视着眼前巍然昂然的景观我忽然证悟：人性惯于狎小媚大。即拿张謇的这副造型来说吧，倘若高不及尺，恐只宜置于案头清赏；即使高与人齐，搁在蓝天大野，也是寻常又寻常，甚至有点儿显得滑稽；而一旦耸出人本身一头，立时便令凡夫俗子肃然起敬；如果再往高里耸出若干又若干呢，世人就会高山仰止，低回流连而不忍遽去。

我在张謇的铜塑前沉思了个把时辰，想要离开挪不了步——你无法从他的目光中逃遁。这是因为，他唤醒了我关于"根"的一连串记忆，以及帮我重新扫描知识阶层在新一轮世纪之交的多元光谱。

二

张謇是光绪二十年（一八九四年）的状元。我们多半记不住这具体年份，但却不会忘记"甲午海战"。也就在这一年，老大的中国和小小的日本打了一场恶仗，打得国人的脑子既空虚又清醒。乃至时过一个世纪，痛定思痛的人们，也包括我，还实地去丹东大鹿岛一带凭吊。张謇大魁天下不久，就遇上了"唤起中国四千年之大梦"的甲午血战，他的脑袋，也应该是既空虚又清醒。

自隋唐开办科举考试以来，中华大地总共出了多少状元？文武加在一起，也就七百多吧。人间一个状元，就是天上一颗星哩。按照科举游戏的规则，当一位士子荣登榜首，独占鳌头，他的命运就发生了质变。虽然每一块皮肤，每一根毛发，每一节骨骼，都是原封未动，但当皇帝的朱笔在他试卷上轻轻一点，世人的眼球就全都变了颜色，状元周身上下，望上去就有了一道又一道的紫气缭绕。

张謇的名字马上就要挤入文曲星的行列了。这一天，确切地说，是一八九四年五月二十八日。五更时分，张謇和殿试的士子一起，恭候在乾清门外，等待最后的揭榜。这是一个感觉分分秒秒比一年四季还长的时刻。这是一种期待大地激烈簸动万丈云梯凌空出世的体验。嗵嗵跳的，是悬着的心；汩汩响的，是奔流的血。终于天光迸现天门大开，随着丹墀上传来宣"一甲一名张謇上殿"的纶音，这位来自江北通州的幸运儿，激动得连打了几个寒战，接着又绊了一个跟跄。人们到此才会明白，范进中举后为什么会发疯，巨大的喜悦，像山洪一般冲垮了他心灵的堤坝，使他彻底失去了承受力。所幸张謇还不至于如此，他迅速定下心神，调整好脚步，低着头，躬着腰，上殿接受光绪皇帝的陛见。

好了！好了！活了四十一岁，苦读了三十多个寒暑，足下终于踏了青云，腋下终于生了双翅。离天为近，离帝为近，去偃蹇困顿日远，与飞黄腾达厮守。张謇啊你就等着好好儿侍候皇上他陛下，好好儿升官发财吧。这一天实在来之不易。这一地步绝对要万分珍惜。就好像披星戴月、胼手胝足、精疲力竭地爬上华山峰巅，回望来路，禁不住眼花欲坠，小腿直打哆嗦。全国有多少怀笔如刀的士子啊，而机会只有一线！天下有多少龙骧虎视的对手啊，而状元只有一人！"学成文武艺，货与帝王家"。此事说来容易，做起来难啊，难上难！ 一将功成万骨枯，一士功成也是万骨枯啊！……不谈了，不谈了，大喜头上，大捷头上，讲这些干啥？张謇啊你是福大命大！你是十世所修，祖坟冒烟！

但张謇本人却不这么想。他的脑袋瓜一定在哪儿出了毛病，光绪皇帝亲赐的"翰林院修撰"——从状元阶梯上能捕捉到的最高职位——拢共才对付了三个来月，屁股还没把椅子焐热，拍拍身子就想走人。说什么"睿天与野性，本无宦情"，说什么"愿成一分一毫有用之事，不愿居八命九命可耻之官"，都是哪码对哪码呀！不想当官你还拼命考它干啥？哦，莫不是验证了一种既得心理：世人面对欲望中的高峰，未攀之前，常常是心向往之，寤寐求之，及至登高凌绝，一切都踩在脚底下了，待最初的惊喜消退，便会觉得实际的乐趣也不过尔尔？或者是刚刚在宦海扬帆，就遇到了黑风恶浪，如不及时转舵，难免有灭顶之灾？或者……

都不是，都不是。张謇一百八十度的大转向，比这些猜测统统要更深一层，更进一层。这是一位躁动于主体意识迅速觉醒中的时代精英，我相信他一定是听到了天籁，听到了历史车轮越来越快、越来越快的铿锵撞击声。那响遏行云的长啸，常令他一夕数惊。那钢与铁的交奏，总叫他坐卧不安。有朝一日，人类如果发明一种望远镜，不，望时镜，能像探测星空一样，一截一截地深入逝去的时间，那么，我们就会准确无误地把它定格在一八九四年夏秋之交的某日某时，地点为京城南通会馆。于是，我们就会像闲常观看录像，看张謇张翰林如何皱眉蹙额，绕着狭小的天井徘徊，一会儿走到一株老态龙钟、筋骨毕露的国槐前，拿拳狠命擂它的干，用双手使劲撼它的根，一会儿又仰起脸，透过枯黄稀疏的叶片，怅望灰蒙蒙、虚幻幻的苍天……

三

　　张謇很快就溜回了南通老家——多亏这一溜，否则，我眼前这个南来北往、东行西去的交叉道口，不会耸起他的铜塑，而我，此刻亦不会在他的光与影内徘徊——为什么说溜呢？因为，他要是直接辞官，皇上肯定不准，上司也不能接受。这时，恰逢老父病危，他便以探亲为名，急急离开京城。到家后，才知道老父已经过世。按惯例，他又请了三年长假，一边守着丁忧，一边干自己真正想干的事。

　　三年期满，张謇又找理由续假。续假期满，不得已返回京城。正式复职后的第二天，他又请假。这是一八九八年的盛夏，"维新派"闹得轰轰烈烈而又危机四伏的当口。作为上一个世纪之末的血性文人，他为康梁们的变法，欢欣过，奔走过，但很快就归于失望。真的，与其向顽石中苦苦寻觅微弱的生命，不如把目光投向外部生动的世界。

　　张謇南归，用今天的话说，就是下海。冲出京城浮荣虚誉的包围，立刻就感到外面的世界广阔而精彩——飞船脱离地心引力的刹那难免失重，赢得的却是令上帝也额手称庆的进步。那么，张謇下海后究竟都折腾了一些什么呢？在老家南通和海门，他建成了包括农、工、商、运输、银行，兼及教育的宏大体系。其中，轰动当时而又泽被后世的，大体有三个方面：创立大生纱厂；组建垦牧公司；兴办师范学校和中小学堂。创办纱厂旨在振兴民族实业；组建垦牧公司既是为了开辟纱厂的原料基地，也是为了解决濒海地区无地农民的生计；兴教办学则是为了从根本上培养富国强民的人才。归总一句话，就是要"实业救国""教育救国"。张謇坦言：以上作为，"不敢惊天动地，但求经天纬地"；不敢指望它立竿见影，疗救古国千年沉疴，但求"播种九幽之下，策效百岁之遥"。

与他同时代的人相比，张謇确实有思想。思想不是祭台上的供果，不是星级饭店大厅里的盆景，不是长街通衢抛着媚眼的霓虹。思想是青梅煮酒纵论英雄之际冷不丁自天外炸响的一声惊雷，是深埋千年，一经掘出依然寒光闪闪、吹毛可断的宝剑，是茫茫太空无影无形、无踪无迹而又无远弗届、无处不在的电波。最深刻的思想总带有最彻底的爆炸性、进攻性、扩散性。张謇用他的思想在通州乃至苏北大地搅出了一派新局面，在历代文曲星的方阵间别树起一面光帜。他或许还不完善。他肯定还不完善。我们应该体谅张謇的局限性。他的思想，毕竟还带有它脱胎出来的母体的污血，但它红光灼灼，高悬天际。他让从唐太宗起就精心策划的、让天下读书人尽入彀中的"金钟罩"，有了明显的豁口。他让一个僵化了的状元躯壳，有了异质的活泼泼的生命。文学史中有一种人物，生平、著述皆湮没无闻，仅仅留下了一首诗，或一句诗，便尽情享受不朽。张謇留下的是他叛逆的个性，和个性化了的实业，百载后依然砥砺社会，雕镂人心。

状元的诗文也相当出色。这里仅举其一篇《季直论雅》，是他在上海卖字，为人题写在三把折扇上的。首把扇写的是："财风送雅气，爽身也。身有纨绔，雅在衣；居有华堂，雅在室；出有车马，雅在途。此为外雅，而非真雅也。季直论雅之一。"次把扇写的是："才气送雅风，静思也。口出诗文，此谓口雅；心有经纶，此谓心雅；手有技艺，此谓手雅。口心手雅，是谓内雅，乃为真雅也。季直论雅之二。"第三把扇写的是："气动为风，无风而雅，神至也。夫子闻韶，三月不知肉味，神与韶相随，此为神雅也。雅有三境，此境最高。季直论雅之三。"虽说是逢场作戏，率尔为之，毕竟含蕴着他的锦绣文采和坚挺人格。人格的光辉往往显露于细节。张謇为解决纱厂的周转资金，跑到上海告贷，结果，不但钱没借到，连回南通的路费也没了着落。此时此地，他能放下架子，公开设摊卖字。这是什么？形雅也。张謇办实业多年，日常大进大出，经手的款项成千累万，自己却坚持不在厂里开支一分一厘。这是什么？内雅也。张謇逝世七十多年了，他的操守还在为后学谈论，他的形象还在供世人敬仰。这是什么？魂雅也。不要小看了这三雅，百年后的中国文人，包括官员，也包括商人，终久又有几个能赶得上他？其生也，磊磊落落，直往直来；其逝也，清风朗月，润及千秋。大雅之质，美矣茂矣。

四

吾生也晚，张謇等不及我眼底的流云，我也抓不着他飘然远去的衣袂。然而，毕竟有缘，还依偎在大人膝下，听解学士、唐伯虎一类故事的稚年，我就熟晓南通张状元了。把张謇引入我的视野的，是我那位乡村知识分子的祖父。

这里，有必要交代一下我祖上的籍贯。按我手头保存的一份宗谱，我的远祖，原本生活在江南苏州。明朝初年，遭逢洪武帝的"阊门赶散"（十四世纪的"上山下乡"），迁徙到盐城南乡。而后就在当地繁衍生息。明清两朝，族内出过不少读书人。最显达的，是进士。到我曾祖的前几辈，又移居到阜宁东沟、陈良。书香虽然未断，进学出仕的却无。曾祖本人，据说是"乡董"，家道还算殷实，倘若按照五十年代的阶级成分划线，应该圈为地主。不幸的是，大约在二十年代中期，曾祖家里挨了土匪一次"扒"（抢劫），不久，又遭了一把大火，这就穷下来了。

接下来谈我的祖父。他老人家生于一八八七年，在兄弟姐妹中排行老大。早年读书，青壮务农。起先家境宽裕的时候，日子就这般熙熙和和、从容不迫地流去。生计转为窘迫，那感觉就不一样了。作为长子，他自然要肩起重振家业的重担。理想是一种能量，贫穷也是一种能量，并且是比理想更为急迫的能量。苏北地区的人，尤其是盐城、阜宁、淮安一带的人，从前为贫穷的鞭子抽赶，一个最大胆的腾挪，就是远跑上海——就像现今的川人、湘人远跑广州、深圳——跑去上海后干什么？多半是在码头充任杠棒苦力。我父我母，也曾被卷进南下的民工潮，在"十里洋场"谋生。然而，我的祖父，却掉头向东，闯荡正在垦荒中的"东海"（阜宁人把濒临黄海的滩涂地区叫作东海）。与其去繁华中淘金，不如去荒凉中掘金。青年时代的祖父，也做了一次大气磅礴的抉择。

那时，地图上还没有我现在的故乡射阳——射阳县是一九四二年才从盐城、阜宁两县析置的——早先这里基本上是荒滩一片。大海年年向东边退让，滩涂年年跟着推进。南北一望无垠，东西纵深百里。盐碱遍地，芦苇称王。野兽出没，杂草疯长。我祖父来了，是因张謇的召唤而来的。他从没见过这位状元，但见到了状元的实绩。由于张謇领导下的盐垦公司的运作，大批大批世居长江北岸的海门人，被集体招募到这片百年荒滩。他们按面积划分场区，按场区分配住户，大规模地种植棉花。这情景有点像五十年代遍布全国的农场，又仿佛我八十年代初在新疆见到的建设兵团。

于是又有他乡异地人持续不断地加盟。于是南北两股生命的热流就在这片处女地上激起了缤纷的浪花。我生于斯长于斯的县城合德，在我祖父刚刚迁来的时候，才有寥寥可数的几户人家，到了五六十年代，就异军突起，在盐阜地区赢得了"小上海"的美名，可见她的繁荣发达之速。而射阳县呢，八十年代以来，屡屡亮相在国内各大报刊的新闻版面，不光是因为她拥有天然妙绝的丹顶鹤饲养基地，也不光是因为射阳河上新开张的龙舟闹猛，而是由于她的棉花产量，多次雄踞全国榜首——这也是一种状元，并且不折不扣是张謇张状元的遗泽。张謇没能看到这一天，但预料到了。他曾满怀希冀地自期："天之生人也，与草木无异。若遗留一二有用事业，与草木同生，即不与草木同腐……"张謇是一簇春苗。张謇是一蓬火焰。张謇是一方风水。他的精神，注定是要在我家乡生根发芽、蔚为壮观的了。不用去南通访他的实验遗迹，在这五百里外的海陬一样看得分明。张謇生前并没有到过射阳，但他参与创造了射阳的历史。

真正造福人类的事业应比生命更长，它的辉煌不是毕露在创始者的生前，而是隐藏在他的身后。他只能依稀把握到它的开端，并且竭尽全力地去做——难能可贵啊，张謇，你这从翰林院出逃的叛逆！站在长江口观沧海，是胆怯，还是激动？这就好比站在外星球上看地球，是依恋，还是欢呼？也许两者都有，但激动，欢呼，却为永恒。

我那时没有见过甲骨文，不晓得
龘是这副模样。如果晓得，我会拿它
作我的卡通像，我不怕别人说我剽
窃，我的异曲与某个伟大的先祖同
工，这是我的骄傲，不是耻辱。

A

生命的序幕

　　我一直说不清我出生在哪儿。这事从侧面证明，我的降生平淡无奇，既没有府第烘托，也没有名医院名产科大夫背书，就像大地上多了一粒灰尘，任谁，都懒得去理会。连最亲密的家人，也绝口不提。只有我本人不甘埋没，曾撰文钩玄索隐。首先确定，我老家是阜宁县陈良乡，这是板上钉钉的。其次，陈良乡在划归阜宁县之前，隶属于建湖县，这也确切无误。我小学时填表格，起初籍贯写的建湖，而后改成阜宁。但是，近来翻阅盐阜地方史，愕然发现：射阳县创立于一九四二年四月，它早期的辖境，包括了陈良。两年后我出生时，陈良仍然归于射阳。就是说，我是地道的射阳人，是它的第一批新生代土著。

　　确定我和射阳的"血缘关系"，并不等于就能确定我具体的出生地。选项依旧有两个：陈良与合德。陈良是祖居的老家，合德是祖父创建的新家。这两处地方，一在射阳之西，一在射阳之东，相距一百多里。我出生时，究竟是在陈良，还是在合德，始终是个谜。

　　我也说不清我是出生在船上，还是岸上。因为老家也好，新家也好，似乎都没有父母的房子，他们住在船上。这么说，我是肯定出生在船上的了。仔细一想，又觉得不合逻辑。老家，是曾祖父创下的基业。曾祖父过世，祖父接手。祖父迁走，父亲是长子，理应有所继承。再说，一条小船，来来回回在苏北和上海之间跑单帮，哪里还能容得下大哥、二哥、大姐、二姐？岸上必然有房子，我当时太小，没记住。

母亲有次提到我出生后的"闹腾"，透露了可能的信息。母亲说："你生下来后，总是哭，总是哭，白天黑夜哭个不停。迷信认为是前世阴魂作乱，不愿转世投胎。那天，你爸爸拿了一个畚箕，把你装进去，撂到屋后的垃圾堆。你一下子不哭了，从此变得很乖。"

母亲这里提到的"屋后"，究竟是谁家的屋后呢，难道不应是父母的吗？

我啰嗦这些并非出于矫情，实在是，一个人出生的地点，关乎他未来的命运。

我最早记得的事，是一岁多一点时的。这话说出来，恐怕谁也不信。大家知道，三岁以前的事，是记不住的，仅有极少数例外。我的一则记忆，恰恰就属于例外：那是大热天，那是一处旷地，地上有一堆火，火上烤着小猪，一帮穿黄衣服的男人，围着火堆忙碌……猪烤熟了，众人用刺刀挑着，大口撕咬……面目狰狞，火舌四窜。

我说不出自己当时是多大，也不晓得那是什么地方，什么人。若干年后，二姐告诉我："那是日本鬼子，地点在爹爹（祖父）家西边闸口旁的河湾，猪是从陈爹爹家抢来的，毛都没刮，就搁在火上烧。大人远远地站着望，小孩子胆大的，走近了看。我十岁，你两岁，我驮着你，也凑过去瞧热闹。突然，不知哪儿飞来一团烂泥巴，正好砸着一个鬼子的鼻子，吓得他把嘴里的猪肉都喷了出来。跟着又飞来一块碎砖头。鬼子慌忙集合，排成两队，端着枪，四面张望。我怕出事，驮着你离开，你舞着手，不肯走。吃晚饭时，听爸爸和大哥讲，鬼子已经撤出合德，朝盐城方向移动，看形势要垮台了。"

我怎么也没想到，我与穷凶极恶的日本鬼子，竟然在这么小的年纪照面，那狰狞而又狼狈的形状，就此在脑海定格。我也没想到，我后来大学的专业是日语，每逢和日本人打交道，眼底总会浮现那张"老照片"。日本侵略军溃败前的一幕被一个婴儿记住了，记住了而且终生不忘，这是天意。

二姐说我两岁，是虚岁。查射阳县志，日本侵略军是一九三九年冬天进驻合德，一九四五年七月二十九日仓皇撤退（半个月后，日本天皇就宣布无条件投降）。当时的我，满打满算，仅一岁零三个月半。

两岁的事我说不出，缺少特别的参照物。也许哪一天我会忽然抽出一根线头，一扯一大串，这会儿还不行。三岁，四岁，五岁，那印象就多了，密密麻麻，重重叠叠。重叠得最多因而也记得最牢的，是回老家。一条水路，从合德到陈良，途经中兴镇、陈洋、小关子、老屋基、沟墩。射阳是老区，一九四六年实行土改，我家是贫农，分得十一亩水田。父母那时已移住合德，田给三叔父代管，每年栽秧、割稻，都要回去。平时我是跟着祖父祖母过，趁着这机会，父母也会带我回老家玩一趟。

老家建在高墩，南临马泥沟河，传说唐王李世民东征，在此留下御马的蹄印。西傍一条小河，无名。放眼四处俱是河道，密织如网。墩子上一排草房，坐西朝东，北边住的是三叔父家，南边住的是三祖父家。门前长着两棵老槐树，那真是高，在幼小的我看来，简直钻入云霄，我曾经煞有介事一本正经地想过，要把多少棵老槐树连接起来，就能爬到天上。

老槐树予我最早的美学诱导，来自它的整体长势。有一天我偶然观察到，老槐树是长在墩子东边的，枝枝丫丫都朝东南倾斜，大人说，那是跟着太阳跑的，但是它的根须，没有向东南延伸——东边悬空，南边还有余地——而是向西北蜿蜒，一路挺进到三叔父家的墙脚，有一截露出地面，三叔父把它深埋进土，顺便给拐了个方向，朝东北，免得拱坏屋基。瞧，枝枝丫丫向东南发展，根根须须却朝西北爬伸，树木天生就懂得生存哲学，越是高大，越讲究平衡。

屋后是一片竹林，细瘦，茂密，挺秀，砍下来可以作篱笆、竹帘、钓竿、风筝、竹蜻蜓——最后一项是我的手工课，我是笨，制出来的玩意儿总是飞不过别人。

父亲有项绝技，把细竹竿竖在右手拇指外侧，来回大幅度晃悠，竹竿就像被拇指吸牢，中途绝不会落下。父亲甚至能将扁担搁在右小臂内侧，如是表演。我让父亲教我，怎么教也学不会。父亲说，这要用巧劲、趁劲。啥叫趁劲？不懂。长大后才豁然：一切高超的表演都是艺术。

高墩北边是牛棚，牛棚北边是水车。牛是农家的坦克，当它犁田，我跟在后面吆喝，恍若有坦克大兵的洋洋得意。踩水车是大人的游戏，一般四人一组，双臂担在横杠上，双脚踩动脚拐，说说笑笑，快活郎当。小孩子无份，每想尝试，大人总说：去，去！等再吃十年饭。

十年饭是多少碗啊？好想赶快把它扒拉完。

水车北边有一道板桥，连接河那边的神秘世界。一天，我尝试躲开大人，独自过桥探险，眼看走了一半，侧面一阵狂风刮来，立脚不稳，扑通一声跌进水里。现在回想起来，当时并不觉得怕，只感到耳朵嗡嗡响，身子忽忽悠悠，一个劲地往下沉，沉，沉到后来，脚底触到一片坚实，本能地使劲一蹬，迅速向上浮，我浮得好轻松，好自在，头顶一片白花花的亮光，我冲着亮光拼命举起双手——桥上恰巧有大人经过，一把将我从水中拎起。

至今记得人家说的话："你命大，三四岁的伢子，掉到河里，居然不慌不乱，举着双手向上浮。说句迷信的话，就像下边有人托着。"

后来母亲带我过桥。桥那边有大周庄，那里住着我的二姨，门外有棵钢橘树，那果子只能玩，不能吃。几年后我读到"橘生淮南则为橘，生于淮北则为枳"，私塾先生解释，这枳，就是钢橘。一地的风水如何，人不说，树说，果实说，花呀草呀的也会说。大周庄过去有大曹庄，那是母亲的娘家，我没见过外公外婆，他们早已搬去上海，好在有的是曹姓的亲戚。一位表舅说他去过西安，问西安在哪儿，答说西北。如今，我在纬度远超西安之北的北京生活了半个世纪，提起西安，印象还是西北——我的方向感一塌糊涂，仿佛总闹不清身在淮南抑或淮北。

发生在合德新家的事，当然更多，更密，主题就是念书。如果把幼年视作蒙昧期，念书就是实实在在的启蒙。我有一篇《末代私塾生》，里面有详细的描述。

再说一篇无字天书。

一天晌午，与小伙伴在镇子西边的野地里玩耍。突然雷声隆隆，风雨大作。赶紧撒开脚丫，拼命往家跑。跳过沟沟坎坎，穿过瓜园、菜地，冲上一道小闸，跑得上气不接下气，淋成落汤鸡。一脚跨下闸桥，发现地面是干的，抬头，莫名其妙而大妙的是，天上居然亮着太阳。回头望，小闸西边雨还在哗哗地落。咦，就隔着一道闸，顿成晴雨两个世界。稀奇，稀奇，真稀奇！我反身走回闸西，走进雨里，复反身走回闸东，走进阳光，如是往返，开心极了，也觉得神圣极了。"东边日出西边雨"，唐人刘禹锡早就描绘过，只是，我还得等好多日子甚至好多年头才能读到，而且读到了也未必能领会造物主的深意。老天爷见爱，提前为我泄露天机。雨落在小闸那边的土地上，也落在了我的心上。一朵思辨的花，在暗中悄悄绽放。我漫长的一生离不开大自然多情的启迪：再大的风雨尽头，也会有灿烂的阳光。

末代私塾生

　　早年辰光，老头儿都是白胡子。我祖父是白胡子，祖父的朋友是白胡子。我父亲（名华洞，后改华栋）的胡子，也是看着看着由黑转灰，由灰转白，卒至白中透银，飒亮飒亮。父亲身材高大，约一米八，远远望去，一派仙风道骨。

　　这里需要插叙一段。苏北人续家谱，祖上都是来自明初苏州"阊门赶散"——朱元璋发动的大移民。据我祖父手记，一世祖落脚在盐城南乡，创一丹堂；我这一门的祖上，先是迁徙到阜邑东沟，继而迁徙到洋河东兴庄。东沟我熟悉，洋河东兴庄不知指的是何地。而据我所知，我的曾祖父、祖父、父亲、兄姐，祖籍都是阜邑陈良。据我母亲（母亲无名，因为娘家姓曹，故户口簿上写的是卞曹氏）讲，老老太爷（曾祖父）时候，卞家是大户。民国初年遭土匪抢劫，房屋烧光，财宝抢光，从此败落下来。老老太爷没几年就下世了。老太爷（祖父）是读书人，为了生活，就把家搬到合德（现在为射阳县县城所在地），以行地理（即看风水）为业。

　　我出生之前，父母弄一条小船，来往于合德、陈良和上海之间，俗称跑单帮。我从小跟祖父祖母过。四岁半，祖父送我进私塾。塾师姓陈，名长云，隔着我家十来户，是祖父的知交，不用说，也是白胡子。

白胡子老先生家有一个院子，这在当地算阔绰的。篱笆墙，院门朝南，入内，右侧是一个小花园，有奇花异石盆景之类，我那时小，叫不出名堂，认得的，只有靠边长的喇叭花、鸡冠花。记得还有一种草木的浆果，红得发紫，揉碎，可以作画画的颜料。走到头，是一排正房，中间作课堂，两侧为家人的起居室，西南角，接出两间生火做饭堆杂物的厢房。

在我之前，已经有七八个学生，男女各半，都比我大一截，有两位女生，一名吴棠芬，一名孙开芬，在我眼里，俨然是成人了。

老先生教我的第一本读物，是《百家姓》。

书是我自带的。首天上午，他老人家拿朱笔在书上圈了四句，"赵钱孙李，周吴郑王。冯陈褚卫，蒋沈韩杨。"让我跟着念了几遍，然后退下去熟读。

老先生哪里知道，这难不住我，我三岁就启蒙，念过《百家姓》《朱子家训》。念《百家姓》时，我大哥（长我二十岁）还教过我顺口溜，帮助加深记忆。比如这四句，我学到的是："赵钱孙李，先生没腿。周吴郑王，先生没娘。冯陈褚卫，先生没肺。蒋沈韩杨，先生没肠。"句句押韵，句句又都是要弄先生，特上口，特好玩。

当然，不能念出声，只能闷在肚子里。

下午，习字。毛笔，仿纸，字无帖，纸无格，内容是上午点的课文。

老先生在我写的"赵"和"王"两字上加了红圈，以示合格。

接下来打算盘，从小九九习起。

没有音乐，没有美术，没有体育，没有自由活动。

唯一的放风是上厕所。厕所在正房东北角，紧邻马路，马路外就是小洋河。你可以趁机溜回家喝口水，吃点东西，也可以在河滩耍一耍——我在河滩就有过意外的收获，捡过一枚谁家鸭子留下的蛋，还有一个随浮浪漂上来的干葫芦。老先生书案笔筒插着一支竹签，需要如厕的，前去拿。控制时间，没有钟表，以一炷香为限。香熄了，人没有按时交回竹签，就罚打。用的是戒尺，手伸出去，搁在案上，老先生用一根竹板，或轻或重地敲打几下。

第二天清晨上早读，哇里哇啦念一阵昨天教的课文。念熟了，到老师案前，从头到尾背，背上了，回家吃早饭。饭后来，布置新课文。背不上，继续念，直到背熟为止。

一本《百家姓》，我用了不足一月，滚瓜烂熟，倒背如流。其间和一位姓殷的同学打赌，从最后一句"百家姓终"（往前背，我背出来了，他输我一支粉笔。那时，粉笔是高档玩意。

第二本读物是《三字经》。课本是老师给的，我是初次照面。它讲历史，讲文化，讲天文，讲地理，讲人伦，内容比《百家姓》有趣多了。有些话，是家里大人常常挂在嘴上的，像什么"人之初，性本善。性相近，习相远"，"养不教，父之过。教不严，师之惰"，"玉不琢，不成器。人不学，不知义"，"苏老泉，二十七。始发愤，读书籍。彼既老，犹悔迟。尔小生，宜早思"，"人遗子，金满籝。我教子，唯一经"。我如饥似渴，课上，课下，嘴里总是念念有词。念完了，兴致也过了，若有所失，觉得大人的知识也不过如此，翻来覆去唠叨的，差不多都是书上的意思。

第三本是《千字文》，也是老师给的。内容部分和《三字经》雷同，但它每句四字，讲究对仗，注重文采，读起来更加朗朗上口。书上没有注解，老师也很少讲解，点到为止，我不得不勤翻字典。最后都得背熟，死记硬背，是私塾弟子的基本功。许多话至今仍历历在目，张口即出，比如"天地玄黄，宇宙洪荒。日月盈昃，辰宿列张"，"金生丽水，玉出昆冈。剑号巨阙，珠称夜光"，"空谷传声，虚堂习听"，"尺璧非宝，寸阴是竞"，等等。尤其后两句，有意无意成为我的座右铭。

《千字文》而后，零星读过一些《论语》《孟子》，书是家里原有的，好像没有读完。其他还读过什么，忘了，记忆被尘灰覆盖了。最后念的是《幼学琼林》，这错不了，书是长兄念过的，然后它伴着我从射阳到北京，再到湖南，又回北京，至今仍搁在我的书橱，上面有祖父和父亲的手泽，有长兄的笔迹，有陈老先生的圈点，有我随意的涂鸦，也算得是一件家宝级的文物了。

三年多私塾，那把戒尺从没尝过我手心手背的滋味。我想它是不甘心的，但我不给它机会。我老实，恭谨，循规蹈矩，书也念得熟，背得利索。

早读是我最风光的时刻。当那些大学生，一个个因背得结结巴巴，被老师罚退下继续念，唯有我一人，一遍即顺利过关，兴冲冲回家吃早饭。走在路上，感到那从小镇东方天空升起的日头是为我而耀，那穿巷而来的清风是为我而拂，那北邻南舍家喵喵叫的黑猫，墙角互相搭肩又互相推搡的槐树，长竹竿上晾晒的花花绿绿的衣裤，屋顶上喜气洋洋随风四散的炊烟，都在用它们相互听得懂的语言，分享我一步三跳的快乐。

老师中午轮流到学生家吃派饭，轮到我家，祖父总是备下酒菜，我在下手作陪。两位老人平时一本正经，酒到酣处，竟然会站起来，拂着胡须，拿腔拿调地唱上几段京戏。我老家是淮剧的发源地，奇怪，就没听他俩哼过淮戏。老人家当面从不谈起我，仿佛我是空气，压根儿不存在。

三年中，除了规定的课程，我还偷读了许多闲书，如《神童诗》《千家诗》《封神演义》《今古奇观》《拍案惊奇》《醒世恒言》。有一册写明代解缙的，实在记不起书名，但幼学如漆，终生难忘。有一故事，解缙小时候，家贫，过年写对联，他看到对面人家有一片竹园，遂借景抒怀："门对千竿竹，家藏万卷书。"写罢贴了出去。对面竹园的主人很不高兴，心想，我家的景色岂能让他借用作联？便命家人把园中竹子砍去一截。解缙见了，笑着在上下对联各加了一字："门对千竿竹短，家藏万卷书长。"竹园主人更生气了，索性叫人把竹子全部砍光。解缙旋即又在联后各加一字："门对千竿竹短无，家藏万卷书长有。"这下，竹园主人再没辙了，由衷佩服解缙是个奇才。还有一故事，也是小时候，解缙雨中走路，不小心滑倒，引得路人哈哈大笑。解缙爬起来，随口吟道："春雨贵如油，下得满街流。跌倒解学士，笑坏一群牛。"闹得嘲笑他的路人好不尴尬。

另外，也涉猎了若干风水方面的书。自打祖父行地理，父亲，长兄，也相继接过这一行。我从小耳濡目染，渐渐产生兴趣。"文革"北大打派仗，我躲回老家逍遥，还认真钻研了一番。我眼中的风水，其实就是人与建筑的关系，建筑与自然的关系，讲究的就是和谐，眼里瞅着舒坦，心里想着惬意。泛想开去，一镇是一地的风水，一国是一洲的风水，在浩瀚无垠的太空，星球也是宇宙的风水，掌握这秘密的是上帝。

七岁，我在四邻已小有名气，大家都叫我小先生。竟然也有人家请我代写书信。一日，随祖父到镇上一家熟人开的东方旅社串门，大人谈话，我在一旁翻看旅客的登记簿，所载姓名，莫不认识。恰巧有一北方客人新到，自报姓名叫 Huángfǔhóngyì，店家不知怎么写，那北方人的讲话也不易懂，我听着是四个字，猜想是复姓，《百家姓》上和 Huángfǔ 音近的，应该是"皇甫"，hóngyì，音如宏义、虹翼、红艺……琢磨都不像，突然一个机灵，想到《论语》上的"士不可以不弘毅"，我就在纸上写下

"皇甫弘毅"。客人大惊，说江苏人真是不得了，你一个小娃儿光凭话音，就能把我的名字写对，佩服！佩服！店家大喜，感觉我给他争足了面子，赶紧端出一碟果子，作为对我的嘉奖。

一九五二年，我八岁。新式学堂占领教育舞台，私塾生源难以为继，面临关闭。陈老先生和我的祖父商量，说你这三孙儿（我在兄弟中排行三），内秀，搁在从前，是秀才的料，应该让他上学堂。

这一着棋走对了。我感谢陈老先生在转折关头帮我做了正确的决策。

而帮我联系学堂的，是陈老先生的三孙儿陈高桥，还有西邻家的郭金祥。他俩当时在射阳县实验小学，读三年级。

学堂当时在小洋河北，老县政府院内，我被带去见陈觉老师。

陈老师摸了摸我的毛头，简单问了几个问题，就说，欢迎你插班，二年级，三年级，随你选。

我琢磨，私塾只教算盘，不教算术，怕跟不上。因此，就认下二年级。

我离开不久，私塾就关门大吉了。剩下的师兄师姐，大都辍学回家。有位姓陈的师兄，力气大，花头精，搓铜板，滚铁环，打陀螺，踢毽子，样样玩得滑溜。后来承父业当了铁匠，学堂在二年级下学期搬到兴南街，我日复一日打他家铁匠铺前走，常见他在炉旁叮叮当当挥锤锻铁的背影，我指望他有朝一日掉转身来，没有，一次也没有，他的生活于我只剩下背影。还有一位忘了姓名的师兄，小楷极为工整，作业每次都被老师圈得一片红。一天，有人趁他上厕所，在他刚写好的作业本上随便加了几笔，他回来发现，大为光火，嘴里骂骂咧咧，骂归骂，并不追究，只是拿了粉笔，将乱加的笔画仔细涂去。日后当上了菜农，蔬菜社就在我家西边的小河对面，五十年代末期，常见他挑着粪担，哼着歌，晃晃悠悠从我家门前经过，偶尔相视一笑，仅此而已，再没有哪怕一句话的交流。我倒是老惦着他那手小楷，如果搁在今天，那就是书法，搁在名人腕底，那就是名人书法。

这就是命运。

人生紧要关头，差别只在一步。若不是四岁半起，阴差阳错念了三年多私塾，我不会比同龄的孩子认识那么多离奇古怪的汉字（也就多认几个字而已，倘若人生能从头来过，我还是选择上学堂，因为私塾沉闷，单调，妨碍儿童天性的自由舒张）；若不是三年多私塾后，回头是岸，及时插班进了学堂，我也会和前边提到的两位师兄一样，成为一个半大的劳力，一个过早自食其力的少年。那将是另外一个自己——最大可能，是小镇又多了一个在旧轨道上踽踽独行的地理先生。

青青园中葵

一

按家谱，我的辈分为玉，祖父起名"玉方"。

四岁半入私塾，老先生翻出《说文解字》，告诉我："玉，石之美者，有五德。"哪五德？"润泽以温，仁之方也；䚡理自外，可以知中，义之方也；其声舒扬，专以远闻，智之方也；不挠不折，勇之方也；锐廉而不忮，洁之方也。"

当时年幼，尽管老先生一再解释，我还是似懂非懂，仅仅记住了玉有五德，分别为仁、义、智、勇、洁，后面跟的那五个"方"字，是"像"的意思。

八岁上小学，插班读二年级，老师把我的"方"字加个草头，写成"玉芳"，刚好班里有两个女生，一个叫王玉芳，一个叫李玉芳——这不是把我混同为女生了吗？不行，升三年级时，我自作主张，把"玉"改成了"毓"。

这一改，堪称童年的一大壮举。

毓和玉同音，含义各别，玉是天然的美石，我哪配呀，充其量顽石而已，若想成为玉，必得请"毓"出场，毓的本义是幼芽苗发，引申为孕育、培植，取之入名，强调的是后天的修炼、培养。

二

二十世纪四十年代末五十年代初，小镇最奢侈的娱乐，是去剧场看戏。

戏种为京剧、淮剧，戏票分前排、中排、后排，价格依次是一角、八分、五分。

祖父爱看京戏，每次必带上我。买的是中排，比起看，他更在乎的是听，总是半闭着眼，双手在大腿按着节拍，跟着台上的唱腔轻轻地哼。我嘛基本听不出名堂，仗着人小，干脆溜到台前，我看的是热闹，尤其爱看武将捉对厮杀。

看多了上瘾。那时钞票紧，五分钱是大数，小孩子掏不出。祖父不看戏的时候，我试过扒着剧场西侧的门缝看，绕到南侧的后台看，最终，让我找到一个过瘾的法子：赶日场的幕尾。

彼时规矩，演到最后一幕，剧场提前敞开大门，任人随意拥进，谓之"拾大麦"（类似于在农田捡拾收割后遗落的麦穗）。

"大麦"拾多了，诸多戏，一提到戏名，我就知道结局。

某天，东邻蔡大伯看淮剧《白蛇传》，看到一半，外面有人找，他出来，特意把那张前排的戏票送给我（当场的票，中途可以换人观看）。事后，他向我追问，戏台上怎么表现水漫金山？白素贞向许仙讲明身世了吗？是不是他们的儿子考中状元后报的仇？

我很得意，别人看了开头往往不知结尾，而我，却因看多了结尾轻易就能推导出开头。

上天薄我，上天也厚我。

三

小孩子喜欢模仿。

读《封神演义》，雷震子在天上飞，学不来；土行孙在地里遁，也无法学；哪吒三头六臂，脚踏风火轮，手持乾坤圈，望尘莫及；杨戬三只眼，七十二变，更是望洋兴叹；唯有姜子牙渭水钓鱼，不用弯钩，用一根针，说是"宁在直中取，不向曲中求"，这事好办。

端午节，私塾放假。柳树下，小河边，我手持钓竿，抛出钓线，线头系着一根大号缝衣针。口里默念："姜太公钓鱼，愿者上钩！姜太公钓鱼，愿者上钩！"

半晌，浮子一动不动。

闲着无事，翻开《封神演义》"渭水文王聘子牙"，一字一句地琢磨，看到子牙劝勉樵夫武吉："古语有云：'将相本无种，男儿当自强。'"古语？不对呀！这话出自《神童诗》，作者是宋朝人，子牙是商朝人，商朝人不会引用宋朝人的话，哈哈！作家分明是胡编。

午后又坐去小河边，默念："姜太公钓鱼，愿者上钩！"浮子仍一动不动，倒是有一只钢蓝色的小蜻蜓落在上头，自得地梳理触须。瞧着无聊，索性收回视线，继续翻看《封神演义》，从头看，开篇讲纣王进香女娲宫，命人取文房四宝，题诗粉壁，我一拍大腿——吓飞了落在浮子上的蜻蜓——这是胡扯嘛，我已读了半本《幼学琼林》，晓得商朝没有毛笔，也没有纸，那么，哪来的文房四宝？作家尽在胡编。

私塾先生说："天下文章一大抄。"依小子看来，还可加上一句："天下文章一大编。"

四

祖父带我看过的京戏中，有一出《三顾茅庐》。小孩儿哪知前朝后汉，全仗祖父边看边讲：上场的三个人物，中间的叫刘备，皇帝的叔叔，人称刘皇叔；左边的叫关羽，紫红脸，垂胸胡；右边的叫张飞，黑花脸，暴脾气；手里拿的马鞭，代表马。他们仨，去卧龙岗请诸葛亮出山，帮助打天下。

头趟造访，诸葛亮外出，扑个空。

次趟，诸葛亮仍外出，又扑个空。

第三趟，诸葛亮在家，他被刘备诚心诚意的邀请打动，答应和他们一起干。

散场回家的路上，我问祖父："诸葛亮那么大的本事，为什么不去帮曹操呢？"（祖父说过，三国魏蜀吴，曹操最强）

祖父拈着白胡子，答："那戏就不好看了。"

"怎么会不好看？"我说，"诸葛亮帮着曹操，轻轻松松就能灭掉吴国和蜀国，统一天下。"

"是啊。"祖父停下步子，摸摸我的头，"那样一来，就没了后面的《火烧新野》《长坂坡》《舌战群儒》《群英会》《借东风》《火烧赤壁》《三气周瑜》等大戏，也就少了台上的一波三折、回肠荡气。"

祖父举的那些戏，我尚未看过，自然没有感觉。祖父总结的道理，超出我的智力，也难分对错。但祖父讲的台上要一波三折、回肠荡气，却就此在记忆里生了根，想忘也忘不掉。

五

读《水浒传》，见下列熟悉的俚语村言：

△ 鲁智深到庄前，倚了禅杖，与庄客打个问讯。庄客道："和尚，日晚来我庄上做甚的？"

△ 宋江寻思道："这个人好作怪！却怎地只顾看我？"宋江亦不敢问他。

△ 只见两个虞候和老都管气喘急急，也巴到冈子上松树下坐了喘气。

△ 那妇人道："亏杀了这个干娘。我又是个没脚蟹，不是这个干娘，邻舍家谁肯来帮我！"

△ 石秀道："嫂嫂，你休要硬诤，教你看个证见。"

读《西游记》，又见：

△ 行者道："如何为左你？"

△ 形比哪吒更富胎。

△ 汝等弓弩熟谙，兵器精通，奈我这口刀著实榔槺，不遂我意。

△ 我这大圣的部下群猴，都是一般模样。你这嘴脸生得各样，相貌有些雷堆，定是别处来的妖魔。

△ 吃了饭儿不挺尸，肚里没板脂。

读《红楼梦》，又见：

△ 宝玉听说，便猴向凤姐身上立刻要牌。

△ 凤姐正吃饭，见他们来了，笑道："好长腿子，快上来罢。"宝玉道："我们偏了。"

△ 等我回了老太太，看是捶你不捶你！

△ 薛姨妈笑道："老货，只管放心喝你的去罢！让你奶奶去也喝一杯搪搪寒气。"

△ 黛玉又喘成一处，说不上来，闭了眼。紫鹃道"姑娘歪歪儿罢。"黛玉又摇摇头儿。

以上所举，是即刻临时整理的。记得小学四年级，有天晚上，在煤油灯下看《水浒传》，看着看着，情不自禁地笑出声。母亲问我笑什么。答："书里好多话，活像镇里人的口气。"

真的，掩了书，那些人物仿佛走出来，状若王大，或是孙二，或是张三，或是李四。那时知识短浅，不晓得"水浒""西游""红楼"的作者俱是江苏人，还以为他们笔下掺杂大量明代江淮官话是全国通用的标准语。

这一"以为"，唉，害得我到老依然讲不好，更写不来地道的普通话。

六

《拍案惊奇》第一回：《转运汉巧遇洞庭红 波斯胡指破鼍龙壳》，说的是明朝苏州府，有一个文姓纨绔子弟，家业颇丰，怎奈他沉湎玩乐，坐吃山空，日子渐渐王小二过年——一年不如一年。瞧人家经商致富，心动，也照葫芦画瓢，试着做小生意。却是出手即亏，愈做愈亏。由是落了个诨名"倒运汉"。

穷困潦倒，想找个地方散散心，赶着邻里有人贩货下南洋，他便随了去；无钱置货，权且象征性地买了一篓太湖洞庭山的红橘子。也是该他转运，抵达一个外国，当地居民竟从未见过橘子，讶为天国神品，纷纷出高价抢购。不啻天上掉下来的造化，让他一下子牟得千两白银。

临近返程，同伴忙着采购回头货，他初心不过是出海见见世面，解解愁肠，如今凭一篓三钱不值两钱的橘子暴获千金，已是剖鱼得珠——喜出望外，岂敢得陇望蜀，再作非分之想，因此，他啥货也没置办。

归途，天公不作美，一阵飓风，阻断航路，海船随浪颠簸，漂到一处荒无人烟的小岛。众人唉声叹气，谁也没兴致登岛游览。偏他来了邪劲，独自上岸，披荆斩棘，直探岛的腹心。在那儿，他发现了一只大似床板的龟壳。心血来潮，觉得这才是自己的货——既补了空手而归的缺憾，也是他日炫耀此番海外奇遇的佐证。

风停，海船继续扬帆，数日后，拢靠福建。当地一位波斯巨贾上船验货，一眼看中了文某携带的龟壳。波斯佬识得——唯有他识得——这是鼍龙升天前蜕下的壳，有二十四肋，每肋藏有一颗无价的夜明珠。经过一番老练而又不失公允的操作，他用五万两银子买下文某无意中拾得的"旅游纪念品"。

倒运汉就这样歪打正着地一夜暴富。

初读故事，约摸六七岁。书中宣扬，"一缘一会，都是上天作成"，"命若穷，掘着黄金化作铜；命若富，拾着白纸变成布"，白纸黑字，信以为真。老来醒悟，那在暗中安排"一缘一会"的，并非冥冥的苍天，而是一只看不见的巨手：市场。

门缝里看戏

闲来重温陶渊明《桃花源记》，至"林尽水源，便得一山，山有小口，仿佛若有光"，五柳先生的想象力使我豁然开朗，我没有跟他"舍船，从口入"，而是折回头，走进另一条时间隧道。

那年头，我五岁半。

此前不久，祖父带我看过一出京戏，演的是《失空斩》。几年后明白，演的是《三国演义》的《失街亭》《空城计》《斩马谡》。当时却懵里懵懂，连啥叫"京"，啥叫"戏"，三国人物为啥长成穿成那个模样，讲话为啥总装腔作势，平常为啥在街上看不见他们，难道是单独住在一个叫三国的地方？一切都云里雾里，稀里糊涂。

心头痒痒，觉得太玄妙，太神秘。

很想再看一次。那是另一个世界，灯光飒亮，景色辉煌，人物相貌齐楚，气宇轩昂，一动一静，一言一语，都像是在天国，绝不是我们所在的人间——正因为此，要看就得付费；正因为此，票再贵也有人争着买。平日瞅那些看过戏的，逢人就得意扬扬地炫耀，似乎打剧场坐一坐，自个儿也成了舞台人物。

祖父啥时再看戏呢，天晓得。我是小孩子脾气，上午栽树，下午就想吃果子。

戏票分三等，我记住了，最便宜的是五分钱（时币面为人民币五百元）。

对于穷人，五分钱是什么概念？不清楚。

我也不觉得我们家特别穷，左邻右舍，看上去都差不多。

是日午前，天朗气清，母亲在屋后小洋河的码头洗衣服。

我站在后面哼，我要五分钱，我想看戏。

母亲摸摸口袋，又缩回手，不同意。

不给我就不走，一直站着磨。

母亲是疼我的，每当我和大姐、二姐闹别扭，母亲不问青红皂白，总是站在我一边。

这天，母亲洗完衣服，却头也不回，径自走了。

断念，知道这戏票是买不成了。

午后，我到底不死心，又一个人跑去剧场。

剧场在小镇的中心。正门朝北，有人查票。大人可以免票带一个小孩，所以已经有一帮小孩在门口混，诀窍是见人就堵，一个劲地喊"爷爷""伯伯"，然后扯着人家的胳膊，大摇大摆闯进去。

瞅着眼热，但学不来。

南门，即后台，也有人把守，刚想走近瞄一眼，立刻遭到当头棒喝。

转来转去，转到西南门。那是扇木门，右侧有道竖形的裂缝，约一拃长，中间像被小刀挖过，有拇指宽，状如一只狭长的细眼，我踮起脚，也够不着，看来是比我高的孩子干的。

身后是处土院，堆着柴火，码得整整齐齐，再过去是人家的东门，半敞着，也许有人正从门后监视，我不敢随便搬动。

剧场南边临河，我去河浜搜索了一圈，捡得几块半截砖头。转回，门眼已被一个微麻、耸肩的大孩子占领，也许那洞就是他挖的。

无奈，只得在一旁干站着。

他故意激我，大呼："好看！好看！"

我让他讲讲怎么好看。

他说，两个女的站在台上，穿的衣服好看，头上插的簪子好看，一扭一摆的好看，后面的布景也好看。

他没文化，我已经在私塾读了一年，刚才在正门，看到海报上写的是盐城淮剧团，演的是《西厢记》。

好不容易等到他大发慈悲，把门眼让给我，垫好砖头，站上去，勉强够到，闭上左眼，拿右眼对着，却是一片漆黑——门里有人挡着。

难怪那大孩子放弃，他看不到了。

好无奈。

身后喊喊喳喳，来了两个女的，大的，比我母亲小，短发，圆脸，蓝洋布旗袍，小的，比我二姐大，长辫，瓜子脸，粉红衫，到我这里就不走了。她们想干什么？是剧场巡逻的？是拿我当小偷？

不，我太小，她们眼里根本没有我。柴火堆南边有块空地，俩人摆开架势，一比一画，开始对唱。

我不懂唱词，只听出"喜鹊，喜鹊"，但曲调婉转，声情并茂，索性倚在门上，当她俩的唯一观众。

听到后来，恍然，唱的是淮剧《梁山伯与祝英台》，镇上人谈得最多的戏文，就是这出，另一出是《白蛇传》。

若干年后我查出"十八相送"的唱词，开头一段是：

祝英台："书房门前一枝梅，树上鸟儿对打对，喜鹊满树喳喳叫，向你梁兄报喜来。"

梁山伯："弟兄二人出门来，门前喜鹊成双对，从来喜鹊报喜讯，恭喜贤弟一路平安把家归。"

回到当时，俩女子唱罢梁祝，又唱了一阵歌曲，有几支我熟悉，是《小放牛》《白毛女》《游击队之歌》《解放区的天是明朗的天》。然后，像完成一次街头演出，俩人击掌庆贺，兴高采烈地离开。无论当时，还是现在，我总觉得她俩是受老天爷指派，特意前来为我一人表演，以安抚我功亏一篑、濒于绝望后的失落。

过了一段时光，中秋节，私塾放假，那日下午，我又去了剧场，老地方，仍是西南门。谢天谢地，门眼还在，也没有旁人，我随身带了两块泥砖，垫着正好。

这回是建湖淮剧团，剧目是《秦香莲》。

因为缝隙太窄，角度又偏，只能看到半个戏台，人物面对观众，于我仅是个侧影。俗话说"门缝里看人——把人瞧扁了"，就是说把人看小了，或者扁平化了。我倒不觉得，反而体会更聚焦，更诡秘。往小里说，有点像把两掌并拢，从掌缝瞧风景；往大里说，仿佛从两壁夹峙的缝隙巇探蓝天。无论如何，这是一个特殊的与众不同的视角，你要是没经历过，你就很难理解什么叫山阻水隔的"世外桃源"，什么叫叹为观止的"一线天"。

干扰也有，中途有一位观众，大概是后排的，蹭到了门前，正好遮住我的视线。

我比前番来得灵幻，清了清嗓子，奶声奶气地求人家：

"大叔，让开一点好吗?"

门里的人听到我的话，回头瞭了一下，立马移开了。

《秦香莲》的戏，我没看过，但听过若干遍，打从抱在母亲怀里起，到蹒跚学步听邻家妇女拉呱儿，到夏夜乘凉听大人讲故事。秦香莲的丈夫陈世美进京赶考，中了状元，被招为驸马。秦香莲公婆病逝，她带着一双小儿女，到京城寻夫。陈世美忘恩负义，不认贤妻，并派人谋杀。开封府包拯包大人主持正义，判陈世美死罪。公主与太后出面求情，包拯铁面无私，最终将陈世美送上龙头铡。

是日我看完全场，尽兴而归。

是日我一步三跳，心花怒放。

我怒放的心花中有一朵是：哪天我挣了钱，要买头排的票，把他们剧场的戏挨个儿看完。如果钱再富裕，就买好多张票，散给那些穷人的孩子。

半世纪后，我历尽沧桑、风尘仆仆还乡。像武陵人重访桃花源，我去探望那座老剧场。是它。就是它。它还屹立在那里。外形虽然苍老，这是不可避免的，功能完好，不时还有演出。我大喜过望，向陪同的朋友提出看一场淮戏。这是乡愁，这是盐阜大地的文化结晶，另一种生命的盐分。朋友积极安排，钱嘛，自然不用我掏。我掏的是热泪——没有人知道，此刻，我又回到了那个从门缝看戏的小男孩。

风筝还在天上飞

　　小时候，放风筝是件很酷的事。平原哟，没有仰头落帽的钻天树，没有凌虚摩霄的峰峦，也难得有一影偶尔路过的飞机，仅有燕子、麻雀、乌鸦在空中欢腾，围着房顶、树梢追追逐逐，盘盘旋旋。而风筝比鸟儿飞得高，比飞机听使唤，比云彩更映丽。一线在手，仿佛是跟天神拔河。

　　别以为这是我制作的，哈，是祖父的手艺。一天，我模仿邻居王小二，拿芦苇秆扎风筝。祖父见了，摇头："芦苇太脆，经不起折腾。"老人家劈开一根毛竹，用竹片扎成六角的菱形骨架，糊上厚实的牛皮纸，在底部粘上两条长长的纸带，反复调准提线，然后，系上棉质的白线，那线绕在木制的轴辘上。

　　祖父领我来到镇子西边的旷野，手把手教我怎么顺风放、顶风跑。他说："风筝上了天，只要不遇强风，一般都很平稳。放和收，最为关键，掌握不好，它会翻跟斗，倒栽葱。"

　　如是，我控制高度，收收放放，跑跑停停。第二天，又按照祖父说的操练。两天玩下来，熟能生巧，操纵自如，痛快极了，也梦幻极了，感觉自个儿在天上飞。

风筝的确可以载人，这不是我瞎吹。听私塾的师兄讲，楚汉相争，汉将张良乘了一只大号的风筝，飞上夜空，放开喉咙吼唱楚国的谣曲——这就好像在天上安了一只高音喇叭，将声音传播四方——楚营的战士听了，禁不住流下了思乡的酸泪，军心由是瓦解、崩塌。成语"四面楚歌"，记录的就是这事。

如果有朝一日，我能制造出巨无霸的风筝，乘它飞上天，我会唱什么歌呢？我是个孩子，不用跟谁争霸，想来想去，还是我熟悉的一首古诗应景："草长莺飞二月天，拂堤杨柳醉春烟。儿童散学归来早，忙趁东风放纸鸢。"

那天傍晚，我又来到旷野，有了前面两番历练，胆子大了，气儿粗了，我把线一放到底，风筝飞得老高老高。我是新手，识相，尽量找人少的地方，避免和他人的风筝发生碰撞。偏偏那个牛气哄哄的牛大鼻子——绰号牛魔王——拿他那只鬼脸形的风筝缠过来，企图俘虏我的风筝。我收线，他也收线；我跑开，他也追过来。结果，两根线绞在一起，我的线单薄，断了。眼见风筝晃晃悠悠，飘飘摇摇，越过小洋河，坠入对岸的麦田。

我拔脚就追，追到小洋河边，傻眼：河水有十几丈宽，河上无桥，奈何？

正犹豫间，曹家老大——这小子是飞毛腿，平常我总比不过他——撒腿就向东边跑，一里开外有座桥，我盯着他，看他转过了桥，敞开夹袄，摘掉帽子，甩着小辫，转而向西，狂奔到对岸的麦田。谢天谢地，曹大找到了我的风筝，他高高举起，看上去完好无损。

曹大夹着风筝往回走，肩膀一耸一耸，一步三摇，人得意时都是这样。你可快点走啊，快点！等他晃过桥。等他面向我。等他……咦，他一闪没了踪影。

敢情跑累了，回家喝口水。

曹大的家，在我读书的私塾的隔壁，他父亲是补锅匠。

我在想，曹大这些日一直跟在我们身后，眼巴巴地瞅着别人放风筝，心里不知有多痒，这回，我要感谢他，让他也过把瘾。

然而，等了半天，曹大再没出现。我急了，就去他家找。

这是一所"钉头舍子"，极其低矮破旧的茅草房。

门关着。

叫他，里边没人应。

是去了他父亲的摊位？

还是故意躲着？

祖父恰巧路过，他问明情况，拍拍我的肩，领我回家。

祖父找出一团细麻线，让我交给曹大。祖父说："风筝原来是你的，断线飞了，你没去捡，表明你放弃了。曹大跑了几里路去捡，不管捡到的是完好的，还是破烂的，那都是他的。曹大家穷，玩不起风筝，你把这团麻线给他，让他也快活快活。"

我又去找曹大，这次门开着。曹大见了我，一脸窘迫，直想躲。我赶紧声明："风筝是你找回的，就归你了。这儿有一团麻线，也给你。"

曹大喜出望外，傻傻地接过麻线，像做梦。

祖父又按原样做了一只风筝。改天，我和曹大，两只风筝比翼齐飞。曹大两眼放电，嘴巴笑得合不拢；见了牛大鼻子，昂一昂头，挺一挺胸，警告说："这麻线，比你的结实，你要再捣蛋，我和卞三哥联手攻你，两打一。"

若干年后，曹大应征入伍，干到营级，转业在盐城。

我呢，不郎不秀，半道改行，混成码字匠。

一次返乡，遇见曹大母亲。老人家拉着我的手，亲热地说："我家曹大经常念叨你，说你是他小时候最好的朋友。"

我心头一暖，想起那只风筝——哦，风筝还在天上飞。

"耷钱堆"与"搽铜板"

　　小时候大清朝去得未远，仿佛就隔了一条河。那辰光每个玩伴都有一把前朝的铜币，俗称铜板，主要是光绪、宣统年间的，拿来作游戏的道具和赌注。提醒一句，铜板不是铜钱，铜钱中间有孔，方的，俗称孔方兄，分量轻，质地脆，易损。铜板无孔，圆头圆脑，拿在手上，沉甸甸，搁在袋里，叮当响。

　　游戏的玩法，分两种。一是"耷钱堆"（亦有讲"笃钱堆"）。耷（dā），方言，意为砸。地面放一块砖，相当于赌台，参加者，把各自等分的铜板摞在砖头正中，然后，按划拳确定的次序出场，手捏一枚铜板，立起，置于眼皮底下，瞄准钱堆，垂直自由落体，凡被铜板下降的重力砸出砖头外的，就归于你，未砸出的，则留给下一人"耷"，而作为工具的那枚铜板，倘若弹力不够，没能顺势蹦出砖外，也就自动归入赌注，留与他人竞逐，如是循环。

　　另一种玩法，是"搽铜板"。搽（sà），意为侧手击。甲把铜板抛出去，乙拿铜板去击，击中为赢，不中，甲就拿铜板原地击乙，同样如是往复。这里的关节，是搽，翻腕抖手，呈斜劈的态势，即使不中，也仍旧由着惯性飞得远远的，让对方不能触手可及。

开头，五六岁的光景，我输得多，赢得少。一是个头矮，"耷钱堆"时，铜板下落的距离太短，借不上足够大的冲劲；二是缺乏技术，"搋铜板"时，只晓得投，或抛，不懂得摆腕撇，侧手摽。迨至七岁，或八岁，随着个头长高，经验丰富……啊不对，老实说，是随着一枚"光绪元宝"的加盟，我突然技术大增，无论是"耷"，还是"搋"，很快得心应手，出神入化。

说起那枚"光绪元宝"，外表原很普通。它色呈暗紫，大小分量，中规中矩，属于标准制造。但握在手里，好像懂得我的心思，要它有多大杀劲，就有多大杀劲，要它有多准，就有多准。"耷钱堆"时，我踮起脚尖，"吊线"，随着"光绪元宝"下落，猛拍双腿，狠跺双脚，那"钱堆"就像遭遇炮击，霎时哗啦倒塌，纷纷滚翻下地。"搋铜板"时，略略瞄一眼，嗖地出手，那"光绪元宝"就像接上了我的眼线，直冲目标而去，虽不是百发百中，却也是十拿九稳。玩伴常常怀疑我的道具有鬼，拿过去，验大小，掂重量，听响声，翻来覆去，到底也查不出名堂。

唯有我明白，这"元宝"有"神"。神是看不见摸不着的，自然也就查不出。那么，我是怎么确知的呢？凭感觉：别的铜板拿在手里，死板板，冷冰冰；它拿在手里，活跳跳，火爆爆。再就是凭试验：我私下拿各种硬币，包括同一花色的"光绪元宝"做练习，效果都不理想，唯有它，才能使我手眼相通，自在如意。

大哥分析："它以前的主人，是一位武将，擅长打飞镖。"

想想真的有可能，那位武林高手，曾拿它作暗器，他的功力，注进了铜板的精魂，所以每次不是我出手，是那位武士在出手。

我索性为它命名："金钱镖"。

东邻曹三看出了门道，提议拿一块"袁大头"跟我换。"袁大头"是银洋，比铜币值钱。你当我是傻瓜？金有价，银有价，"金钱镖"无价，出再多的钱，我也不换。

西舍贾四跟我玩"搋铜板"，他把一枚"宣统元宝"扔在孙家的稻草垛前，我用右手拇指和中指捏住"金钱镖"，食指抵住后缘，一个旋飞，击是击中了，但镖本身却挟着余威，嚓的一声戳入了草垛。贾四扔下他输了的铜币，拍拍屁股走了。留下我独自一人，面对庞然的稻草山——在平原孩子眼里，那绝对是山。草垛是一杈一杈乱码的，我只能从上往下一抱一抱移。孙家老大在屋内磨瓦刀，偶尔抬眼瞅瞅门外，那年头，家家户户的门白天都是敞开的，不作兴关。他的三弟却蹦着跑出来，帮我一起搬。谢天谢地，"金钱镖"在最后的一摊稻草中现身。

又一次，跟人比赛打水漂。用瓦片，我通常能在水面弹跳七八次，运气好，也能弹跳十多次，家西边的小河，能直接跳上岸边的浅滩。也是过于自大，我赛得兴起，竟然掏出了"金钱镖"，以往我也用别的铜板打过水漂，从未失手，哪知今日出手的角度偏了点，力道小了点，"金钱镖"在水面勉勉强强跳跃了四五下，一头栽入水肚。

哎呀大事不妙！失去宝贝"金钱镖"，在我，就如同孙悟空失去金箍棒，这便如何是好？我不会游泳，正干着急，恰逢彭二路过，他刚摸鱼回来，赤脚，提着鱼篓。彭二自告奋勇帮我下水捞了上来，顺带捞出了几个玻璃球。

彭二日后娶了我的姑表姐，由远邻升级为近亲，这枚"金钱镖"，怕也是在暗中牵了线的。

大哥针对"金钱镖"的溺水事故，判断："它从前的主人，是个旱鸭子，一下水就失了魂。"

尔后我上了学堂，伙伴换了茬，游戏改了项。

那枚"金钱镖"，搁在抽屉里，色泽日见枯败，一副意兴阑珊、愁眉苦脸的模样。

五叔指点我："拿砂纸擦一擦，就亮了。"

一擦再擦，色泽果然亮堂了，但花纹、字迹，却愈擦愈模糊。

记得四年级暑假，跟高我两级的陈姓学长偶然聊起，他说："铜器接触空气，自然生锈。"

"那要怎样才能隔绝空气呢？"

"最好的办法是埋地里。"

"埋地里不是更容易生锈吗？"

"用块油布包起来，再埋。"

他的爷爷是教私塾的，我在老先生手下念过三四年书。

听他的话。布好办，油嘛，却是大难题，当时计划经济，食油限量，要把一块布浸透，得多少油？亏得五叔帮忙，他不知从哪儿搞来一把破旧的桐油伞，剪下一长条布。我用它把"金钱镖"包好，再拿铁丝捆紧，埋在院里花坛的一角。

后来，我上了初中，那花坛争芳斗艳，生气勃勃，敢情"金钱镖"在地下使力哩。

后来，我上了高中，祖父去世，花坛无人管理，花草渐渐凋零，我似乎听见"金钱镖"在地下唉声叹气。

后来，我去北京念大学，隔年暑假回家，适逢花儿草儿犯时忌，谁都不爱养——花坛遂被夷为平地。

月光下，我站在原处听了听，地下啥动静也没有。我猜想"金钱镖"灵幻，它知道人世有代谢，往来成古今，早就在土里溜走了。你说它没有腿怎么溜？是的，它没有腿，但这并不妨碍它行动，比如说飞，前提是主人会飞，我未得道，它自然不会飞，但是能逃，能遁，那密密实实、挨挨挤挤、推推搡搡的泥沙，就是它的土橇，此刻，说不定它已悠然滑过小河河床的底部，胜利抵达西岸，弥补我当日在打水漂上留下的遗憾。

或许在西岸，它又被另一个谁挖了出来，续上了另一出欢喜良缘。

从此把它抛到脑后。

我们一路走来，习惯于把许多物物事事抛到脑后，要都原封不动地搁着，那脑袋瓜岂不早撑破了？但是，走着，走着，总有一天会突然发现，那些抛掉了的物物事事，并未丢失，化为空，化为无，它们仍挨次挨序地在原处待着，一声不吭，探头探脑，等待，等待着人老了眼花了愈来愈看不清当下时，便会自动把焦距调向过去，像牛反刍一样重新咀嚼往事。

话说四五年前的一天，我在写作一篇短文，讲述自己初中二年级暑假，怎样为了凑钱买《普希金文集》，私自盗卖了家藏的铜币。我在文章中回忆，我睡觉的床，是一个木柜，柜里存着祖父留下的数千枚铜板。一天夜里，铜板在柜里撩逗我："你不是需要钱用吗，我们铜板本来就是钱，现在虽然不当钱使了，但仍然有一定价值，你抓几把卖到废品收购站，管保能换回《普希金文集》。"写到这里，我停止敲击电脑，对着屏幕，愣愣出神——不用说，我想起了那枚埋进黄土的铜币。

稿子写罢，我立刻前往潘家园古玩市场，花高价买了一枚"光绪元宝"。

这不可能是你从前的那枚"金钱镖"。

当然，我也这么认为。连最魔幻的小说家也不敢断定它就是，断定了也不会有人信——除非在梦里。

然而，我们又何必在乎它是，或不是呢。铜币通灵，铜币自有世界，它们之间也有语言、文化、信仰，也有电话、手机、网络。当年我青发覆额，混沌未开，听不懂铜币的话。而今银丝盈巅，那发不是随便白的，你老了你就知道，每一根，都是沟通灵界的天线。因此，有这一枚铜币作媒介，以前那枚铜币的信息，包括与我认识前的经历，以及与我分手后的行踪，自会一五一十、源源不断地传来——哪怕它天涯海角，哪怕它转世投胎。

上帝预先关上三扇门

人敬你烟。

摆手——我不抽。

为什么不抽?

吸烟有害健康的啦。

这是成人后,尤其是老来后,逐渐积累的常识。儿童时期,哪里懂得其中的利害。我只晓得,男子汉都爱抽烟,人前人后,吞云吐雾,神气活现。女人嘛,左邻右舍有些厉害的婆娘,偶尔也抽几口烟。

我家里,祖父,父亲,都是烟民,用的是古色古香的旱烟袋,竹杆,铜锅,玉嘴。

香烟应该是舶来品,小时候,听上海来的二舅念过一首顺口溜:"民国光景大不同,口衔香烟满街冲;人头不像狗卵子,开口就问几点钟。"这是传统派对东渐的西风发出的蔑视。蔑视归蔑视,香烟还是横冲直撞,所向披靡。

六岁,私塾放假的日子,邻居陈家老三带我上街捡烟蒂(也叫烟屁股)。他不认字,穷人的孩子早当家,除了读书,其他都比我能干。

捡烟蒂的办法是用一支竹竿，前端绑定一根针，拿它扎，一扎一准。烟蒂要到街上捡，最多的地方是会场、戏院，以及政府机关的垃圾堆。

垃圾堆脏——那时没有这概念。

捡回来剥开包装纸，抖出剩余的烟丝，放进扁筐，搁在太阳底下晒。晒干了，就可以装进旱烟袋里抽。

陈家老三收集烟丝是为了卖钱，我是为了孝敬祖父。

捡多了，经验日丰，胆子日大，仗着人小，动辄闯进机关的院子或办公室。

一天，闯进法院所在地——门口挂着牌子，我认识——挨着房间逐个儿搜寻。

到了一室，像是审讯人的场所。当中一张办公桌，坐着一位干部，年龄不超过我大哥。办公桌前，背对着我，坐了一位老头儿，拼命抽烟，双腿不停颤抖。我不管三七二十一，进门就低头扎烟蒂。那位干部见状，快步走过来，拿胶鞋把我待扎的烟蒂踩住，然后使劲踏个稀巴烂。

我愣在那里，抬起头，仰望他满脸的鄙夷——一声不吭，转身便走。

这是我最后一次捡人家丢弃的烟屁股。

尔后，直至长大，及壮，及老，我抽过的香烟，可以动用指头数（多半是公共场合，别人递过烟来，不好意思拒绝，点燃了，夹在指头间，任其自生自灭），总共，不会超过两包。

也许跟那最后一次捡烟蒂的耻辱有关。

也许半点儿关系都没有。

只是有一点是确凿无疑的：烟，从此离开了我。

跟烟一样，我很早就省得，是爷们，都爱喝酒。

女人也有能喝的，只是不经常。

印象，与生俱来的，是祖父，似乎每顿午饭、晚饭，都要喝几盅儿酒。

那盅是白瓷的，极小极小。

那酒是散装的，从十字街口一家酒店打来。

那瓶是玻璃的，带点淡绿。

八岁，不会错，我已正式上学，算得小大人了。祖父把上街打酒的任务放心交给我。

每次只是五两六两，最多不超过八两（折合当时的秤为半斤）。

话说有一天傍晚，我去十字街口那家酒店打酒，看见一个壮汉，买了半斤酒，倒在碗里，仰起脖，直接往嘴里灌，一口气喝净，抹抹嘴，满脸红光，精神焕发，大踏步走了。

望着他的背影，我想，酒肯定是个好东西。

那时已开始接触古典小说，理会，古人吃饭就要喝酒，英雄好汉干大事前更是离不开酒。

打了酒，往回走，一边琢磨，一边就有了好奇心。

想尝尝酒是什么滋味。

拔开塞子，抿了一小口。

有点辣，有点苦，仔细咂摸，还有点甜。

又抿了一小口。

再抿一小口。

就这样，走几步路，抿一小口。觉得味道也不过如此，人说酒壮胆，人说酒上劲，我甩甩胳膊，踢踢腿，感觉还和原来一样。

只是，坏了！那酒瓶是透明的，快到家时，猛然发现，六两酒已少了一半。

这怎么向祖父交差。

急中生智，也是无师自通——二哥日后告诉我，他小时候也干过这事——我走下河沿，左手拿瓶，右手舀水，往里灌，灌得差不多了，再把瓶塞塞紧。

回家。祖父拿出一碟咸菜，一碟花生，一只橘子，拔开瓶塞，倒了一盅酒。

我退到门外，远远地瞅。

祖父招呼我过去，给了我两瓣橘子。

我索性躲到门后，看动静。

祖父端起酒盅，喝了一口。

感到不对劲，拿过瓶子，摇了摇，对着看。

又端起酒盅，慢慢品尝。

掺了水的酒自然变了味，祖父一定发觉了异常。

我捏着两瓣橘子，紧张得要命，等待挨骂。

祖父继续喝酒，啥话也没说。

一晚无事。

第二天也无事。

三天后，酒喝完了，还是交给我钱，让我去打酒。

这次不敢再偷喝。

下次也不敢。

尔后，直到今天。除了舶来的啤酒，我偶尔喝一杯，就一杯；红酒，仅仅是在饭局上装装样子；白酒，基本不碰。

人说"李白斗酒诗百篇"，难怪我中年以后不再写诗，老年以来更与诗绝缘，归根结底，就在于我不喝酒。

也是从小，见大人都喝茶。

阜宁老家，场边长着一棵茶树，据说水土不好，采下的叶片，制成茶，又苦又涩，不中吃。

好茶都要上街买。

茶壶专用，祖父，父亲，大哥，一人一把，色如紫铜，也许，就是现在身价甚高的紫砂茶壶吧。

此处插一句：祖父过世后，老人家用的茶壶，归于二姐夫徐忠林。本世纪初，又被我要了来，搁在书架，当作古玩。

茶和烟酒不同，它门槛低，谁都可以喝。童年接受的第一个概念，茶能帮助消化。

我等贫民，那年头连吃饱饭都不易，肚里没什么油腻，因此，我对茶的需求并不强烈。

日后进了机关，讲究一杯茶，一支烟——那是别人，我是既不喝茶，也不抽烟。

茶不是绝对不喝，人在江湖，免不了应酬，别人喝酒，我总得喝点什么，尤其是人家敬你，你也得象征性地回敬。

一度是用可乐。

后来听说可乐有副作用，便改为果汁。

后来又听说果汁勾兑、掺水，便改为茶。

又后来，连茶也不喝，就喝白开水。饭局上如此，居家也如此。

邓拓有一篇名文《白开水最好喝》，他写道："近来喜欢喝白开水，渐渐发觉白开水对于人的身体健康有极大好处，因此，我常常宣传白开水最好喝。特别是对于亲近的同志，我总劝他们喝白开水。"

我没有那么多考虑，就是觉得方便。

人奇怪，总问我为什么连茶也不喝。

一次，我随口答道："没时间。"

人更奇怪，喝茶怎么没时间，难道你不喝水吗，喝茶不过是在水里搁点茶叶，能耽搁你几分几秒？

反省，的确耽误不了几分几秒，但我内心总觉得费事，我就图简单，白开水最便捷。

陆放翁有言："金丹九转太多事，服水自可追飞仙。"这话我同意一半，我没有想追飞仙，我就图省时省力。

一次，也是在饭桌上，一位仁兄针对我的不烟不酒不茶，断言："北大出来的人就是怪。"

我赶紧声明，我的"不云不雨"，跟北大毫无关系。北大有的是烟神酒仙茶圣。实在要往北大上靠，不妨作如是诠释：我出身寒微，秉性木讷，土头土脑，乡巴气十足，原本不是读北大的料。侥幸让我闯进去——上帝为了平衡，就从我应享的尘世福泽中，剔除了烟酒茶三味。

烟可以放弃。来生，发誓成为茶神酒仙。

一条手缝的红领巾

观音菩萨在云端轻轻一拂杨柳枝，一条红孩儿系的兜肚……不，红领巾……就飘飘款款而下……我每每沿了这思路编下去，每次都能织出一篇悠然神往的童话。

明白了吗？我说的是童话。

你是五岁、六岁就入学堂了吗？我真羡慕你。我是五岁不到读私塾，八岁才上学堂，插班读二年级。

二年级的小朋友多数都是少先队员。看着他们脖颈上鲜拂拂的红领巾，真叫人眼馋。不过，那时我还没有想到红孩儿的兜肚，我想的是……

我想的很快就应验了。一天课后，班主任陈觉老师摸摸我的光脑壳，说："你被吸收入队了，明天记得去买一条红领巾，啊。"

入队了！脖子上也将有一朵鲜艳的红云环绕了！在别的孩子，这是要一路跳着蹦着捎回去的喜讯，而我，却刚刚兴奋到半路，心便凉了。我快快地把喜讯从口袋里掏出，犹豫许久，终于搁进了鞋后跟。

母亲的眼似乎能看透鞋后跟。晚饭桌上，她拿筷子轻轻敲了我的碗沿，问："你今天有什么心思吧？小三。"

内心里巴不得母亲能有这一问，于是，我就把老师的话从鞋后跟里掏了出来——想是因为和光脚粘贴了许久，话一出口就已走了味。

母亲听说店里的一条红领巾要值三角钱（当时为旧币三千元），立刻便不言声了。现在的小朋友，无法理解当年的贫穷。拿学校来说，课桌都是破破烂烂，东倒西歪，坐凳呢，对不起，学生自己带，高低不一，长短不齐。有人丢了，或忘了带，课上就只能站着。说到钞票，我长到八岁，还没见过三角钱。听说一个从阜宁来的表哥，在海滩帮人割了半月草，只得了两角钱。我的五角钱学费，现在仍拖欠着哩。

母亲的安慰飘过来了。"你喝粥吧。"她说，"妈会替你想办法。"

饭后，母亲让我去同学家借了一条红领巾。她拿了，展开在晚霞里，左看，右看，正看，反看，末了就找大姐合计。大姐便从箱底，翻出一件准备出嫁用的红衫儿。母亲接了，抿抿嘴，旋即把衫儿铺在了桌上，比着红领巾，三剪两剪，咔嚓咔嚓就给裁了。

于是乎我就有了一条红领巾。睡前，我把它折好，整整齐齐地放在枕头下。睡梦中，虽然想到了大姐的红衫儿，眼眶有点潮，欢乐还是一个劲儿地从关关节节往外冒……

第二天上学，我怯生生地系上了那条红领巾。进得教室门，便有一位要好的同学迎过来，说我的结缩得不对，要帮我重新系一下。

他把红领巾解开。

他拿在手里抖抖，左瞧，右瞧。

"啊！"他忽然惊叫起来："假的，假的，这条红领巾是做的！"

做的？

做的怎么就是假的？

这是一九五二年秋天，是我上学后遇到的第一桩难堪事。

同学们一下哗啦地围拢来，七嘴八舌，评头论足，我经不起那架势，差点就要哭了。这时，陈觉老师走了进来。他问明了情况，挥挥手，让小朋友散开。"他的资格是真的。"陈老师大声说，并动手帮我系上了红领巾。

不管陈老师怎么强调我少先队员的资格是真的，课堂上，总有许多小朋友不时回过头来（那时我坐在最后一排），拿眼瞄我的红领巾，那目光仿佛在说：

"做的，做的！"

"假的，假的！"

感觉到资格上不如人，这对一个儿童的自尊是极大的摧残。当晚，我就把学堂的情况，万分委屈地告诉了母亲。我说："我要一条真的，不要假的。"

母亲叹口气，拿过红领巾，默默寻思一会儿，说：

"也就针脚大些，线粗些。"

是夜，母亲坐在床边，用几根灯草点的油灯，照着，精心精意又重缝了一遍。

天明上学，依然还是同学围拢来，照旧评头论足，七嘴八舌：

"哟，不是街上买的！"

"还是家里做的，假的！"

我至今仍想不通：家里做的又怎么样？因为布的颜色不是那么艳？因为手工的没有机器缝得那么精致？因为在感觉上不是正品？其实，只要队员的资格是真的，手工做的又有何妨？

无奈众口铄金，人言可畏。

最难忘的是转年春天斯大林逝世，全国举行追悼会，按照统一的时辰，我们也集中在操场上，集体致哀。就在追悼会开始之前，悲哀的骚动发生了。

先是一位三年级的同学——我至今仍记得他的名字——他排在我的身后，拉过我的红领巾，瞅了瞅。

"啧啧，是家里做的。"他扭头告诉了另一位同学。

"假的。"另一位又告诉了另一位。

"假的。""假的。"操场上就喊喊喳喳地传荡开来。从三年级传到四年级。从四年级传到五年级，从五年级又传到六年级。忙着整队的教导主任发现情况有异，便走到队伍中大声斥责：

"什么假的？！"

随即一位女同学大声报告："二年级有个学生的红领巾是假的。"

教导主任背了手，慢慢踱到我的身后，他瞧了瞧我赤裸裸的脚后跟——彼时鞋跟已破，再也藏不住任何秘密了——又瞧了瞧我补丁摞补丁的"百衲衣"，便把自己脖子上的那条红领巾解下，亲手给我系上，转手，又把我的那条倒霉的"家制品"，系在他自己的脖子上。

教导主任庄重地走到队列前面，主持追悼会。

一晃六十余年，当年追悼会的内容，我几乎都忘记了，只有那"假的""假的"喊喊喳喳声，和教导主任爱怜温暖的目光，仍记得真真切切。

这事给我的刺激太大。按说，儿童应该是单纯的，良善的，但他们在手工制作的红领巾这事上，表现出集体的势利。我相信，不是出于对贫穷的蔑视——他们中的一些，比我还穷。那么，又是为了什么呢？我能想到的答案，就是我是唯一。人家都是机器缝的，就我是手工做的。这样，我就被推到边缘。

这现象是什么时候有的，我不知道。我只知道以后在中学、大学，随处都有，比比皆是。

也许，这就是人性。

我是怎样当上小英雄的

那年春夏之交，射阳闹"毛人水怪"，消息从北边徐州、连云港一路传来，说得有鼻子有眼，活灵活现，讲有一种浑身是毛的妖怪，生活在水里，黑夜跑上岸，专门挖人眼、人心、奶头、卵蛋，送给苏联造原子弹。

政府出面辟谣，说没有这回事，苏联造原子弹，是科学技术，不是巫术，要人的器官干什么！这是阶级敌人散布的谣言，蛊惑人心，制造恐慌，破坏生产，离间中苏友谊。

辟归辟，老百姓还是有人信。加上马路消息满天飞，某地某家小孩溺水，眼珠被抠走；某村某孕妇肚子被剖，胎儿被挖走，等等。当时，群众普遍缺少科学文化知识，对谣言心存恐惧。天黑后，不敢出门。闩门睡觉，不放心，又拿木杠或桌子抵着。胆小的，实行全家全族集中住宿，派人轮流值班，整夜亮着灯。儿童哭闹，大人随即恫吓："再哭，马虎子来了！"

"马虎子"是旧称，我儿时犯哭，母亲也用这话吓唬我，据说"马虎子"专门吃小孩。长大后知道，"马虎子"其实是指隋炀帝手下督造大运河的官吏"麻胡子"，真名麻叔谋，喜欢吃蒸熟的婴儿肉。现在被用来指"毛人水怪"。

在一片谣言声里，父母带着四弟，回老家阜宁陈良，那里有土改分得的十一亩田，眼下正是犁地、灌水、插秧的大忙季节。陈良是水乡，河网纵横，是毛人水怪出没的理想场所，我不免担心。

谢天谢地，过了月把，父母和弟弟安全回到合德。

一艘乌篷小船，泊在西河边。

晚饭桌上，我问父亲："陈良有没有闹'毛人水怪'？"

"闹啊，说'毛人水怪'刀枪不入，水火不侵。"父亲竖起筷子，"这是老谣言，六七年前就传过，到头来谁见到了？谁也没有。这回又加了一条，说国民党给潜伏在大陆的特务发了'毛人水怪'服装，让他们乘机捣乱，为后续反攻大陆做准备。发服装？跑到大陆来发？纯粹胡说八道。"

陈良到合德九十里水路，我来回走过几次。"这次路上一点情况都没有吗？"我好奇。

父亲搁下筷子，抹抹嘴："去时正常，回头有段插曲。那天船到沟墩，上岸访一个熟人，人家热情，留住吃午饭，喝多了酒，回船睡了半下午，离合德还有六十里，干脆在当地歇一夜。码头泊了十几条船，我家的船靠外边。晚上我下河洗澡，忽然冒出很多人，拿手电筒在船夹缝里乱照。"

"你爸爸没穿裤衩，躲在船后梢，只露个头。"母亲揭丑，"岸上人越聚越多，有人还拿来了枪。"

"我不得不光着身子爬上船"，父亲讪笑，"那些人见是船家洗澡，不是'毛人水怪'，也就散了。"

祖父当初建了一个院子，看上去蛮宽敞，搬家时，祖父母住正房，西厢房归大哥大嫂，东厢房归父母，三下里一分，就变得捉襟见肘了。大姐、二姐单住。我、四弟与父母住在一间小屋，饭桌、灶台之外，只能搁下一张床。天热，父亲嫌挤，仍旧回船上睡。

夜里有人，故意向河里扔土块。

父亲说："我晓得是谁干的，他扔他的，我睡我的。"

改天晚上，父亲招呼我也上船睡，说小孩子要练胆量。

是夜月色清明，我和父亲并坐船头，双脚泡在水里，边洗，边聊天。我问父亲："您常跑夜路，怕不怕?"

"怕什么呢?"父亲反问。

"比如怕鬼。"我偷眼向黑黢黢的桥肚里望。

"不怕。"父亲斩钉截铁，"历史几千年，有谁见过鬼？没有。唱戏的说包公日断阳，夜断阴，那是编的。《聊斋志异》写了很多鬼，实际写的都是人。"

"再说，"父亲接着讲，"真要有鬼，也是鬼怕人，不是人怕鬼。"

"鬼为什么怕人?"这倒是新知识。

"按照书上的说法，人是阳气，鬼是阴气，邪不侵正，阴不敢靠近阳，就像露水，一见阳光就蒸发了。"父亲一点不迷信。

>>> 从私塾到北大

"现在到处闹'毛人水怪'，不会是没有影子的吧?"我收起泡在水里的脚。

"我见过江猪，听说过老鼋，没有见过听过其他水怪。学校老师怎么说?"

"老师说是坏分子造谣，搞破坏。"

"那你就听老师的。"

洗完脚，我伴着马灯，看一会儿书。

熄灯前，父亲把搭在船和岸之间的跳板撤掉，把舱门拉上，拴牢，又在枕头旁放了根棍子。

"您说不怕鬼的?"我问。

"这是防人，防盗贼，叫花子也得提根打狗棍，不防一万，就防万一。"

于是，我陪父亲，在船上一住就是半月，平安无事。

邻居有人说："卞大爷会画符，水怪惧他。"

白天他们登船检查，没看到符箓。

又说："卞大爷会念咒，魔鬼不能傍身。"

我可是从来没有听过，只晓得父亲会打呼噜，震得山响。

一天，镇上来了人，找父亲，说要他去参加一个会，现身说法，证明"毛人水怪"是谣言。

父亲说："我不去，我不会当众讲话。没有就是没有，还要怎么证明?"

镇上人说："那就让你儿子去，他念书，会讲话。"

我去了一个会。规模不大，五六十人，来自各乡镇。大伙汇报的，诸如：某不法分子在夜里穿了黑衣服窜乡，吓得村民小傍中了才敢下田，天没黑就关门；某家因为夜灯被耗子撞倒，点着茅草，烧坏房屋，村民盲目乱跑，引发踩踏；某人夜晚在渡口，听到大河里扑通一响，有黑影一蹿三丈高，吓得魂掉，回家躺了三四天，嘴都吓歪了。轮到我发言，我说："我们家有条船，停在家旁边的小河。我和爸爸在船上睡，人家说有'毛人水怪'，我们不怕，住了半个多月，夜夜风平浪静，偶尔有青蛙叫，鱼儿跳，再就是我父亲的鼾声，他一倒头就睡着。我有时半夜醒来，开了舱门望，我倒想见识见识'毛人水怪'，看看它究竟长啥模样——它不敢露面，我从未看到。说到底，根本没有。心里无鬼，自然无鬼。"

　　领导总结：中国人民站起来了。蒋介石反动派不甘心失败，叫嚣反攻大陆，他们潜伏下来的特务乘机散布谣言，企图制造混乱，瓦解人心。各级政府部门要加强保卫，严厉打击坏分子造谣破坏；同时要教育群众，宣传群众，鼓励他们白天努力生产，夜里放心睡觉。最后，并特别提到我的发言，说我讲得好：心里无鬼，自然无鬼。

　　消息传到学校，班主任老师对我大加表扬。我却是满脸通红，不好意思。心里纳闷：不过是在船上睡了半月觉，怎么就成了破除"毛人水怪"的小英雄。

月轮加冕图

　　说到月光下的小镇，眼前顿时华灯璀璨，霓虹闪烁——这是当代人的本能反应。我说的是从前，那时电网还没有铺设到敝县，所谓"楼上楼下，电灯电话"，还只是可望而不可即的蓝图。居民普遍使用的是煤油灯，阔气的加个玻璃罩子。土气的，如我，仅拿墨水瓶当灯盏，纸捻作灯芯。光焰总似害羞一般，害落后的羞，飘飘忽忽，抖抖索索——如是怎么应对晚自习？

　　古人说凿壁偷光，我不信。且不论穷家怎会和富户共壁，即使共壁了你又怎能随便凿通人家的墙。古人又说囊萤映雪，我更不信。你若不同意可试试看——反正我上了一次当决不想再上第二次。

　　其实，有一种做法最原始也最为靠谱，那就是借助月光。

　　你请随着我来。我家住在小镇的西首，出门，右拐，跨过一道小桥，便走进空旷的原野。

　　这是一处狭长的"两河流域"。北边是一条大河，南边是一湾小河，居中为马路、行道树、庄稼。时值农历十四五，万斛月华情有独钟地泼洒而下，我正好承接了她的眷顾。

我手里拿的是一册《千家诗》，不为读，只为背。月光再亮，也不宜读书，伤眼睛。背诗没关系，只要看清诗题，尽管背下去，偶尔卡壳，再瞅一眼就是。

今天早晨，学校第一节课是语文。任老师抽查作业，让一个女生背《愚公移山》。该女生站起来，左摸衣角，右绞辫梢，红着个脸，不吱声。任老师改叫一个男生，他也是吞吞吐吐，有一句没一句，背不下来。任老师扫视全班，问："谁能背？"右侧最后一排的徐刚站起来。他是读过不少遍的，虽然结结巴巴，总算勉强背完。任老师不满意，又问："谁还会背？"这次轮到我站起。我念过三年半私塾，背诵，是最基本的训练。通常，先生上午用红笔圈出今日应读课文，略作讲解，然后，学生归位，反复朗诵。改天一早，轮流站在先生面前背自己昨天的功课。背上的，回家吃早饭。背不上的，留下再念，直到背熟为止。就这一招，养成了我死记硬背的童子功。因此，这小学四年级的课文，对我来说，完全小菜一碟。我轻轻松松地背完了。任老师问："你还能背哪一篇？"我说："整本书，前面教过的，后面没教的，都会背。"任老师考了我两篇，一篇教过的，一篇未教的。我都滚瓜烂熟。老师对我大加表扬，同学也都刮目相看。

我并没有自鸣得意。因为，别人不清楚，我晓得，仅仅在我家里，祖父、父亲、大哥的记忆力就都比我强。他们平常说起某篇文章，不用翻书本，不假思索，脱口而出。尤其是大哥，夏日晚间在门口乘凉，是他大显身手的时候，讲《三国演义》《封神演义》《三言二拍》，从头至尾，枝枝节节，都交代得清清楚楚，连书中的诗词，都能说得一字不差。

今晚我背诵的《千家诗》，也是大哥的保留节目。闲常，他没有对象，只有在我面前显摆。每一首，他都是张口即来，还能在纸上信笔画出原诗的意境。我在私塾也读过《千家诗》，不是正课，私下读了玩，功夫不深。这些日，我发誓追赶大哥，已背熟一大半，也能画出多幅写意图。但我不愿让大哥察觉，是以，一连几晚都是跑到野外来用功。

我是挑着背的，挑那些半生不熟的篇什。正着背，又倒着背，我想大哥应该不会倒背。比如这首范成大的《四时田园杂兴》："昼出耘田夜绩麻，村庄儿女各当家。童孙未解供耕织，也傍桑阴学种瓜。"说的都是我熟悉的事，正着背，两遍就熟。倒着背，得试五六次——它像倒挂在树上看世界，思维，逻辑，次序，都是反的，我得一遍一遍来。比如，我背出最后一句"也傍桑阴学种瓜"，上面一句，是什么呢？不要重头开始想，要倒背如流地冲口而出。是……是……大脑一片空白，思维明显短路，我突然想到：诗里说的是什么瓜呢？南瓜，冬瓜，西瓜——我抬起头，下意识地朝小河南岸的瓜园看了一眼。

这一眼，看到了一幕神秘剧。

瓜园的主人，叫李三大头，正在西瓜地里挖土。挖土没啥稀奇古怪，他是在刨坑，一锹又一锹地。这么晚，刨什么坑呢？栽树，过了季节；挖井，小河就在旁边；挖财宝，前人埋的，他祖宗八代都是穷光蛋，不会有哪个先人留下坛坛罐罐。

我走近几步，隐身在一棵大树后偷看。

李三大头挖好一个坑，瞬间让我惊爆眼珠，他把一个碗大的西瓜，连茎带藤搁进坑里。然后，在坑沿搭了一块芦席，撒上浮土。然后，又扯过瓜蔓瓜叶，掩上。

他在埋瓜。

是怕有人偷吗？哦不。他向来大方，瓜熟了，总是送给左邻右舍尝；路人口渴摘个瓜，也不会当回事。

是怕狗獾、刺猬之类糟蹋吗？也不。那些骚扰瓜园的小毛贼，只是偶尔有之，并没有造成大祸害。

李三大头又挖了一个坑，又埋了一个瓜。

李三大头再挖一个坑……

也许他是在做试验，看西瓜能不能在土里长。

没准他在等待，等待过些日刨出来，给自己一个大大的惊喜。

——李三大头的脑瓜，谁能猜得透呢？

干完活，李三大头走下河边的码头，那码头窄而长，深入河心。他扯下搭在肩上的毛巾，开始洗头、擦脸、抹身子。忽然，他停止动作，低头凝视水面。原来，他硕大的头颅，恰好与水底的月影重叠。

水纹渐趋稳定，头像与月影愈发清晰。

他一定是"胸口挂钥匙——开心"极了。

从他的角度看去，那月影应该活似佛像头上的光环。

李三大头，顾名思义，排行老三，但是我没见过老大老二，他家里只有一个寡母。屋后有两棵桃树，另有几分菜地，一片瓜园。他头长得大，几乎是常人的一倍，人却愚笨，木头木脑，是以人呼其大头，带有奚落、要弄的意思。

我最早尝着桃子的滋味，就是李三大头蹚水送过来的。那时身后的大河还没有扩宽，我家就住在大河南岸，与李三大头的家隔着小河遥遥相对。李三大头随和、勤快，日常，我家，以及西邻的汪家、彭家、郭家，东邻的陈家，都喜欢找他帮忙，诸如泥水活、木工活，以及舂米、磨粉、蒸馍、操办酒席之类，他是呼之即来，而且不取报酬。事毕，人留他吃饭，他摆摆手就离去。人跟他道谢，他反而回一句"难为，难为"（多谢，多谢），仿佛不是他帮了别人，而是别人帮了他。

我向来以为李三大头那颗大脑袋是长空了的，就像长糠了的西瓜——哪知，他也懂得审美。

我想起"苏小妹三难新郎"的故事，这是大哥经常讲的。苏东坡有个妹子叫苏小妹，博学，多才，敏捷，机辩，才华不在东坡兄弟之下。苏小妹眼高，择婿，选来选去，选定风流才子秦少游。新婚之夜，苏小妹玩花点子，抛出三个题目，考验新郎，讲明：三道题目全部答对，方许进入洞房。否则，就要罚在外厢补读诗文了。前面两道题，少游顺利通过。第三题，是对对子。是夜月明星朗，小妹出的上联是"闭门推出窗前月"。少游苦苦思索，想不出妙对，于是绕院徘徊，反复推敲。谯楼早敲过了三更鼓，东坡中宵梦醒，瞥见妹夫在月下踱步，披衣悄悄走近，听他口里只管吟哦"闭门推出窗前月"，右手反复做推窗之势。东坡一下子明白了，小妹性好逗能，大喜之日出对儿刁难新郎，是要给少游一个下马威。东坡思忖怎么帮少游一把，但见他踱到院里一口水缸旁，探头往里边瞧。东坡灵机一动，随手在地上捡起一粒石子，瞄准了，轻轻扔到缸里，溅起一片白亮亮的水花。少游见到水花，来不及奇怪这从何处飞来的石子，只顾得一拍大腿："有了，有了！"迅速对出下联"投石冲开水底天"。这才得以进入洞房。

我倒不是要帮李三大头什么忙，而是想吓唬吓唬他，告诉他埋瓜的秘密已被别人发现，他忙活了半天白忙，遂低头捡了一个土块，挥臂扔去，砸碎了水中的倒影。

谁知，李三大头不惊不怕，他缓缓抬起头来，冲我隐身的方位，扬了一扬毛巾："卞三小哥，你这么用功，天黑了还跑到野地背书，将来是要中举人的啊。"

原来李三大头不笨。他自然早就听见我背诗的声音，也知道我会看他埋瓜，依旧若无其事，不慌不忙。他没有把我当外人，说不定在与我分享探索的喜悦——在他心里，一个埋在土里的西瓜，无疑比露在地上的长得更踏实，更沙甜。最让我吃惊的是，他今晚破天荒说出一串完整的话，而且条理分明，用词得当，吐字清晰。换了我，未必讲得比他漂亮。你看，他还懂得恭维，预祝我考中举人。李三大头，啊不，李三叔，他的存在，长期隐匿在偏见的阴影里。然而今晚，他却干出一番动地惊天的壮举——试验西瓜如何在土里生长——如果我不说，谁也不会知晓。但是月亮知晓，她虽然高高在上，却把一切都看在眼里。知晓而且理解，理解而且赞美，她用自己的光环，为一位永葆赤子之心的瓜农加冕。人欣赏月易，月欣赏人难，这必得精诚所至、金石为开的天人感应——刹那，我怀疑眼前这幅"月轮加冕图"，也是掺和了我的心灵感应。

𢀈的萌萌哒

　　唐诺先生钟情古文字，他在大著《文字的故事》封底，以扬眉瞬目的拈花一笑，推荐了一个甲骨文𢀈，即"子"。唐先生说："这是我个人所见过最可爱的字，如何？是不是可爱翻了？"

　　我禁不住破颜一笑。在此之前，我宠过"子"的另一个甲骨文𢀈，原就觉得古朴感爆棚，超可爱，而这个𢀈，不仅更加萌萌哒，还以心传心，像极了某个时段的我，具体说，就是初中阶段的我。

　　这不是吹嘘，是实话实说。

　　你看，一颗硕大的脑袋，戳着稀疏的五根头发，眼睛瞪得溜圆，鼻尖耸起，嘴巴微噘，下面垂着两条细腿，摹拟一个初生的婴儿——唐诺先生如是说，几乎所有的文字学家都如是说。他们是谈学问，他们当然大有道理。而我呐，是触景生情，不，触字生情——在我心目中，我曾经的表情包，就包括𢀈这副呆萌模样。

　　且听我细说。

　　𢀈是象形字，也是一幅图画。顶部的符号，既是三千烦恼丝，又是三千根天线。张乐平笔下的三毛，脑袋仅剩三根黄发。

三根，喻极少，极穷。而这儿的五根，喻极多，极富。它们迎风戳立，剑指穹苍，负责接收上界的信息。眼睛睁得大大的，直视对象，一眨不眨。鼻子、嘴巴，略带惊悚、敬畏。颏下的六条线，不是小身子、小腿，而是——你绝对想不到——飘拂的胡须，也是地线。通体象征小小毛孩，已状若鹤发长者才有的苦思冥想。

这就是我少年的造型。我那时没有见过甲骨文，不晓得𤾩是这副模样。如果晓得，我会拿它作我的卡通像，我不怕别人说我剽窃，我的异曲与某个伟大的先祖同工，这是我的骄傲，不是耻辱。

让我随便举个例吧：

仲夏夜，月儿高高挂在天上。我一个人，蹲在小河边的槐树下，我的表情，乍看上去，就是𤾩的这副傻傻相。我一头寸发根根直竖，在捕捉身旁草啊树啊的生长电波。白天上课，老师说，地球是椭圆的，我们所以在地球转到向下一方的时候，没有掉入太空，是因为地球的万有引力。这一下使我脑洞大开，怪道花草树木白天都不见生长——你们有谁见过它们长吗——原来白昼草尖树梢朝上，根朝下，由于地球的引力，它们无法往高里蹿，只能向地里扎。夜晚则倒过来，草尖树梢朝下，根朝上，它们就拼命往高里长。此时，此地，你只要屏息静气——若是能像我这般放飞听觉的神经，更好——准能捕捉到它们滋滋的拔节声。

这是事关科学发展的重大课题。什么老子、庄子，什么孔子、孟子，他们都是门外汉，因为他们不了解地球是椭圆的。我后来居上，绝对可以超越他们，做推陈出新的学问。比如站在河边，孔子只会说："子在川上曰：逝者如斯夫！不舍昼夜。"这是随便一个乡巴佬都会发出的感慨，没有多少含金量。敢问：孔子晓得晚上的河水比白天流得慢吗？我把目光投向三尺外的小河，它映着满天星斗，静默无声。这本来应该属于屈原的天问，三闾大夫疏忽了，忘记讲了，我来替他补上。"长沟流月去无声"，奔腾了一天的河水在夜晚老实起来，放缓脚步，它怕，怕惊扰了地母的美梦，趁地球倒悬，把它抛出去。那样一来，它就彻底玩完，"飞流直下三千尺"，化作莽莽太空的茫茫水汽。

转头看我居住的西兴街，那鳞次栉比的房屋，白天都腰板挺直，趾高气扬，忙不迭地跟飞鸟招呼，跟流云寒暄，跟太阳搭话。到了晚间，顿时委顿下来，一座座耷拉着脑袋，龟缩着身子，潜伏在暗影里。动物有本能，建筑物也有本能，这是在地球日复一日的自转与公转中形成的条件反射。

你要不信，请抬头看那天上的星星。它们原是地球上的巨峰魁峦，挺拔天表，优势在于庞大，劣势也在于庞大，旋转的地球有一天突然加速，失控把它们甩了出去，就此成了太空的星辰，再也回不来。甩出去时是在夜晚，它们待的地方就是夜空。地球空出来的洼地，就成了海。夜空的星辰总是不停地眨眼，一闪，一闪，像泪花。它们在思乡。

人啊，白天是双脚踏地，头部冲上，重心完全落在脚板底。

因此，白天人不蹲个儿。也因此，白天人腿脚有力，站可以如松，行可以如风。晚间，人睡了，身子横躺过来，小孩子就开始长个儿，成人就开始恢复白天消耗了的元气。夜深不宜干活，这时人头重脚轻，血液都往头部涌。也不宜读书，读多了脑涨头昏，看了也记不住。这一切你都茫然，但是地球清醒，太阳清醒，宇宙清醒。老祖宗提倡"日出而作，日落而息"，倒也歪打正着、恰到好处地对应了地球的正和反。

如果过了子时还不睡，当心撞见鬼。鬼是没有骨肉的，就一缕魂魄，像浮尘，无根。白天，鬼被地球的引力吸住，动弹不得。太阳落山，地球的这一面疾速转向下方，它就趁机随着惯性滑出来，四处游荡。

以上，老师实际只说了一句，关于地球的椭圆与万有引力，其余，都是我借题发挥，举一反三。倘若明天老师讲的跟我今晚想的不一致——这很有可能——那也没有关系，我是学生，我的使命就是接纳真理，摒弃谬误。我头上的天线，颏下的地线，随时准备接受新的信息、新的挑战。我乐于天马行空，玄思妙想。我酷爱让醍醐一次又一次灌顶。我认为——不是当初，是此刻执笔回忆的我认为——这个萌生于华夏古国的囍，没准就是曾经造访地球的某个外星族的图腾。

历书上的英雄豪杰

　　小时候，家里每年都要买四册黄历，祖父、父亲、大哥，一人一册，剩下的一册备用，以防谁的损毁或丢失。既然大人备而不用，放着也是放着——记得是小学五年级，除夕——我就拿来，作我的历书。

　　大人的黄历，照例加上批注，诸如祭祀、嫁娶、出行、动土，诸如吉、凶、宜、忌。我的黄历，别出心裁，在每个日子下面，填上一位我喜爱的人物。

　　人物从哪儿来？

　　洋画片。那时代少年的最爱，每个人都有大把大把，素材取自《封神演义》《西游记》《三国演义》《水浒传》《红楼梦》《杨家将》《白蛇传》，等等。我从中选出三百六十张，一式英雄豪杰——日子就此精彩而梦幻。

　　少年才懂得少年。

　　某天早晨，我打开历书，适逢武松轮值。哇！武松景阳冈打虎，这场面，我画过。大虫三技：一扑，一掀，一剪。武松三快：一闪，一躲，又一闪。大虫复翻转身，武松抢起哨棒，劈将下去，却打在了枯树，把哨棒折做两截。大虫咆哮，翻身又一扑，武松疾速跳开，大虫恰好把两只前爪搭在武松面前，武松就势把大虫顶花皮揪住，提起铁锤般大小的拳头，狠劲擂，擂得五六十拳，大虫早一命呜呼。我把那张武松打虎的画片，搁进上衣口袋。出门上学，有意不走大街，绕行田间小路。遇到沟坎，纵身飞跃，设想武松就是这般跳。遇到拦道的歪脖子树，挥臂一砍，思量哨棒就是这般劈。课堂上腰杆挺得笔直，目不旁瞬，壮士自有壮士的坐相。课间玩"斗鸡"，我师法武松，先闪，继躲，再闪，避其锋芒，然后伺机猛攻，几位人高马大的同学，俱在我武二郎的铜腿铁膝前败下阵来。

武松有灵，一定在画片上笑出声。

又一日，轮值的是姜子牙，这是我心目中天神级的人物。我读过《封神演义》，熟悉他的全部故事，他原本在昆仑山修行，因其凡心未尽，元始天尊派他下山辅佐周王伐商，并赐予封神的特权。封神，这差事太美了！我背着书包上学，沿途走过陈家、彭家、郭家、李家，总不由自主地，朝人家门里望上一眼，我晓得，这几家堂屋门楣贴着"姜太公在此，百无禁忌"，那横条，是我大哥写的。"百无禁忌"，我拍拍口袋里的姜子牙画片，突然想到：倘若拿这四字作文，将会绽放多少异想天开。

少年谁不异想天开。前天作文课，老师出的题目是"我的理想"，有人写将来当工程师，有人写将来当解放军，有人写当白衣天使，更多的人是写当拖拉机手，建设社会主义新农村。我写的嘛，我的理想像天边的那堆浮云，飘忽不定，前天那么想，昨天改过来，此刻又在变。你问我此刻的理想是什么，那就是学姜子牙，登台封神。姜子牙封的是死了的人，我封的是活着的人。比如，右边屋里那位裁缝师傅，你看到了吗，他在靠门口的地方摆了个连环画书摊，规定：看一册一分钱。有一晚，耿大乱子看了四五册，只交了一分钱，他瞧在眼里，啥也没说。也是那晚，我看上了刘继卣、程十发的画风，想把前者的《鸡毛信》《东郭先生》，后者的《画皮》，借回家临摹，一掏口袋，傻了，仅剩下几分钱，不够交押金。我的困窘一定写在脸上，他看出来了，直接说："拿回去看吧。"我说："登个记，留个名字。"他手一摆："不用，你们这帮学生，我每个都有数。"所以，我封他为"善解人意神"。你再看，前面那家药房，对，就是那个站柜台的店员，人瘦瘦高高，清清爽爽。他呀，每天凌晨，赶在各家各户开门之前，总要把周围半里长的街道，打扫得干干净净。没人分派他，完全自觉自愿。如果能请他当校外辅导员，我第一个赞成，只担心他是否忙得过来。所以，我封他为"无私奉献神"。且慢，后边有人喊我，噢，是刘蜀吾，同班的。这家伙大大咧咧，嘻嘻哈哈，星期天陪我踢毽子，赢了开心，输了也开心，从没见他有过懊恼，有过不如意，我封他为"快乐神"。

最得意的，是碰上孙悟空孙大圣值日。你要知道，我刚好属猴，我读《西游记》，巴不得化作花果山水帘洞的一只猕猴，好跟大圣学习十八般武艺。孙大圣大闹天宫，一举奠定了他响彻三界的威名。我呢，今天也要学他大闹课堂——不是舞枪弄棒，破坏秩序，而是心猿意马，神游天外。刘建新老师讲语文，我在课本上画猴子，画了一幅又一幅，把一本书画得群猴乱舞。画够了，我又在两个拇指肚上，画上真假美猴王，在其余八个指肚，画上妖魔鬼怪，让他们轮番捉对厮打。玩厌了，我停下手，一会儿盯着黑板，一会儿扫视前后左右，琢磨：怎样说服文娱委员童艾培，让班里排一出"三打白骨精"？我扮孙悟空，那么，谁扮唐僧？谁扮猪八戒？谁扮沙和尚？白骨精嘛，自然由文娱委员出演，只有她才能一身三任，同时扮演少妇、老婆婆、老公公。

当日被我内定扮演唐僧的，叫周古廉。他家是弹棉花的，兼营出租古典章回小说。他身上有股侠义的豪气，我那一阵子的许多读物，如《隋唐演义》《施公案》《三侠五义》《七剑十三侠》，都是由他慷慨提供的。当然啦，选他扮唐僧，不是投桃报李，而是因为他长相端正，嗓子也洪亮。后来，周古廉进了北大经济系，我们在燕园相逢。记得那年春节，跟他说起小学课堂上的即兴构想。"我演唐僧，谁演孙悟空呢？"周古廉问。"我属猴，"话刚出口，立刻打住，我想到，我俩一般大，他也属猴。周古廉摇头："你的性格不像。"我承认他说得对，彼时北大分成两派，人人欢呼孙大圣，个个争打白骨精，闹得天翻地覆，山呼海啸，我却做了逍遥派，比猪八戒还"无能"，比沙和尚还"悟净"，哪里有半点"斗战胜佛"的影子。

如今回忆起历书上的那些英雄豪杰，仍觉得弥足珍贵。佛说三千大千世界，其实，在每一个世界，也存在着三千大千时光。毕竟，我与那些英雄豪杰有过亲密的互动——每一天，从早到晚，我活跃在他们的时光里，他们也活跃在我的时光里。

八竿子打不着的施耐庵

春节后，二哥从兴化回来，送我两册《水浒传》。二哥说："这书作者，跟我们姓卞的是亲戚。"

我兄弟四人，二哥念书最少，十四岁离家，去兴化打工。

"施耐庵，大作家啊！跟我们卞家有啥亲呢？"我满怀兴味。

"他是兴化白驹人，现在划归了大丰，具体啥亲，我也说不上来，反正听当地姓卞的这么讲，肯定有源有本。"

卞是小姓，历史名人，我知道的有刺虎的卞庄子、献玉的卞和，此外便不甚了了。至于与卞姓沾亲带故的名人，那就更说不上几个。

二哥学的是机械维修，他总结窍门，只要把一种机器拆下来，然后装上，再拆，再装，弄明白构造原理，其他的机器，就可触类旁通。对于读书，也持同样的意见："你把这两本《水浒传》读破，就能摸透施耐庵的本事，顺带也能理出卞家和施家的头绪。"

仿佛《水浒传》也是一部机器。

我刚读了《引首》，二哥问："怎么样，有看头吗？"

"草帽子没边——顶好。"我卖弄了一句歇后语。

"讲讲看。"

"讲的是宋朝的故事。开篇提到邵康节，易学大师，他的书，我家里就有。宋朝建都汴梁，汴梁的汴，就是我们这个卞，加一个三点水旁。另外……"我犹豫着，考虑要不要讲。

"另外什么?"二哥盯着我的眼睛。

我生下来后爱哭，闹个不休，父亲生气，把我抱起，扔进垃圾堆，我立刻不哭了。这事，家人常常当作笑话讲，说我害怕垃圾堆，吓得不敢哭了。我深感委屈，出生不久的婴儿，晓得什么垃圾不垃圾，若说害怕，也是有的，出于本能，畏怯孤独、遗弃。

这篇《引首》里写道："仁宗皇帝，乃是上界赤脚大仙。降生之时，昼夜啼哭不止，朝廷出给黄榜，召人医治。感动天庭，差遣太白金星下界，化作一老叟，前来揭了黄榜，自言能止太子啼哭。看榜官员引至殿下，朝见真宗。天子圣旨，教进内苑看视太子。那老叟直至宫中，抱着太子，耳边低低说了八个字，太子便不啼哭。那老叟不言姓名，只见化一阵清风而去。"

那老头儿（太白金星）附耳说的八个字，是"文有文曲，武有武曲"。他告诉赤脚大仙投生的太子，尽管放心大胆做你人间的皇帝，天宫已安排好了，自有文曲星武曲星下凡保驾。

神有神护，官有官护，富人有财产护，我们平民百姓的孩子，只有靠一颗向上的心护。

二哥大为赞同。

他说了一句老话："良田万顷，不如薄技随身。"

又说："冲你这脑瓜，肯定能把这本书吃透。"

我花了三天，把上、中两册《水浒传》读完。

"好人坏人的能耐在于他的资本。"这是我的心得。

王进的资本是八十万禁军教头的真功夫，他看了史进耍棒，批评"都是花棒，只好看，上阵无用"。吴用的资本是胸中自有雄兵百万，"万卷经书曾读过，平生机巧心灵。六韬三略究来精。"宋江又矮又黑，武艺一般，但他有花不完的银子，"平生只好结识江湖上好汉：但有人来投奔他的，若高若低，无有不纳；若要起身，尽力资助。端的是挥霍，视金似土。"就是高俅，从一个市井无赖混到堂堂太尉，也是有大资本的，他球踢得好（蹴鞠），踢进了端王赵佶（日后的徽宗也）的国家队。

还有：古人吃饭必喝酒，酒量越大，越显出能耐。鲁智深帮刘太公家捉拿强人，太公吩咐庄客："且将些酒来师父吃，休得要抵死醉了。"鲁智深连忙申明："洒家一分酒只有一分本事，十分酒便有十分的气力。"武松过景阳冈，人说"三碗不过冈"，他却喝了十八碗，仗着酒劲、酒胆，赤手空拳打死了老虎。李逵下酒馆，首先招呼："酒把大碗来筛，不耐烦小盏价吃。"

二哥讲施耐庵是兴化人，难怪书里夹杂许多苏北方言。譬如："把庄里有的没的细软等物，即便收拾，尽教打叠起了，一壁点起三四十个火把。""没地不还你钱，再筛三碗来我吃。""少刻，只见两个小喽啰扶出邓龙来，坐交椅上。曹正、杨志紧紧地帮着鲁智深到阶下。""畜生！你却不径来见我，且在路上贪嚼这口黄汤。我家中没得与你吃，辱没杀人！"我读起来，绘声绘色，分外亲切。

二哥问："写得怎么样？"

"超过《封神演义》，与《三国演义》不相上下。"我说。

二哥又问："弄明白施家和卞家的关系了吗？"

"没有。这是小说，是虚构的人物，要想弄清施卞两姓的瓜葛亲，得查施耐庵传。"

探亲假结束，二哥回了兴化。我想着下册，书店有，但单册不卖，要买就整套，定价五元四角。这是我无法承受的。姑且站在书架前，把下册狼吞虎咽地快览了一遍。

喜欢林冲、鲁智深、武松、李逵、花荣，不喜欢宋江。就像读《三国演义》，喜欢诸葛亮、关羽、张飞、赵云、马超，不喜欢刘备。理由嘛，没有。就是凭直觉，少年人的直觉。

《三国演义》写曹操，夫人姓卞，生子曹丕、曹植、曹彰、曹熊——罗贯中够意思。

《水浒传》拍朱元璋的马屁，姓朱的有朱武、朱全、朱富、朱贵。姓施的也有施恩，梁山一百单八将之一，本事不大（施耐庵深谙皇朝规矩，不敢太放肆），但名儿起得好，施恩，施恩，姓施的给天下人送恩泽哪。

通本《水浒传》，只写了一个姓卞的，叫卞君保，是辽国元帅兀颜光麾下的战将。宋江接受朝廷招安，率军征讨的第一个对象，就是辽国。结果，辽军大败，辽主竖起降幡，俯首称臣。卞君保的名儿仅在战前露了一次，再无下文——败军之将，想来也不值得说。

施耐庵不像与姓卞的有亲啊，否则，他怎会如此处理？

实在捉摸不透，转而请教祖父。老人家修过家谱，知道卞氏的来龙去脉。

"这个，"祖父搁下旱烟袋，捋捋花白胡须，说，"宗谱上讲，先祖元亨公同施耐庵是表兄弟，元末白驹人张士诚造反，俩兄弟一起入伙，元亨公任兵马大元帅，施耐庵任军师。后来朱元璋打败张士诚，一统天下，建立明朝。元亨公拒绝为明朝服务，被发配辽东。日后遇到大赦，返回老家便仓，建有枯枝牡丹花园。"

敢情，"眼前有卞道不得"啊。

"宗谱还讲，"祖父说，"元亨公出身武举，力大无穷，年轻时曾一脚踢死老虎，是施耐庵笔下武松打虎的原型。"

呵呵，"道是无晴却有晴"呐。

施耐庵刻画武松："身躯凛凛，相貌堂堂。一双眼光射寒星，两弯眉浑如刷漆。胸脯横阔，有万夫难敌之威风；语话轩昂，吐千丈凌云之志气。"兴许有元亨公的影子吧。

施耐庵写武松打虎，更是浓墨重彩："那一阵风过处，只听得乱树背后扑地一声响，跳出一只吊睛白额大虫来。武松见了，叫声：'呵呀！'从青石头上翻将下来，便拿那条梢棒在手里，闪在青石边。那个大虫又饥又渴，把两只爪在地下略按一按，和身望上一扑，从半空里撺将下来。武松被那一惊，酒都做冷汗出了。说时迟，那时快。武松见大虫扑来，只一闪，闪在大虫背后。那大虫背后看人最难，便把前爪搭在地下，把腰胯一掀，掀将起来。武松只一躲，躲在一边。大虫见掀他不着，吼一声，却似半天里起个霹雳，震得那山冈也动。把这铁棒也似虎尾倒竖起来，只一剪，武松却又闪在一边。原来那大虫拿人，只是一扑，一掀，一剪，三般提不着时，气性先自没了一半。那大虫又剪不着，再吼了一声，一兜兜将回来。武松见那大虫复翻身回来，双手抡起梢棒，尽平生气力，只一棒，从半空劈将下来。只听得一声响，簌簌地将那树连枝带叶劈脸打将下来。定睛看时，一棒劈不着大虫。原来慌了，正打在枯树上，把那条梢棒折做两截，只拿得一半在手里。那大虫咆哮，性发起来，翻身又只一扑，扑将来。武松又只一跳，却退了十步远。那大虫却好把两只前爪搭在武松面前。武松将半截棒丢在一边，两只手就势把大虫顶花皮胳膊揪住，一按按将下来。那只大虫急要挣扎，早没有了气力。被武松尽气力纳定，哪里肯放分半点儿松宽。武松把只脚望大虫面门上、眼睛里只顾乱踢。那大虫咆哮起来，把身底下扒起两堆黄泥，做了一个土坑。武松把那大虫嘴直按下黄泥坑里去。那大虫吃武松奈何得没了些气力。武松把左手紧紧地揪住顶花皮，偷出右手来，提起铁锤般大小拳头，尽平生之力，只顾打。打得五七

　　　　　　　　>>> 从私塾到北大

十拳，那大虫眼里、口里、鼻子里、耳朵里都迸出鲜血来。那武松尽平昔神威，仗胸中武艺，半歇儿把大虫打做一堆，却似躺着一个锦布袋。"

不怕不识货，就怕货比货。同样是打虎，李逵在沂岭一口气杀了四只大虫，牛吧！厉害吧！而施耐庵写来，却是一刀一只，三言两语，草草带过。从这态度，就可看出施耐庵对武松的推崇，焉知他不是有意为表弟卞元亨树碑立传。

哈哈，本来八竿子打不着的施耐庵，终于在第九竿子挂着了衣角。

小说家的心机原来如此高深莫测而又历历可考。

是年暑假，我有若干天，躲在空无一人的教室——那时小学没有围墙，随便可进，教室门锁了，窗户却没关牢，一推就开——我早上去，中午回，饭后再去，连轴转，模仿《水浒传》的写作套路，涂鸦我除暴安良的武侠狂想。

那是我的羞与人道处：主角，多半姓施，姓卞。

天塌下来，自有不周山撑着

"熟读唐诗三百首，不会作诗也会吟。"这是我在私塾时代听过的最聪明的话。回顾我少年涉猎的历史小说，虽然多半是走马观花，囫囵吞枣，但于耳濡目染、潜移默化之中，也约略能看懂作者的写作套路。

譬如褚人获的《隋唐演义》，作者是如此推出秦琼的：两代将门之后，身长一丈，腰大十围，河目海口，燕颔虎头，善使祖传金装双锏，胯下更有黄骠马助阵。看到这儿，再笨的读者也会明白，秦琼天赋异禀，注定为灭隋兴唐而生。

可惜！伟大的祖先已逝，他借不上力，起步，仅仅在济南府当一个缉捕都头。

初次出差隋都长安，途遇李渊遭歹徒围攻，看看不敌，他路见不平，跃马舞锏，解了李渊累卵之危。

李渊是谁？这是日后的唐高祖啊！秦琼甫出道就遇着真龙，岂是误打误撞，歪打正着？不，是老天刻意安排。

秦琼呢，却是兜马就走，"生平负侠气，排难不留名。"李渊不舍，拍马追问恩公大名。秦琼勉强报出姓字，李渊错听成

"琼五"。

这就叫阴差阳错、伏脉千里吧。

秦琼、樊建威分别押解军犯，秦去潞州，樊去泽州，途中分手，却没分盘费银两，一塌刮子都放在了后者身边。于是生出一波三折：潞州刺史外出，秦琼无法完成军犯移交，只能困居旅店死等；偏偏盘费被樊建威带走，左盼他不来，右盼他也不来，食宿费无着，饱受店主王小二白眼；万般无奈，拿了金装双锏去当，人家视为破铜烂铁，拒收。

逼到后来，逼出了"秦琼卖马"。这是他出道以来最憋屈的下策，也是他赢得后人感喟的曝光点，比穷到卖面粉连本蚀光的姜子牙还要落魄，比"欲渡黄河冰塞川，将登太行雪满山"的李白还要"行路难"。巧的是，买家单雄信也是人中豪杰，而且是秦琼未曾觌面的知音。怪的是，作者让秦琼乱报假名，生生又把机会错过。

玩的是欲擒故纵。

常言说祸不单行，秦琼卖了马，缴清旅店费用，步行回乡，时值隆冬，忧寒交迫，病倒在东岳庙。

这一病，让他结识了魏征，转而又引出单雄信，绝处顿成生地。我判断他要福星高照、遇难呈祥了。

才不。单雄信暗中赠送秦琼五百两纹银，导致他返乡途中被当作盗匪，仓促自卫时又误伤人命。倒霉真是倒到家了！连千年后的我都差点把桌子拍烂。幸亏单雄信大力斡旋，死罪可免，活罪难饶，判了个充军幽州。

这一充军，充出我拍破脑袋也想不到的奇迹：幽州总管罗艺，竟然是秦琼的姑父；罗艺之子、若干年后在扬州夺得武状元的罗成，是他的表弟。

我为秦琼流出喜极而泣的泪，料定此番否极泰来，大鹏展翅有日。

我显然小看了作者。他老谋深算，不动声色，让秦琼生了一场相思病。思谁？思倚闾而望的老母。"反哺乌之性自然，人生百行孝为先。"这一理由，比天大，比地大，罗艺也没法阻拦，只好放他回济南，荐在青州总管来护儿帐下，当个旗牌官。

人生又回到了原点。

转年，来总管为越公杨素祝寿，差秦琼押送贺礼去长安。

途中又有奇遇：长安城外，见报恩祠，为李渊捐建，祠中塑有"恩公琼五生位"，即秦琼之像。而主持修建的，恰是李渊的女婿柴嗣昌。真相挑明，众人，也包括我，都为秦琼欢呼：绕了一个大圈，终于逼近灭隋兴唐的正道。

孰料变生肘腋：秦琼携同伴在长安城看花灯，适逢兵部尚书宇文述之子宇文惠及强抢民女，秦琼无名火起，出手剪除了这个恶霸。人在江湖，一波未平，一波又起，从此和宇文家族结下了不共戴天之仇。

《隋唐演义》共一百回，以上是发生在前十八回的事。本文长话短说，第四十一回"秦叔宝脱陷荣归"，讲的是秦琼在东征高句丽前线，屡立战功，却被宇文述构陷"通夷"，险乎丧命，仗着来总管力保，死里逃生。为安全计，来大人临阵换将，打发秦琼回山东老家，任齐州折冲都尉。第四十三回"张须陀具疏救秦琼"，说的是宇文述再度以"窝藏叛党李密"罪名，行文山东地方官张须陀，着他将秦琼抓捕解京。张须陀认为该罪"莫须有"，上疏为秦琼出脱。第四十五回"平原县秦叔宝逃生"，讲的是秦琼为宇文述所逼，四面罗网，走投无路，迫不得已，投奔反隋的义军瓦岗寨。用"三国"的话，是"良禽择木而栖"；用"水浒"的话，是"逼上梁山"。

且慢高兴，说到这儿，仅是万里长征第一步，离他追随李渊，创建大唐社稷，还隔着十万八千里。

我佩服作者褚人获，他好整以暇，不慌不忙，一字一句，娓娓道来。在秦琼张弓搭箭射鹰一节，他强调"光不迷人眼，水不迷鱼眼，草不迷鹰眼"，在飞禽中，鹰眼是最锐利的，能于云霄之上，捕捉到山坡草丛间的滚豆。我当即联想到的是，要刻画好秦琼，作者首先得有一双鹰眼，洞悉人性幽微，及英雄人物的成长奥秘。孟子说"生于忧患"，乃千古不易之真理。像我每每巴不得秦琼一鸣惊人、一飞冲天的渴盼，是十足的小儿科。

顺便也佩服一下我的祖母，老人家时常教导我们小辈"成人不自在，自在不成人"，实乃金玉良言。

待到读如莲居士《薛仁贵征东》，我多少已积累了一些阅读经验。该书写唐王李世民平定北番，班师回朝，夜得一梦：自出营帐游玩，忽见一人，红盔铁甲，青面獠牙，手执青铜刀，飞马赶来行刺，危急中，幸遇白衣持戟小将搭救。唐王问其姓名，对方打哑谜一般，留下四句诗："家住遥遥一点红，飘飘四下影无踪。三岁孩童千两价，保主跨海去征东。"怎么样？是不是让你想到了秦琼救李渊？在创作上，这既是埋伏线，也是卖关子，吊胃口。

薛仁贵亮相，作者说他出生后，犹如哑巴，直到十五岁，方开口说话。为什么等到十五岁？因为这一年，大将罗成去世，罗成乃白虎星下凡，他这一死，白虎星就转胎于薛仁贵了，是以才灵智洞开。而白虎星照命，首克家人，未久，仁贵父母相继病亡；次克钱财，仁贵整日习武，马上马下十八般武艺，皆练得纯熟，却也把万贯家财，荡得一干二净。人到没有饭吃，志气也就短了，他去找叔父借米，叔父不仅不借，还把他轰出，宣布断绝关系。仁贵走到这一步，该怎么办呢？

作者设计他上吊寻死。

我知道他不会死——死了就没戏唱了——绝处自有救星。我对作者的匠心也不以为然，倘若我写，绝不会让他窝囊到如此地步。

救星果然出现，是小商贩王茂生夫妇。王家管得了仁贵几餐饭，管不了长久，没奈何，把他荐去柳员外家当短工。这叫龙逢浅水，虎落平阳。只要管饱饭，仁贵倒也没话说。转眼寒冬腊月，大雪纷飞，仁贵单衣破裳，冻得慌。员外小姐见怜，送他一件红色锦衣。柳员外大怒，认为女儿私通汉子，伤风败俗，非要把小姐处死（这样的父亲，这样的礼教，我幸亏自己没有生活在唐代）。寒夜中迸发出一束火花：小姐与仁贵，两个走投无路的人，相濡以沫，在破窑结为夫妻。

曙光初露：军师徐茂公，根据唐王梦中的四句诗，解出白衣小将名薛仁贵，家住山西绛州龙门县。时值东辽犯境，唐王特派大臣张士贵，前往龙门县招兵，点招"应梦贤臣"薛仁贵。

张士贵扮演的是反角，犹如《隋唐演义》中的宇文述。他位高权重（混到这一步，必然有些本事），但有私心，想推荐自己的女婿何宗宪担任征东先锋，为此拿定主意，坚决不招薛仁贵。

薛仁贵递名投军。张士贵以"仁贵"之"贵"犯他的"士贵"名讳为由，将之逐出辕门。

这叫横生枝节。

仁贵改用单名薛礼，二次投军。张士贵又以身穿白衣，仿佛戴孝，不吉，再次将之逐出。

这就是横挑鼻子竖挑眼了。

仁贵于荒郊野外，无意中，救鲁国公程咬金于虎口。程咬金赐他金披令箭，仁贵三次投军，张士贵不敢得罪鲁国公，便心生一计，谎说唐王梦见薛仁贵乃他的杀星，敕令天下缉捕，因此，你若想投军，就得隐去仁贵之名，免遭杀身之祸。仁贵老实愚拙，情愿以薛礼之名，隐身火头军。

在张士贵，这是老奸巨猾，瞒上欺下。

在薛仁贵，这是扣错了第一颗纽扣，以下的扣子将全部扣错。

唐王李世民御驾东征，老将尉迟恭挂帅，张士贵任总管先锋。首仗，士贵长子志龙、女婿何宗宪皆败于敌将董逵。恼了仁贵，拍马出阵，两将交锋，只一回合，是的，你没看错，仅仅一个回合，就生擒董逵——功劳，自然是被张士贵记在何宗宪的账上了。

书不够，神仙凑。辽营猛将如云，高手迭出，光凭仁贵无师自通的野路子，肯定不足以担当大任。作者于是张罗九天玄女出场，赠送仁贵万能天书与克敌制胜法宝。稍后，又调动仙家李靖助阵。如果说，《隋唐演义》是童话，《薛仁贵征东》则是童话加神话（绝无科学，只有玄学），秦琼是生活在命运主宰的世界，薛仁贵则是生活在神仙掌控的世界，凡遇过不去的坎儿，神仙就会现身。

唯一障碍，就是横在仁贵与唐王之间的张士贵。

如你想象，尔后仁贵的一切功劳，如勇探地穴、巧摆龙门阵、献平辽论、设瞒天过海计、金沙滩鞭打怪兽、三箭定天山、救尉迟元帅于穷途、凤凰山大败盖苏文、独木关病挑安殿宝、海滩救驾等，都被何宗宪冒名顶替。全书四十一回，直到三十九回，才写到金銮殿上，薛仁贵与张士贵当面对质，揭露对方埋没贤才、陷害忠良、欺君罔上的丑恶嘴脸，还自己平辽第一功臣之身。

水落石出。张士贵满门抄斩（因王叔李道宗求情，赦免一子）。薛仁贵封官晋爵，衣锦还乡，夫妻团圆。演义不是谈恋爱，它忌讳大团圆，一到这场合，书就没得写了，戛然搁笔。

掩卷，我承认作者还是有两把刷子的。薛仁贵与张士贵，一个仁贵天成，一个挟贵倚势，皆刻画得入木三分，惟妙惟肖。老将尉迟恭、程咬金，虽然着墨不多，但也人如其名，既勇猛莽撞，又滑稽可爱，令人过目不忘。若说不足，我认为薛仁贵在大敌大难之前，动辄"魂飞魄散""心胆俱裂""冷汗淋淋"，大煞风景。本来就是名副其实的英雄虎胆嘛，加之又有神仙暗中庇佑，纵然泰山崩于顶，也应面不改色；纵然火海刀山置于前，也应挺身而出。有什么好怕的呢？谁都知道：天塌下来，自有不周山撑着。

一桩无头案的始终

一天过去，我突然成了学校的名人。

事情从昨天午后开始，我推开老师们的办公室门，向班主任刘建新老师汇报："我丢了两块钱。"

"嗯，"刘老师是海门人，高大，白净，飒爽，他从作业簿上抬首，瞥了我一眼，又低下去，挥挥手中的蘸水笔，"你慢慢说。"

我带着哭腔："早晨带了两块钱，搁在书包里，午饭后回来，钱不见了。"

"嘎，你怎么把两块钱随随便便乱搁？"刘老师皱起浓眉——那年月捡了一分钱也好交给警察叔叔，领取夸奖，两块钱是笔巨款。

"准备放学直接去书店买书，快到了，才发现忘记拿钱。"我也懊悔，当时为什么不立即返校。

"你确定是放在书包里？"刘老师停下笔。

"确定，是一个纸折的钱包。"——上次手工课的作品。

"你进教室时，里面已经有了多少人？"

"差不多全到了。我午饭后去了书店，那里有钟，我掌握时间，掐在上课前一刻钟进教室。"

刘老师挠挠头，这是他带五甲班以来，从未发生过的事故。下午首节是他的语文，他看了看表，已经快到时间，随即收拾一下，夹上教材、教案，带着我，踩着上课铃声，走进教室。

刘老师跨上讲台。

沉默了几秒钟，刘老师又走下讲台，把门关严。

气氛陡然显得凝重。

"同学们！"刘老师扫视全班，露出轻松的微笑（我感觉是挤出来的），"上课之前，我先用几分钟，给大家讲一件事。呃，不大也不小的事。说不大嘛，卞毓方同学向我报告，他早晨带了两块钱，搁在书包里，准备买书的，放学时忘了拿，吃完午饭回来，钱就——钱就——怎么也找不到了，不翼而飞了。我一听，哈，立马猜到是哪个同学开玩笑，给藏起来了。玩笑嘛，玩玩笑笑嘛，谁都会开的，是吧。我带过的上一班，就有人藏过同学的钢笔，而且是关系最好的同学。当初我就是这么判断的，第二天果然完璧归赵。说不小嘛，这事，卞毓方是在办公室和我讲的，其他班的老师，自然也听到了。我们是红旗班，一言一行都要注意影响。因此，希望那个开玩笑的同学结束游戏，现在，对，最好现在，就把钱还给他。"

课堂起了骚动，人人你望我，我望你，等待有谁作出反应。

然而，没有。

刘老师宣布："纯粹两个人的游戏，既然当着大家的面不方便，课后单独归还也行，现在开始上课。"

我个子矮，坐在第二排。整堂课，感受到前后左右射来的目光，锥子似的。

次节是美术课，美感似乎荡然无存，那两块钱就像春天的毛毛雨，谁身上都沾了星星点点。

第三节是课外活动。女生踢毽子、跳皮筋，男生打篮球、踢足球。

我参加足球组。满场飞，前奔后跑，拼命争抢，累得满头大汗，气喘吁吁。放学铃响，犹自恋恋不舍，又踢了一会儿，直至教导主任来催。我揣着一丝侥幸回到教室，捂着书包，犹豫许久，才轻轻打开——一桶冷水从头浇到脚，没人归还钱包。

回家，心情郁郁。从来没丢过钱，那痛，像胸脯压了一块巨石。这两元钱，是我从去年一分一角积攒起来的。曾经想买《西游记》，到书店一看，定价三块二；《红楼梦》，四块；《水浒传》更贵，五块四；《三国演义》便宜一点，也要两块三。今天原打算去书店看看，或许有价廉也物美的好书，结果，因为一时疏忽，落得竹篮打水——一场空。

改天上学，头节课又是语文。下课前，刘老师旧事重提："我昨天说了，玩笑嘛，每个人都会开的。一个人老是一本正经，木头木脑，连玩笑都不会开，那也太枯燥了，是不是？作为老师，我倒宁愿班上多几个玩笑大王。但是，玩笑也要有度，开过了头，就物极必反，既伤人，也伤自己。我还是那句话，哪位同学藏了，希望尽快还卞同学。如果觉得豁子闯大，有点下不了台，可以私下找我，我绝对为你保密。"

消息早就长了翅膀，中午放学，外班一些认识的不认识的同学，都在我身后指指戳戳，议论纷纷。

午后，我无心去书店，早早到校。发现别人到得更早，几位班里干部，蹲在篮球架旁开小会，其余的男生、女生，也三一组五一群，在操场上踱来踱去。谁也不进教室。

我一人待在教室。过了一会儿，大宝（化名）走了进来。他偏瘦偏高，大耳垂，鬈发，欢眉，喜眼，一脸灵幻气。可惜父亲殁了，一个寡母，要管他和弟弟，顾不过来。他就开始旷课，成绩直线下降，他好像也不在乎。平常，他和我是平行线，互不相交，今天，却破例走到我桌前，说了一堆安慰的话。大意是：你是好学生。我知道这两块钱对你很重要，那个拿你钱的家伙，真不是人。可惜我也没钱，要不然，一定帮你买想要的书。还说：我认准，将来你会读中学，读大学。我是不会再往下念的了，我会去做工，赚了钱，支持我弟弟读书，你如不嫌弃，也会帮你买书。

大宝说我会上大学，这正是我的梦。能读懂我的梦，就是古人所谓的"知音"，心头顿时热乎乎的，且掠过一丝歉疚，怎么就没关心过大宝的梦？

大宝说要打工赚钱帮弟弟读书，我的心猛然一抖。他弟弟读一年级，和我四弟同班，偶尔来我家玩，说到他哥哥，小家伙咋舌，说哥哥管他老鼻子严了，那口吻却分明是欢喜。莫非大宝旷课，其实是在打工？

大宝说将来赚了钱帮我买书，我固然不指望，但我相信他会这么做，直觉他是个说到做到的男子汉。

傍晚散学，一位班干留下我，悄悄透露，他们暗里排查，大宝是主要嫌疑人：有人揭发，昨天午后，大宝第一个进的教室。今天午后，大家都看见了，他一人走进教室，和你套近乎，明显心虚。

我默然。大宝是班里公认的"落后分子"，是最容易被猜疑的对象。但他下午的讲话已先声夺人——夺了我的魂。我认为大宝值得同情，值得信任，我不认为他会拿走我买书的钱。

第三天，气氛变得怪异。人人左顾右盼，目光闪烁。

语文课上，刘老师强调："同学们！考验我们五甲班的时刻到了。我们是红旗班，不容许有人泼脏水。"

傍晚回家，母亲把我拉到里屋，询问丢钱的事。

之前一直瞒着，既然母亲晓得了，我就把经过说了一遍。

母亲告诉我："早晨上街买菜，在朝阳桥头，碰到摆小摊的大宝的妈妈。她跟我说，你儿子丢了两块钱，班长找大宝谈话，指出丢钱那天午后，他是第一个到校，因此，有必要认真回想，积极提供破案的线索。话里话外暗示，如果大宝提供不出有用的线索，嫌疑就会集中到他的头上。大宝说，这不等于认定就是他偷的嘛。他很冤枉，自己表现是不好，但从没拿过别人的东西。如今被人当贼看，真是跳到黄河也洗不清。"

设身处地，我体会到大宝的愤懑。

>>> 从私塾到北大

"我是看着大宝长大的，"母亲说，"这孩子没了爸爸，缺少指引，常常逃课，人还是诚实的。"

"大宝逃课，是去打工，赚钱支持他弟弟读书。"我叫了起来。

"你怎么知道的?"母亲惊讶。

"昨天他跟我说的。"我把猜想当成了真实。

"这是个好孩子，性格有点像他爸。"同在一条街上住，家家户户原是熟悉的。

"怎么办呢?"我头晕，觉得害了大宝。

母亲捋捋发丝："丢了就丢了，不找了。"

"但是刘老师有压力，他认为这事影响班级的名誉。"

"你当初不要当着其他老师的面讲就好了。"

"唉，讲出口的话，现在也收不回来了。"我但愿从没有过那一天，也从没有过那两元钱。

"这事本来是说不定的哩。"母亲分析，"万一你是在上学路上丢的呢? 万一中午有外边的人溜进教室呢?"

是啊，凡事都有万一。尤其第二点：教室的门平时不上锁，学校虽然有传达室，但是没有围墙，外人想进，很容易。

母亲有了决断。她打开衣箱，取出两块钱，交给我："你拿去，明天上学跟老师说，有人把钱搁你抽屉了。"

改天，也就是事发后的第四天，我一大早到了学校，四顾无人，把两块钱折成细条，塞进课桌抽屉里的夹缝。随后拿了一本书，到操场上念。

上课时，趁刘老师背对大家，在黑板上书写，我故意打翻墨水瓶，慌里慌张拿张纸去擦，擦了桌面，又擦桌肚，趁机从夹缝抽出那两元钱，展开，大叫："找到了！两块钱找到了！"

最高兴的，是刘老师。他双手撑着讲台，满面春风："我认准了是开玩笑嘛。怎么样？我没说错吧。谁藏的呢？当然是他的好朋友，最了解最知心的朋友。钱一直藏在抽屉里，根本没动窝。让你们猜，让你们急，他学诸葛孔明，稳居中军帐，独坐城楼观山景。我看哪，这个同学将来可以干大事。"

最轻松的，是大宝。我注意到他的眼角噙着泪花。

最长了心劲的，是我。

我把两块钱还给母亲。母亲是全职的家庭妇女，整天操持家务，顺带搞点副业，如养兔子、编苇席、扎笤帚。我听说一把笤帚仅仅能赚几分钱，天哪，两块钱，相当于扎六七十把笤帚——你不难猜出我的感受。

至于我要买的书嘛，反正是摆在书店的架上。镇子小，书店离家很近，想看啥书，往书架前一站就行。累了，也可以坐在地上，营业员是不管的。不仅不管，我体会到，对我还相当照顾，有时一本书未看完，被人买走了，营业员会主动跟我打招呼，马上进货，过两天就有新书到。因祸得福，我有时觉得这两块钱丢得好——也许我不该这么讲，但时光之刀偏向这方面雕刻，我越来越喜欢逛书店，逛出了瘾，套用日后流行的一种句式：不是书房，胜似书房。

我成了李逵的伯乐

去年画了哪吒、雷震子，得到祖父夸赞，派作过年张贴的门神。今年，我想花样翻新，首先，敲定张飞。《三国演义》对张飞的描述是："身长八尺，豹头环眼，燕颔虎须，声若巨雷，势如奔马。"怎么创作？不用操心，洋画片上有的是，照描就是。

门是双扇的，门神自然成对，张飞之外，再画谁？我想到李逵。《水浒传》对李逵的描述是："黑熊般一身粗肉，铁牛似遍体顽皮。交加一字赤黄眉，双眼赤丝乱系。怒发浑如铁刷，狰狞好似煭猊。天蓬恶煞下云梯。"

怎么样，是不是和张飞般配？

张飞的形象，在中国家喻户晓，尽人皆知，我就不再说了。李逵的形象，我指的是李逵在我心目中的形象，试勾勒如下——

出场

李逵初见宋江，在江州酒楼。他瞅着座中生客，询问唤他上楼的戴宗："哥哥，这黑汉子是谁？"戴宗把脸一沉："你应请教'这位官人是谁'，哪能张嘴就黑啊黑的？他，就是你闲常要投奔的义士哥哥。"李逵惊讶："敢情是山东'及时雨'黑宋江?"戴宗喝道："放肆!还不赶快下拜。"李逵踌躇："若是真的,我自然下拜;若是假的,我却拜甚鸟?"宋江微微一笑："我正是山东黑宋江。"李逵闻言大喜："我的爷!你怎地不早说?"随即躬身下拜。

亮相

别后数日,宋江酒醉浔阳楼,粉壁题诗,吟出一句断肠的牢骚："他年若遂凌云志,敢笑黄巢不丈夫!"官府认定是反诗,将他捉拿在狱。戴宗涉嫌暗通梁山泊,合谋解救宋江,判为同罪。直待五日后,绑赴市曹枭首。

是日午时,蔡九知府亲任监斩官。当他传下号令："斩讫报来!"刽子手正待抽刀出鞘,猛听喤喤一阵紧锣,埋伏在看客中的梁山泊好汉,蜂拥而出劫法场。说时迟,那时快,但见十字路口茶楼上,一条黑塔神似的大汉,光着上身,手持两把板斧,大吼一声,如晴空打一个霹雳,纵身飞掠而下,寒光闪处,早砍翻了两个行刑刽子手。

好汉们趁机救了宋江、戴宗。回头看那黑大汉,抢两把板斧,不问士兵百姓,排头儿砍去。晁盖喊话："不要误伤平民!"那汉杀得性起,兀自狂斩乱劈。晁盖无奈,只得招呼同来的弟兄,尾随黑大汉,勠力杀出一条血路。

造反本色

宋江上了梁山，傍着晁盖，坐了第二把交椅。一天，与众人谈起江州劫难，自述本无反心，完全是官府构陷。李逵听得焦躁——事发时他就对戴宗讲："吟了反诗，打什么鸟紧？万千谋反的，倒做了大官。"——当即发话："造反就造反，俺又怕谁？放着这许多军马，杀到东京，夺了鸟位，岂不更好？强似这个鸟水泊！"

晁盖病亡，宋江扶正。他先前上梁山，原为处境所逼，迫不得已。如今人在江湖，心仍惦着魏阙，朝思暮想的，是如何谋取朝廷招安，博个一官半职，光宗耀祖，封妻荫子。

说话到了重阳，山寨举办赏菊会。宋江即席作《满江红》一首，交乐和吟唱。上阕写景，下阕抒怀，词眼在末尾两句："日月常悬忠烈胆，风尘障却奸邪目。望天王降诏早招安，心方足。"当乐和唱出最后一句，李逵睁圆怪眼，倒竖虎须："招安，招安！招甚鸟安！"飞起一脚，将面前桌子踢翻。

梁山泊招兵买马，日益坐大。朝廷几番派兵围剿，皆铩羽而归。无奈，改行怀柔之策，降旨招安。陈太尉领旨前来，宋江把太尉迎入忠义堂。检点山寨头领，一百零八人，唯独缺少了李逵。陈太尉取出诏书，交萧让宣读。开头，无非是江山为重社稷为大之类的陈词滥调，接下去写道：

"近为宋江等辈，啸聚山林，劫掳郡邑。本欲用彰天讨，诚恐劳我生民。今差太尉陈宗善前来招安。诏书到日，即将应有钱粮、军器，马匹、船只，目下纳官，拆毁巢穴，率领赴京，原免本罪。倘或仍昧良心，违戾诏制，天兵一至，韶龇不留。"

这哪里是诚意招安？分明是讨逆檄文。众头领听罢，除宋江外，俱怒形于色。这节骨眼上，李逵现身了。他从横梁一跃而下，着萧让手中夺过诏书，扯成碎片。又去揪陈太尉，挥拳便打。众人强行把他拉开，李逵犹须髯戟张，怒斥道："你那皇帝正不知我这里众好汉，来招安老爷们，倒要做大！你的皇帝姓宋，我的哥哥也姓宋，你做得皇帝，偏我哥哥做不得皇帝！你莫要来恼犯着黑爹爹，好歹把你那写诏的官员尽都杀了！"

死亦为鬼雄

梁山泊最终得遂招安，归顺朝廷。宋江奉旨北伐辽兵，南征方腊。众头领喋血沙场，七死八伤。末了，班师回朝、觐见皇上者，仅二十三人。死者追封，生者授爵；其中，宋江授楚州安抚使，李逵授镇江润州都统制。

未久，宋江死于皇上赐的御酒——是奸佞们在酒里下了毒。弥留之际，他怕李逵得悉真相，再去哨聚山林——坏了自己一世忠义的名声，便用剩余的药酒毒死了李逵。

作者意犹未尽，又续貂了一回"宋公明神聚蓼儿洼，徽宗帝梦游梁山泊"。彼时，宋江率领一干梁山泊好汉的英灵，向上皇诉说臣等如何素秉忠烈，虽九死其犹未悔，话音未落，忽见宋江背后窜出黑旋风，手持双斧，厉呼："皇帝，皇帝！你为何听信奸臣谗言，断送我许多弟兄的性命？今日狭路相逢，正好报仇！"说罢，舞起双斧，直奔上皇。天子吃这一惊，瞬间冷汗淋漓，魂飞魄散——蓦地醒来，却是南柯一梦。

就是这么一个主儿。

我也是根据洋画片，画好了，交给大哥看。

大哥趋向否定，他认为：传统门神，秦琼，尉迟恭，同出《隋唐演义》。去年画的哪吒，雷震子，同出《封神演义》。张飞，李逵，一个出自《三国演义》，一个出自《水浒传》，差了几个朝代，于情于理，是否说得通，要考虑。

另外，也是最主要的：张飞虽然鲁莽，但是莽得可爱，后世有张飞庙，敬之为神，自然可以做门神。李逵虽然勇烈，但常常滥杀无辜，为了杀人而杀人。江州劫法场，他不问青红皂白，逮着谁都是一斧头；攻打祝家庄，扈家庄本来已经投降，他却把扈太公一门都杀了；回沂州百丈村接老娘，村口杀了假冒他的李鬼，还把李鬼身上的肉割下来，放在火上烤了吃；去沧州劝诱朱全上梁山，为了断其退路，他把朱全负责照应的知府小衙内一斧劈了……这样的魔头，不宜做门神。

大哥说的第一点，我觉得无所谓，我在历史长廊里选人，不必局限于同一本书。第二点，我难以反驳。李逵固然侠肝义胆，快意恩仇，不失金刚怒目，但他有硬伤，动辄草菅人命，把不该杀的人也都杀了——焉能当门神？

看来，只有把李逵放弃的了。

然而，《水浒传》除了李逵，还有谁更适合呢？我把梁山一百单八将排来排去，急切拿不定主意。

　　祖父问清缘由，他拿起李逵的画像看了看，断然说："不必换了，就用他。书上不是明说了吗，李逵是'天杀星'下凡，他的任务，就是大开杀戒，荡涤乾坤。他不是善人，他是恶魔。让他把门，驱妖辟邪，是以恶制恶，以魔制魔，正好！"

　　看我还在犹豫，祖父又说："九天玄女授宋江三卷兵书，里边到底写了什么，一直没有说清楚，极像无字天书。这就是施耐庵的鬼。李逵被写成这等魔怪相，而不是老百姓喜欢的侠客相、救星相，施耐庵是有一定之规的。只是，他没讲。"

　　好多年后，我读到尼采的一段话："与恶龙缠斗过久，自身亦成为恶龙；凝视深渊过久，深渊将回以凝视。"觉得正是针对李逵写的，圆满解释了他的神与魔，正与邪。

　　哈哈——回到当日——这么一来，我倒成了李逵的伯乐，在他完成使命、魂归上界之后，又给他在人间找了个体面光鲜的新岗位。

潜意识就像一位酣睡的朋友，当一个念头执着得发烫、燃烧，它便会瞿然而醒，然后，用它特有的幻术，为人们指点迷津。

B

掠过我头顶的两朵雨云

　　五十年代中期尚生活在童话里，那时候，根本不晓得用功。说实话，即便想用功，也无处使力。书，我指的是教科书，语文，算术，历史，自然，地理，俱是薄薄的一册，用不着悬梁刺股，已然统统掌握。书外的教辅之类，听都没听说过。课外时间，大把大把的——少年的时光，比老来长——都被疯狂的游戏和盲目的阅读占领。儿童的天性就是玩。小学五六年级，我最着迷的是踢毽子，不是单踢，那是女生的标配，我玩的是"大跳"，雄赳赳气昂昂，能一连蹦跶五六十下，齐别人的声而喝自己的彩。此外就是练单杠，练跳远，并非长项，皆因生命的洪流需要泄水口。课外书，我热衷读古典小说，不外乎朝代兴衰、神怪志异、剑侠风云。彼时金庸金大侠已在香港开笔写《书剑恩仇录》《碧血剑》，我无缘得窥他的箫心剑态——否则，世间必然又多一个金迷。

　　我有个脾性相投的伙伴，项达琳，长我一岁，高额，大眼，直鼻，方口，家住县城合德核心地段，两层楼，一层开酱园铺，店号"美新"，二层起居，后院隐约建有耳房、作坊，直通河浜。《水浒传》称饭店餐馆，多谓酒楼，自然是两层乃至三层的了，大户人家都有楼上楼下，连武大郎流落阳谷县卖炊饼，赁的也是两层的民居，李逵江州劫法场，隐身的也是十字街口的茶楼，可见北宋的繁华。吾乡射阳原是海滩薄地，建县未久，民欠丰而室短富，如达琳家的两层小楼（别处还有住宅），已是鹤立鸡群，通合德镇也就五六家而已。

达琳的大哥，达琪，读中学。文化的刺激效应不言而喻，达琳的阅读眼光与层次渐渐水涨船高。本来和我同步读《三言二拍》，忽一日，达琳告知，开始看巴金的《家》，而他的大哥已经在读《春》。

巴金是谁？《家》是什么？《春》又是什么？我丈二和尚——摸不着头脑。

又一日，达琳说，大哥的一个同学已经读完茅盾的《幻灭》《动摇》，开始读《追求》。

矛盾？不，他说茅盾。

茅草岂能为盾？大感不解，随又嗒然若丧，这就显出了蓬门荜户和高堂华屋的文化落差。

下次见面，达琳说，《家》《春》《秋》是三部曲，《家》已读完，听大哥建议，不再往下看，直接读曹雪芹的《红楼梦》。

在达琳那个圈子里，书无疑是分等级的，什么样的水平读什么样的书，或者说，读什么样的书就有什么样的水平。

若说《红楼梦》，我也是翻过的，那是小学四年级，不过嫌它男争女斗，啰里啰嗦，看着烦躁，扔下了——可见我还没有资格开读。

说话间，我已完成小升初，进入射阳县中学，相应办理了县图书馆的借书证——这是我生活中的又一件大事，恰如走过新华书店的书廊，一脚踏入了书山书海——我陆续借阅了巴金的"激流三部曲"、茅盾的"蚀"三部曲，以及《红楼梦》上中下三册。并备下一个笔记本，记录书中的精彩段落与词句，以便有朝一日和达琳对话，让他感到我已不是吴下阿蒙。

达琳因为成分障碍（地主兼小资本家），进了民办初中。偶尔见面，无复前贤今哲，海阔天空。一声长叹，他说，文学的风骨在于特立独行，卓尔不群，我这样的角色，只有见风使舵，随波进退。

给我的感觉，是壮士断腕。

谈话中他说了个新词："胜人者有力，自胜者强。"

"这是谁的话？"我对新颖的词语一向好奇。

他答："老子。"

老子的话我曾经听过，是说"大器晚成，大音希声，大象无形"，这两句，是初次入耳，我视为老子定理之二，归入座右铭。

达琳与我渐行渐远。民中毕业，他去了省地质局石油普查大队句容分队。继而参军。终而复员，落脚在盐城肉联厂，一个与酱园铺说不相关也有点遥相呼应的平台。庖丁解牛也需要文化，只是此文化不等于彼文化。本世纪初我去盐城，左打听，右打听，终于跟达琳见上一面。问他退休后在干啥，答复每天接送两个孙辈小孩上学，可以概括为基本的《家》《春》《秋》。而我，经历了个人转型中的《幻灭》《动摇》《追求》，赶在天命之年，搭上了文学的末班车。各见各的仁，各叹各的经，半是怀旧，半是为少年的梦里腾云画上一个休止符。

人生往往就是这样阴差阳错，了了分明。

一个被生活大潮粗暴打散的挚友，一个进入彻底遗忘的角色，对于我，你想——不，不是这样的。回忆往事，发现，达琳对我的影响，某种程度上，超越家人，超越师长。达琳改变了我的阅读进程，虽然只是一小步，微不足道的一小步，但有这一小步，和没这一小步，结局大不一样。别人不清楚，我清楚，我白天也许会遗忘，夜晚的梦境不会遗忘，我文章的某个措辞某个标点不会遗忘，我迎风而立啸出的某节音、低首沉吟嘘出的某口气不会遗忘。

因为达琳，我认识了吉学荣。

学荣与达琳一块儿读民中，其成分，也是小资本家，更兼令人谈之色变的"海外关系"。学荣与我同龄，生得丰神俊朗，气宇轩昂，俨然有书卷气。家族资本早被剥夺，但余泽尚存，他小小年纪，居然于县城中心，两河交汇之处，独拥一室。虽系草房，因装有当日尚属奢侈品的电灯，四壁裱以光滑的白纸，仍令我艳羡不已，直觉不啻唐人的"杜甫草堂""辋川别业"。

学荣的兴趣，偏于外国文学。

他跟我讲过《海底两万里》，带我周游了半个地球。

他跟我讲过《堂吉诃德》，比《聊斋志异》还奇葩。

一晚，立在朝阳桥畔——这是小镇的最佳景点，两岸灯火与流水辉映，人都在图画中——学荣跟我谈起高尔基的《在人间》，说："高尔基还是个小孩子的时候，在伏尔加河一艘轮船当洗碗工，厨师长器重他识字，让他每晚给自己念书，高尔基就是在这种情况下爱上了阅读，最终走上作家的路。"

我忽然想到，学荣的父亲也是厨师。

学荣的文学亦起步于烹调术。某日，在学荣的草堂，他拿出一册《雨花》杂志，打开，指着一篇文艺杂谈，说："这是我写的。"

用的是笔名，两个字。内容，涉及众多外国名家，一些话，曾听他反复说过，是以，我深信不疑。

学荣后来又在《雨花》刊发了两篇文艺"杂拌"。

作家原来离自己这么近。

学荣可能不晓得，我在暗地发足狂奔，他文章中提到的外国文学名著，我都一一借来啃读，比如高尔基的《童年》《在人间》《我的大学》、果戈理的《死魂灵》、屠格涅夫的《罗亭》、肖洛霍夫的《静静的顿河》、塞万提斯的《堂吉诃德》、马克·吐温的《百万英镑》、狄更斯的《双城记》、儒勒·凡尔纳的《海底两万里》等—— 一扇门，外国文学的大门，就这样砰然打开。

初二那年暑假，我还和学荣结伴，外出打零工，一边干活，一边聊当时最为风靡的俄罗斯文学。

学荣尔后进了师范。未几师范停办，子承父业，掌起了饭馆的大勺。

记得他给我读过高尔基《在人间》中的一段话："命运这个东西，老弟，对我们所有的人来说就像铁锚一样：你想开步走，可就是不行，得等一等。"

耸肩，摊手，做无可奈何状。

那些年，"海外关系"就是一座五行山，没有把他压成齑粉，已属侥幸。搭救他的是改革开放，赖以为生的一技之长，不是文学，是继续指挥锅碗瓢盆交响曲。

形势比人强，学荣最终置身浩浩荡荡的企业大潮，再也转不回文学的轨道。

一颗陨落的文星。

我原是一株小草，项达琳与吉学荣，就像两朵雨云，在我渴求滋润的当口，恰巧掠过我的头顶，洒下一场甘霖——各人头上一片天，这是他俩的时运，也是我的机缘。

停学停出来的转折

　　人一生总要遭遇几个忧郁期，正如再粗再高的大树也会有几个结疤。我最早被忧郁症盯上，是一九五八年，十四岁，读初中二年级时。那年，生活中发生了几件大事：一是祖父去世；二是大饥荒随着"大跃进"悄悄袭来；三是我左大腿根生了一个毒疮，红肿高大，疼痛难挨，无法行走，只能卧床。

　　在我家里，祖父是最有学问的，他是长子，曾祖父在世的时候，一直供他读书；父亲学问次之，只念到十六岁，曾祖父过世，他成了家里主要劳力；长兄学问逊于祖父而胜于父亲，书法尤佳。

　　我从小跟祖父生活，祖父不仅是我的启蒙老师，还是我为人处世的偶像。举一例——我在他文中有述，此处从简——某年冬天，漫天飘雪，祖父清早穿了新棉裤出去，晚间归来，却仅剩下一条内单裤，祖母问他棉裤哪里去了。祖父说，路上看见一个穷人，冻得发抖，就把棉裤脱给人家。

　　再举一件小事，刚上学堂那会儿，不少同学有笔记本，我没有。祖父上街买回一张白光纸，让我按照笔记本的尺寸，裁开，拿针线装订成册。我嫌土，丢人，一气之下，把它撕成两半，扔到地上。祖父弯腰将撕破的纸捡起，摊到桌上，左叠过来，右叠过去，然后，拿小刀裁成大小尽量一致的方块，又用针线订好。

那期间，那之后，祖父一句也没有批评我。我却是面红耳赤，惭愧之极，如冬日饮冷水，滴滴在心头。《朱子家训》说，"一粥一饭，当思来之不易；半丝半缕，恒念物力维艰。"我是白念了，白背了。事后想起，及至六十多年后的今天追忆起，仍对祖父怀着深深的内疚（自那以后，我在物质上从不与流俗攀比，祖父无言的教诲，远比那些圣贤苍白空洞的说教更有力）。

小学功课简单，用不着使力，对付着就成。小学毕业，我门门功课五分（五分制）。升初中（射阳县初级中学），遇到第一次考验，全班五十多人，仅考取五个，分别是胡礼仁、曹如璧、郭本富、童艾培（女）、和我。发榜那天，班主任耿啸天老师上门报喜。祖父比我还高兴，他随即上街买了一个带红十字的小木箱，是乡镇卫生员常背的那种，说是给我当书箱。沿途不断跟熟识的街坊打招呼，说："我孙子考上秀才了！"

一九五八年初夏，祖父不幸病逝。祖父是家里的"主学派"，坚决支持我念书。祖父一死，"主工派"抬头，以哥嫂、姐夫为代表。此处的"工"，不是工人的工，也不是现在讲的工作的工，简言之，就是回家干活。父亲是无可无不可，母亲呢，想让我念，但她没有财权，爱莫能助。

到了深秋，"大跃进"隐隐让人感到了大不妙，一方面是高产卫星满天飞，一方面是人人都在勒紧裤腰带，粮食越来越少，红薯、胡萝卜、豆饼、野菜唱起主角。"风水"属于封建迷信，理所当然地遭到取缔。父兄改行搞副业。母亲整夜整夜地扎笤帚，一把仅赚几分钱。生活跌落谷底，生存成了头等大事，"主工派"把矛头指向我，说长这么大了，念什么"倒头"书，初中还要两年，高中还要三年，大学还不知要念多少年，有什么指望，不如早早退学，好歹能帮家里做点事。

形势如此严峻，偏生又害了毒疮，这就叫"屋漏偏逢连阴雨，船破又遇顶头风"。我在床上躺了一个多月，敷贴膏药无数，全不见效，请镇上的医生来家做手术，说是痈，没有熟透，不敢动刀。

真是叫天不应，叫地不灵。

忧郁症便乘虚而入。

母亲爱子心切，到处寻医问药。一天，她请来一位道士，形容打扮，与农民无异。道士看了看毒疮，又看了看房里房外，说了一些神神叨叨的话。大意，我是被什么什么阴魂缠上了，现在请它走开。我对这种话，自然不信。病就是病，说这种鬼话有什么用。但见道士让母亲倒了半碗开水，拿出自备的纸笔，画了一道符，点燃烧了，将灰烬撒在碗里，拿筷子搅和搅和，让我喝下。嘱咐，睡一觉，就没事了。

喝罢，我遵嘱睡了一觉，也没多久，顶多一个时辰，醒来，咦，不痛了！试着下地走几步，一点不碍事。再看毒疮，居然消了，没见流脓，仅是裤子沾了一点水，若不是患处留下一个绿豆大的收口，几乎看不出痕迹。

一场大病，就这样莫名其妙地化解了。

这件事，六十年来，一直搁在心头。我无法解释。讲迷信，说是符的灵验，可符为什么会有这种灵验？讲科学，说是心理作用，心理作用能有这么大的功效吗？

以宇宙之大，之古，之玄奥，之无解，我无法排除冥冥中有一只无形的手，在牵着每个人向前走。

那就是命运了。

世间万物各有其命运，地球也有其命运，宇宙也有其命运。

从此对世间万物，尤其是大自然，多了一层敬畏。

病好了，退学似乎既成事实，事先并没有向学校请假，学校也没来人过问。"主工派"认为这是天意，这下你好死了读书的心，留在家里干活。

茫然。痛苦。

按我的底子，重回课堂，补上落下的课，不成问题。

可我身体还虚，家里又面临揭不开锅，再说，我也不知道学校还要不要我。

正巧这时，班主任季汉田老师登门家访。我看到老师，失落，伤心，绝望，一齐涌上心头。但喉咙紧锁，一句也吐不出，遂伏在桌上，放声大哭。季老师问明了情况，检讨自己失误，这么长时间，也没来看望。末了，对我母亲说，毓方成绩不错，看他哭得这么伤心，证明他还想念书，这样吧，我回去开一个休学证明，这学期就在家里休养，明年秋天再去复学。

季老师挽救了我，我一辈子都记着他的大恩。

有了复学的指望，我开始重新规划未来。

在这次病倒之前，我揣着两个梦想：一是想当运动员，我练的是三级跳和标枪，冷门；二是想当画家。这不是成人的择业概念，而是一个拔节生长中的少年对世界的拥抱，是一身骚动不安的精力在寻找释放的渠道。说来也是应运而生，因地制宜。家里养兔子，我放学回来负责挑兔草，这是件惬意的活，就是要多跑路，多弯腰，野地土质松软，沟呀渠呀特别地多，设想自己就是古代的侠客，一纵身就能上房，一跨步就能越沟。而夕阳西下，四顾无人，手里有一杆标枪（自制的），就多了一分胆量，想象它就是张飞的丈八长矛，赵云的亮银枪，助跑，交叉步，急停，反身展臂引枪，迅速向前方掷去——掷到哪儿，就在哪儿挑草。说到绘画嘛，从小描惯了《芥子园画谱》《麻姑献寿》《钟馗捉鬼》，偶尔看到伊里亚·列宾《伏尔加河上的纤夫》，顿时被震撼了，震撼了又鼓舞了，说干就干，改水墨水彩为油画。搞不来画布，就用马粪纸代，买不起全部颜料，就使用红黄蓝三色。现在呢，这一病，加上吃不饱饭，走路都费劲，运动的事，只好拜拜。油画成本太高，又没老师教，我深知无师之徒折腾不出名堂，也只好放弃。

一天，从县图书馆借回一本郭沫若的诗集《女神》，一读之下，大为倾心。我看到郭沫若也曾有过青春的忧郁，和"拔剑四顾心茫然"那种志士的悲痛，最终，他是通过狂飙突进的新诗，得到完完全全的释放。比如他的《天狗》：

一

我是一条天狗呀！

我把月来吞了，

我把日来吞了，

我把一切的星球来吞了，

我把全宇宙来吞了。

我便是我了！

二

我是月的光，

我是日的光，

我是一切星球的光，

我是X光线的光，

我是全宇宙的Energy的总量！

三

我飞奔，

我狂叫，

我燃烧。

我如烈火一样地燃烧！

我如大海一样地狂叫！

我如电气一样地飞跑！

我飞跑，

我飞跑，

我飞跑，

我剥我的皮，

我食我的肉，

我嚼我的血，

我啮我的心肝，

我在我神经上飞跑，

我在我脊髓上飞跑，

我在我脑筋上飞跑。

四

我便是我呀！

我的我要爆了！

还有他的《欲海》《立在地球上放号》《地球，我的母亲》《炉中煤》《匪徒颂》《凤凰涅槃》等，使我的胸襟为之大开，视线越过小镇，越过县省，越过邦国，仿佛一个初生的婴儿，站在了云头看世界。我感到我也要在我的神经上飞跑，在我的脊髓上飞跑，在我的脑筋上飞跑。我也要像郭沫若那样，在苦闷中涅槃，高唱"一切的一，更生了。一的一切，更生了。我们便是他，他们便是我。我中也有你，你中也有我。我便是你，你便是我。火便是凰。凤便是火。翱翔！翱翔！欢唱！欢唱！"

　　也就是从那时起，我爱上了文学。

　　图书馆的书，每次只能借一本，我是速战速决，拿到手就看，见到美文佳句就抄，隔天，最多是隔两天缴回重借。内容，起于诗，从郭沫若跳到普希金，转而拜伦、歌德、雪莱、惠特曼、泰戈尔，再回到屈原、李白、苏东坡。渐渐转到小说，从高尔基、果戈理、屠格涅夫读起，一直读到马克·吐温、狄更斯、儒勒·凡尔纳等。巴金、茅盾的小说也看，但提不起劲，我那时特别喜欢看外国小说，觉得异域风物人事有一种勾魂摄魄的魅力，说不出的向往。现在想来，这是人性，人都是好高骛远，喜新厌旧。但归结到政治，却是不合时宜，那时闭关锁国，眼睛盯着国外望，就有立场和世界观的问题。

　　最憋屈的记忆：家里人口多，房屋少，想找个安静的角落读书，也不可得。我看中了人家堆在西河沿的芦苇垛，是那种荧光苇叶的苇秆，用草绳捆好，码得高高低低，形如起伏的峰峦。我给它们动了个小手术，选择中间最凹的地方，从底部抽走若干捆，搁到一侧的顶端，使凹处更凹，高处更高，构成一个隐蔽的峡谷——正好拿它作了天然的书斋。苇垛的主人听之任之，他一定在暗中注视过我，觉得只是挪动了几捆苇秆的位置，于他并无任何损失。我则像农民下地、工人上班，每天背了书包，按时到那儿自修。一日，正在其间耽读惠特曼的《草叶集》，大概这书名讨厌，犯了苇秆的忌，触动它们"落叶饶秋恨，鸣蛩减夜眠"的离愁，突然，哗啦一响，那被我垒得高高的苇捆挨次砸下，我躲避不及，险险乎被砸晕。

最浪漫的记忆：冬日，月色如银的晚上，我挟了一本唐诗，徘徊在收获后的棉田，边背诵，边孤芳自赏。有意放开喉咙，潜意识里，仿佛是要背给清风听，背给明月听，背给深藏在清风明月里的李白、杜甫、白居易们听，当然，我嘴上不会承认，但对语言的魔力又笃信无疑，否则，你想，那些信徒们诚惶诚恐的祷告又说给谁听。有时遇到忘句，卡了壳，赶忙从衣兜掏出一面小圆镜，对着月亮，把光线反射到书本上。记得有一次掀开书页，月光聚焦之处，正好是李商隐的"嫦娥应悔偷灵药，碧海青天夜夜心"。

木工师傅懂得，树干结疤的地方，也是它通体最坚硬的地方。我的人生在初二阶段结了一个大疤，在余下的中学岁月，校内校外，每当和原来同班而现在高我一级的同学走碰面，我总为自己的留级生身份羞愧，感到矮人一头。这种动不动就冒出来的自卑感，直到那一届同学高中毕业，离开校园，各奔前程，我也升入高三，才烟消云散。老来回顾，那个倒霉的结疤，其实是生命的重新规整。海明威说得好："生活总是让我们遍体鳞伤，但到后来，那些受伤的地方一定会变成我们最强壮的地方。" 人生最负气也是最反败为胜的收获，是退一步，进两步。试想，我后来选择文科，并能进入北京大学东方语言文学系，脱不了它种下的因。现在，不，将来，倘若有幸在文学这座殿堂之外，在离它不算太远的地方，充当一块小小的指路牌，则猗欤盛哉！猗欤盛哉！——仔细推究起来，也定然得力于那处结疤在远年的支撑。

咒语也可以这么念

有一阵子，我爱上了为小孩"禁痄腮"。

痄腮，医学上叫流行性腮腺炎，这是传染病，一年四季都有，冬春二季多发。患者大半为儿童，或为左腮，或为右腮，也有个别严重的，两腮都肿胀疼痛。

生了病，找医生，这是小儿科级别的病，应该不难治。医生怎么治疗，我不晓得。我只晓得方圆一里之内，谁家小孩生了痄腮，都喜欢找我祖父、父亲"禁"。

禁痄腮，这是咱家祖传的妙技，绝对神乎其神，手到病除，而且全过程无痛苦，兼且免费，分文不收。

你想，若不是这样，哪会有病人争相求医，踏破门槛。

后来祖父去世。父亲一个人，他有自己的业务，常年在四乡奔波，患者来了，每每扑空——父亲就把秘方授给了我。

治疗步骤：首先，在砚台里倒上清水，加点陈醋，选上等墨锭——这墨锭有讲究，必须是在头年端午节，让蟾蜍，也就是癞蛤蟆，在嘴里含过的。为什么要让癞蛤蟆含一含呢？猜想：因为癞蛤蟆有毒，而痄腮又叫"蛤蟆瘟"，毒性类似，这就叫以毒攻毒吧——磨墨要沉着而持久，使墨汁变得又稠又黏；然后，用毛笔在患处写一个"禁"字，以此为圆心，开始画圈，一边画，一边嘴里念念有词，念什么呢？咒语，这是重要的一环。如果不念咒语，就缺了仪式感，缺了神秘性、权威性——患者家属会认为如此简单，谁都可以做，下次就不来找你了——念完一篇咒语，结束一次画圈，如是念七次咒语，画七次圆圈。

父亲授给我的咒语是：

　　赫赫洋洋，日出东方。金童取水，玉女焚香。一禁刀斩斧剁，二禁虎咬猿伤，三禁无名肿毒，四禁痈疽疔疮，五禁不出脓，六禁不出血，七禁随禁随灭。禁山山崩，禁地地裂。我奉太上老君急急如律令！

"奉太上老君急急如律令"，不言而喻，这是道教。我是初中生，长在红旗下，接受的是无神论的教育，不信那一套。我就把咒语改了，改成什么？古代诗词。我琢磨，痄腮是热性的，墨汁是凉性的，用毛笔反复揉搓，是活血，散热，这是治疗的关键。咒语嘛，只起拿班做势作用，令"禁"者庄严、神圣，令患者恭谨、敬畏。

《三国志》写诸葛亮祭东风，本来是巧借天时，算准了十一月二十日夜里要刮东南风，倘若直截了当对周瑜说了，这就算不得本事，显不出能耐。是以诸葛亮要用赤土筑坛，按八卦布阵，焚香于炉，对天祷告，神乎其神。他祷告的是什么？书中没有交代。也许又在默念"大梦谁先觉，平生我自知；草堂春睡足，窗外日迟迟"吧。不管怎样，戏要演足，祭天要祭得煞有介事。如是一来，才能震慑周瑜，树立自己学究天人、功参造化的高大上地位。

诸葛亮果然达到了目的。是夜，"将近三更时分，忽听风声响，旗幡转动。瑜出帐看时，旗脚竟飘西北。霎时间东南风大起，瑜骇然曰：'此人有夺天地造化之法、鬼神不测之术！若留此人，乃东吴祸根也。及早杀却，免生他日之忧。'"

诸葛亮与周瑜斗法，又上了一个台阶。

我举这个例，意在说明，咒语也好，祷词也罢，既然是装饰性的，故弄玄虚，装模作样，因此念什么都无所谓。当然过程也有考究。你想，我一个少年，没有祖父、父亲的德高望重、仙风道气，光凭研墨、画圈，得不了分。我拿分全凭念咒：一要作古正经，道貌岸然；二要滚瓜烂熟，一气呵成；三要抑扬顿挫，忽轻忽重，忽急忽慢。总而言之，就是要学诸葛亮在七星坛上的表演，该做的戏要做得天衣无缝，无懈可击。

一天，我接手为东邻陈家二保禁疟腮，一边用毛笔在他患处画圆，一边速念曹操的《短歌行》："对酒当歌，人生几何！譬如朝露，去日苦多……"其间，一次念到"我有嘉宾，鼓瑟吹笙。明明如月"，思想走神，不知飞到哪儿去了，下边一句，怎么也接不上，我就一个劲地重复"明明如月，明明如月"，还顺嘴插进佛教的咒语"唵、嘛、呢、叭、咪、吽",直到思绪收拢,"何时可掇?"浮出,才继续往下念。

第二次,我改为李白的《将进酒》,这诗我熟,念着也带劲。

第三次,为了省事,干脆改为白居易的《琵琶行》,一遍正好画七次圆。

总念一首也无聊,尔后,在为其他儿童治疗时,我尝试过白居易的《长恨歌》、李白的《蜀道难》、王勃的《滕王阁序》,如果你现在考我,大致都还能背,这都得力于当年"念咒"的训练;记得也尝试过屈原的《离骚》,那玩意佶屈聱牙,时常卡壳,有失我的颜面,遂放弃。

一般"禁"三四次,痄腮就会消肿,也就不需要治疗了。这时,我拿毛笔在院内土墙空白处写上一个"消",再在外边画上一个圆——既是治疗成功的记录,也是送给自己的一面锦旗。

孤本记忆

勾勒童年、少年，素材是不可或缺的硬件，奈何岁月流逝，往事湮灭，记忆不能回放，所存仅零星碎片，无法拼出完美的画面。

不完美，便懒得动笔，这是耽于唯美的执念。因此，对于那一段前尘梦影，长期以来，我是任其漫漶支离，自生自灭。

潜意识隐有不甘。

那年在无锡，见到高中同学王国泰。印象中，他是半道从外地转来的。国泰是世俗江湖的"及时雨"：见面就熟，善解人意，体贴入微，一江春水只为你奔流。他在高三甲，我在高三乙，我隔空被他吸引，成为好友。好到什么程度？有次考俄语，我漏写了一个字母，当时那个心疼，跌足嗟叹不已，因为这小小瑕疵，足以毁去我志在必得的圆满。国泰得知——"看试手，补天裂"——他去找俄文老师，翻查尚未批改的试卷，预先在小指甲端蘸了一点墨水，悄悄帮我改过。

在我，这是两肋插刀，惊天壮举。

在他，只是举手之劳，小菜一碟。

久别重逢，我问他："你还记得帮我偷改试卷的事吗?"

国泰摇头："记不得。"

国泰类似的举手之劳太多，遗忘也属正常。他后来考进南京化工学院，毕业分配在无锡，这是商品经济的躁动区，他掌管一家化工厂，如蛟龙入水，大显身手。

那事，在我却是心头的一根刺，想忘也忘不了。为什么是一根刺？随着年岁渐增，人格渐重，我意识到少年的虚荣，一至于斯，小洞不补，大洞尺五，不把它芟除，遗患无穷。

转而，想起曹如璧。少时玩牌，一组四人，我俩外，搭档为胡礼仁、项达琳，或唐晋元、刘蜀吾。玩牌属于赌博，赌注有真金白银，也有精神赏罚。我们起初规定：输家让赢家刮鼻子。刮多了，赢家输家都觉得有失体面，遂改为：输家给赢家讲一个故事。此规则好，赢家得以享受，输家也得以表现。但对故事有硬性规定，需短小，新颖，且谁都没听说过。

那次曹如璧输了，他讲夜来做梦。如璧聪明，梦是自家的，难得与别人雷同。他说：夜梦金山寺，霞光万丈，老和尚走出山门，送给我……

一件法宝。我猜。

不，一幅地图。他说。

如璧祖籍镇江，儿时去过金山，这梦也是有因缘的。

吊诡的是，如璧后来考进南大地理系，专业是地图学。

我就觉得冥冥中有玄机。

如璧儿时患过沉疴，体形消瘦，一副弱不禁风的样子，但长期悲而且壮的抗病健身活动，也使他练成了坚韧不拔，百折不挠。我擅长"斗鸡"，同学群里谁都不怵，唯怵如璧，他看似不堪一击，但任你怎么进攻，就是斗而不倒，永远像牛皮糖一样死死纠缠着。

十多年后在老家相遇，我问如璧，还记得那次打牌输了后的说梦吗，你梦见金山寺的老和尚送了你一幅地图。

天哪！他竟然也记不得。

于是，我的记忆就成了孤本。

胡礼仁输牌后，讲的是自己的经历，这也是一绝，城隍庙的旗杆——独一无二。

礼仁祖籍建湖县上冈镇。他讲五岁上小学，啥也不懂，跟着鬼混。父母放任不管，觉得反正搁在学校，总比搁在家里强。结果，他连续两年蹲班，一年级读了三轮。

换了别的孩子，自尊心多半会受到摧毁性的打击。礼仁不然，反而建立起强大的自信。因为他留了两级，刚好七岁，符合常规的上学年龄，而比起新来的伙伴，他多了两年历练，成绩自然遥遥领先。

都说"不要输在起跑线"，礼仁的"起跑"，是先把根须扎牢，扎得越深越好。

礼仁的优势得以一路保持，小学六年，始终是班上的尖子。另外，两次蹲班也使他有了充分的玩耍时间，他玩乒乓球上了瘾，由瘾又生出特长。礼仁转到射阳县合德镇，是四年级，当时校内只有一张乒乓球台，归老师专用，学生偶尔溜进去耍耍，礼仁球无对手，一技称王。

礼仁生得高鼻朗目，英气逼人，酷似中亚人的血统。各科成绩俱棒，字也写得帅，唯跑跳欠佳，但有乒乓强项，一俊遮百丑，发展近乎完美。

礼仁初中毕业进了沈阳军校，天时地利人和均沾，升迁畅达，衔至少将。他小学一年级的这段蹲班逸闻，相信没有几人知道，个别知道的也未必会把它写出来，因此，对于一个作家，我掌握的就是孤本。

近来又增添一项刺激：撰写邻居，也是我启蒙老师之一的张四维先生，请县里提供一份档案作参考。我的最低要求是：查清家庭成分、出生年月、毕业学校，就行。县里自是十分积极，讵料一番忙碌，结果近乎交白卷。呜呼，斯人已逝，人去灯灭，踪迹无存，我脑中残缺的印记，就成了珍贵的孤本。

这就有了责任感，行话为"抢救民间记忆"。

由是又想到了郭本富。

我和他小学同班，从二年级到六年级。本富爱画画，我也喜欢，由画结缘，三四年级，成为两小无猜的密友。

五年级时，本富送我一套蜡笔人物素描，题"隋唐演义十三杰"，分别是：李元霸，宇文成都，裴元庆，雄阔海，伍云召，伍天锡，罗成，杨林，魏文通，秦用，尚师徒，梁师泰，秦琼/

尉迟恭。

我熟悉秦琼、尉迟恭，他俩是门神。没想到这两位门神爷在隋唐英雄榜上仅仅并列第十三名。这使我震惊，赶紧找《隋唐演义》补课。

书是向同窗周古廉借的，他家出租各类古典小说。

突击五六个晚上，看完了。关于秦琼，书中倒是有详细的描述；尉迟恭，略有涉及；其他人物，如罗成，仅一带而过；而更多的好汉，如裴元庆、雄阔海，则连影子也没有。

中午散学，我嗔怪本富："你小子骗人，《隋唐演义》根本没有你画的十三杰。"

本富赌咒发誓，说绝对有。

他还给我讲了其中大比武的一章：隋炀帝颁诏，在扬州考核天下英雄，谁获得第一，谁就拥有状元盔甲袍带。结果，排名第一、第二的李元霸、宇文成都没有到场，排名第三的裴元庆、第五的伍云召、第六的伍天锡已经过世，排名第四的雄阔海还在赶往扬州的路上，"世无英雄，遂使竖子成名"，排名第七的罗成，连挑四十二员榜上无名的战将，夺得武状元。

"你说的这些，《隋唐演义》中都没有，李元霸只提了一句，说他早年夭折。"我诘难，"难道还有另外一本《隋唐演义》？"

"不信，找周古廉对证。"本富搬出后台，"我看的《隋唐演义》，是向他借的。"

怪啊，这么说，我俩看的《隋唐演义》是同一个版本，为什么对不上茬？

下午课外活动，本富拉我找周古廉。

古廉听罢原委，哈哈大笑："郭三（本富排行老三）你粗心大意，隋唐十三杰的排名没错，但我借你的是《说唐演义》，不是《隋唐演义》。"

此处略表一表周古廉。他近水楼台，读了一肚子家藏的古书。爱唱歌，也爱写字画画。小升初，他考公立射阳县中学失利，进了民办初中，中考又杀回来，高考并且成功闯入北大，读文科，那些老书底子，无疑在发挥作用。

鉴于"卷帘大将"（这是我送古廉兄的绰号，取帘、廉同音）日后的光芒，母校七十周年纪念册，想当然地把他列入初三毕业生的名录。这是不实的。古廉兄在民办初中三年，是他的挫折期，也是他的崛起期。我初二因病停学一年，留了一级，特别懂得"生于忧患"的含义。

回头说郭本富，我俩都上了公立初中。

我初二停学，有两三个月，经常与本富泡在一起。他是我的慰藉，我的精神支柱。本富钟情丹青，梦想当艺术家。艺术需要疯狂，他疯狂到如痴如醉，神魂颠倒，纵使连续旷课，也在所不惜（天地良心，有几次完全是为了陪我）。我是爱画，爱不到他那种程度。我向本富求教的不是技巧，而是知识。他买了很多绘画方面的书籍，给了我足够多的美学修养。

一天，我同本富分析：隋唐英雄，罗成排名第七，为什么能夺得武状元？一、毕竟有真本事。祖传罗家枪，出神入化，天下无敌。二、时运。胜过他的高手不是死亡，就是缺席，给了他机会。我嘛，谈不上祖传，但读了三四年私塾，把握文字比把握线条、色彩更敏感，所以，我选择文学。至于运气，那是不好说的，走着瞧吧。

本富表示支持，他说："绘画对文学也有好处，增强画面感。"

本富初中毕业，进了射阳师范。

未久师范停办，索性在镇上开了一家书画店。

我则继续念高中。周日，常去他的画室。也没有多少话好讲，就那么坐着，他画他的画，我读我的书。

本富父母开一爿面食小店。他兄弟众多。大哥本荣，高中毕业，爱好文学，听说在写电影剧本；二哥本华，小学毕业，去徐州煤矿做工；四弟本贵，在念初中。四人的名字合起来就是荣华富贵，承载了做父母的美好愿望。底下的老五、老六等的名字，记不得了，想来也是吉利、旺发的字眼。

本富铁心要在绘画上闯出一条路，这事到底现不现实？与罗成比，他既无祖传，也无名师，更要加上一条，没有环境。有的只是执着，只是痴迷。曾经有一次，他画裸体人物素描，惹得满镇风雨。就艺术而言，这里不是圣殿，是实实在在的乡村。

高中毕业，我进了北大。尔后分配长沙，再尔后考研重返京城。九十年代，供职于人民日报社，猛回首，已与本富失去联系。一次，去浙江采访某位著名企业家，他说不久前去巴西洽谈业务，结识一位我的老乡，叫郭本富，在那儿做服装生意。

郭本富？在巴西做服装生意？这跨度太大了，不可信，肯定是另一个同名者。

夜阑梦醒，我又觉得有可能，不，是我宁愿这事是真的。故土太闭塞，他需要换个环境搏一搏。逐梦，梦总在千山万水之外，需要长途役役，三万里河东入海，五千仞岳上摩天。换了我，如果不是重返京城，想在文学方面有所作为，也是大概率没戏。

我相信本富做生意赚了钱，一定会反身扑向艺术。

幸亏赶上了好时代，这年头，千帆竞发，万马奔腾，天翻地覆，沧海桑田，一切皆无定数，一切皆有可能。

本世纪初，我退休之后，回盐城，见到老学长、书画大家臧科。说到郭本富，他说："哪里，什么巴西，一直在盐城。"

"做什么呢？"

"除了画画，还能做啥。"

这就好。打小酷爱，终身厮守，就像与初恋白头偕老，不正是人生的一大幸运吗？

我与本富重新取得了联系。他九十年代后的事，别人比我更有发言权，用不着我在这儿啰嗦。我看重的是孤本，是活在我生命中的郭本富。他没有高贵门第，没有旷世天赋，没有八斗之才、五车之学，没有屠龙的手腕，没有开挂的人生……但，他曾经伴我走过一段青葱而又青涩的岁月，是我血肉之躯的有机组成，是我客居京华的床前明月，仗剑天涯的江枫渔火。回忆他，犹如回忆我的孪生兄弟，另一半我自己。

他过着我的另一生。

顺便说一句：入大学前，本富送了我一幅画，是站在合德朝阳桥上的铅笔速写。这是最勾我魂魄的风景，也是我保存年头最久的一幅画，相信也是孤本。

蝴蝶打掌心飞过

母亲生弟弟，我被赶出船舱（彼时住在船上），百无聊赖，跑到邻家的菜地里玩耍。一只花蝴蝶打眼前飞过，我一伸手，恰好把它捉住。

拿去给祖父看，祖父说："你真了不起！蝴蝶飞得快，大人空手都抓不住。"

我忽然同情起蝴蝶，长着翅膀，就是不让人抓的，大人都拿它没奈何，却撞在我一个三岁孩童手里——它兴许是认为我小，不会有杀心吧——于是我心肠一软，松手把它放了。

这是我最早带有文学意味的回忆。

祖父门前有个花园，花园里摆着二十来盆花，每个花盆上刻着许多字，它们一个个龙飞凤舞，神气活现，全不把我放在眼里。一天，我生了气，拿树枝在地上照着字的样子画，我要把它们一个个都捉拿在地。

祖父给花浇水，他看到我在地上画的字，说："这是苏学士的诗啊。'东风袅袅泛崇光，香雾空蒙月转廊。只恐夜深花睡去，故烧高烛照红妆。'苏学士给你启蒙，大吉大利，我今天就教你认字。"

这是我记得的第一首古诗。

大哥家堂屋的两壁，忽然贴满花花绿绿的民国钞票。这大概是世界上最昂贵的糊墙纸，每一张都曾经价值几百、几千、几万。

"现在，"大哥将手一挥，不屑地说，"它们加起来，连一只鸡蛋也买不到。"

这一年，中国天翻地覆，改朝换代。而对于我来说，形象地感知革命成功，正是来自这批糊墙的废钞。

读《杨家将传》，至第十八回，潘仁美率领大军来到对辽作战前线，与牙将刘君其、贺国舅、秦昭庆、米教练四人商量："我深恨杨业父子，怀恨莫深。此一回欲尽陷之，不想有保官呼延赞在，又难于施计矣。"教练进曰："太师勿忧。小将有计，先去了呼延赞，然后除杨家父子，有何难哉？"

我看到这里，怒发冲冠，拿出一张纸，给大宋皇帝写信，告诉他潘仁美是奸臣，刘君其、贺国舅、秦昭庆、米教练四个是坏蛋，要害呼延赞和杨业父子，赶快把他们抓起来。

时值六岁，这是生平写的第一封信，写好后，却不知如何寄。蓦地灵机一动，擦根火柴，把信烧了，这样，皇帝准能收到。

我始终没有告诉任何人，怕他们笑。

我绝对是严肃的。

孔子说:"有朋自远方来,不亦乐乎!"

祖母说:"亲亲故故远来香。"

孔子说:"朽木不可雕也,粪土之墙不可圬也。"

祖母说:"烂泥扶不上墙。"

文言说:"物极必反,剥极则复。"

祖母说:"箍紧必炸。"

成语说:"隋珠弹雀。"

祖母说:"活鱼摔死了卖。"

书上说:"相打无好拳,相骂无好言。"

祖母说:"打起来没好拳,骂起来没好言。"

祖母没有文化,但她的话更鲜活,更简明易懂,更接地气。

在祖父的书棚上翻出一册既无封面也无封底的民国杂志,里面有巴金的一则短篇,讲一位音乐家和他的旧情人以及私生子的故事。

不知刊名,也不记得巴金小说的篇名。

文章不长,故事也没有多少曲折,奇怪的是六十多年过去,它还盘踞在脑海,每每想起,宛然如在眼底。

或许这就是残缺的艺术美。

私塾末期读过半部《幼学琼林》，搁下，然后念小学、中学、大学，再也没回头翻阅剩下的部分。

七十年代初，我从长沙回射阳探亲，这套业已破烂不堪的书居然还在。扉页有我的涂鸦，有大哥的题诗，有父亲的注释，自制的封皮上有祖父的题字。

我满怀虔诚，把全书通读了一遍。

从此，这套三代四人共用过的书就跟定了我，堪谓我的第一套收藏品。

五十年代，吃饭是不作兴关门的。

给乞丐留个机会——毋庸讳言，那时代常有讨饭的，谁家关起门来吃饭，注定遭到难听的诅咒。

给邻里多份祥和——大人常常端着饭碗，蹲在门外路边。左右与对门的邻居，也端着碗蹲在路边，一边吃饭，一边拉呱儿。见了过路的熟人，总要客气地邀对方一起进餐。小孩子爱端着饭碗，走东家，转西家，谁家倘烧得好菜，少不了给他碗里夹上一筷子。

一九五九年初春，我休学在家。母亲见我整日埋头书本，建议我去阜宁大姐家散散心。

是坐轮船去的。

船上不供应饭食，在沟墩停靠一小时，让旅客自行打尖。

我进了码头附近一家饭馆，花一角五分钱，买了一碗阳春面。

正要举筷，旁边窜出一位精瘦枯干的老汉，手里捧着一本书，对我说：

"看你像读书人，我拿这本书，换你一碗面。"

我心一抖，老汉的相貌，活似在哪儿见过——兴许在前世。

接过他的书，是《唐人小说》，古典文学出版社，一九五八年二月版，定价九角五分。

老汉诚惶诚恐，眼神隐现出饥饿的闪电。

我毫不犹豫，把一碗面推到他面前。

然后，迅速估算了一下前程的花费，咬了咬牙，又掏出八角钱，数给他，补足面条和书的差价。

刘老师让同学统计上月的阅读书目。

我列出三十本，相当于每日一册。

刘老师皱眉："你看得了那么多吗？"

我拿出读书笔记，书名，阅读时间，佳句摘要，读后感，写得清清楚楚。

刘老师接过略翻一翻，其中有一篇重读《唐人小说》的短札，题目是《何等》，他让我当着全班念一念：

红拂女一见李靖，就识得他是盖世英豪，可托终身，当晚就私奔——何等痛快！

虬髯公一见李世民，就明白天下有主，乃罢逐鹿中原之雄心，改去海外发展——何等明智！

卢生借仙枕一梦，瞬息间，享遍富贵荣华，欲海浮沉——何等警醒！

王昌龄、高适、王之涣，凭歌姬吟唱自家诗作的多寡，判断各人水平的高下——何等风流！

……

从此，我在"文豪"的戏谑外，又多了个绰号"何等先生"。

杨忠茂说："一里外，就能看出你走路的姿势。"

"这么神？"

"别人走路，都是身子向前倾，双手前后摆。你走路，是脑袋、肩膀、身子、双臂、双腿，一股劲地左摇右晃，仿佛时时刻刻都在吟诗作赋。"

毕竟是好朋友，他观察得很到位。我走路，重点不在"走"，而在"飞"，我思想的翅膀总是高高扇动在道路的上空。

二舅每年从上海回苏北探亲，给我的礼品不外乎一袋大白兔奶糖。

初三那年，我建议免糖，我想要书，哪怕是人家看了不要的杂志报纸。

改年，二舅带来列夫·托尔斯泰的《战争与和平》，第一册。他直言不讳："是在旧书摊买的。"

又一年，二舅带来塞万提斯的《堂吉诃德》，下册。不言而喻，也是在旧书摊淘的。

《战争与和平》，我读了第一册，又迫不及待地去县图书馆借了二、三、四册，一鼓作气读完。直觉是，《三国演义》加《红楼梦》。英国作家朱利安·赫胥黎说："人们读了托尔斯泰的《战争与和平》，就不再是原来的人了。"诚哉斯言！我感觉视野、气韵、灵魂，焕然一新。

《堂吉诃德》，我读完下册，却一直不急着读它的上册，因为已经知道结尾，再无悬念。至于它上册的内容嘛，我就那么留着，供我任意揣想——这就进入了创作状态——在接下来的半年时光，我为它设计过数种开头。

最后还是在书店把上册快速浏览了一遍，以验证我和塞万提斯在想象力上究竟差了几条街。

县政府门前有座大桥，大桥南端有根电线杆，电线杆顶部有个喇叭。我读中学，一天来回四次，经过那根电线杆，习惯停下脚步，听听喇叭广播的新闻。

印象特深的有：中国自行设计的火箭首次发射成功；庄则栋获得第二十六届世界乒乓球锦标赛男子单打冠军；中央"七千人大会"会议简报；中印自卫反击战，等等。

虽是零零碎碎，断断续续，但久而久之，也足以让自己的心潮随着国家的热血一起澎湃。

星期天，王志仁风风火火地闯进门，招呼我参加镇上的义务劳动。

这是一个上得当年热搜榜的人物：小学毕业，入党；中学，长期担任学生会主席；高考，学校拟保送他进人民大学，他却不去，回到合德镇，当了一名会计。

报刊上宣传的邢燕子、侯隽、董加耕，都离我太远，抬头不见低头见的新式楷模，就只有王志仁。他和我是街坊，未婚妻与我家还沾点亲。王兄的选择带有强烈的时代光焰，我二话不说就跟他出门，一边走，一边想，他的踪迹值得我长期关注——这是另一种维度的人生。

我有过一双球鞋，是我十八岁生日，一位陶姓亲戚（祖母的娘家）送的礼品。

穿上脚，大小正合适。

第二年，大拇指感到压抑，它要伸展，终于有一天，左脚的拇指率先捅破鞋头，跟着，右脚的拇指也如法炮制。

第三年，鞋底和鞋帮索性分离，成了两半。

我没有扔掉，而是拿细绳把它们绑在脚上，走在校园里，照样高视阔步，顾盼炜如。

现在回想，那不啻是开吾乡数十年风气之先的行为艺术。

这也是诗

中学时期，曾经每日一文，多半在临睡之前，根据当日所做所读所闻，随意命题，提笔就写，一气呵成。

现整理数则，如下——

A

D老师在课堂上讲政治挂帅，又红又专，讲着讲着，忽然结合实际，批评说："班里有同学的妈妈在街头摆小摊，这是走资本主义。"

散学，我和许其沛一道走。他很沮丧。我知道，走读的同学都知道，他的妈妈在西朝阳桥头摆小摊。

走到东朝阳桥，许其沛拐弯，他不想和妈妈见面。

我径直走到西朝阳桥，走向他妈妈的小摊。

"其沛今天怎么没和你一块走？"许妈妈问。

我们两家沾点瓜葛亲，时有往来。

"其沛学校里有事，晚一点回。"我虚晃一枪。

"是不是作业没有完成？我急着等他呢，唉。"

我晓得，其沛每天放学，都要帮妈妈守一会儿摊，让妈妈腾出手，回家准备晚饭，然后再回来。

"我来帮你守摊。"心底突然涌出一阵冲动。

许妈妈不明底细，只有我知道，今天不比往常，需要极大的勇气。

这个小摊，也就一块白布，上面搁了一些儿童学习用品，以及麦秆、高粱秆编的玩具。

大概因为摊主改成我，几个熟识的街坊邻居特意捧场，卖出两打蜡笔、三盒铅笔、五本笔记簿，以及一些橡皮擦子、麦秆编的蛐蛐笼之类。

我不认为这是走资本主义。我父亲有时摆摊卖自家编的笤帚、苇席，我也帮忙守过摊。报上说，这叫自食其力。

B

星期天上午，邻居陈三约我去乡下捡黄豆。

抵达一块收获过的农田。一眼望去，除了参差不齐的豆茬、横抛竖倒的枝叶以及杂草，啥也没有。蹲下身来，仔细拨拉草丛，这才看到土掩草盖的豆粒。这块地收得晚了，豆荚枯脆炸裂，因此，散籽很多，几乎弯腰就有回报。成语有米珠薪桂，年初起，我切实体会到了豆贵如珠，住宿生周末返乡，带回一小瓶炒熟的黄豆，能勾出全班人肚子里的馋虫。

大凡收获，必有遗漏，年景好时，无人介意，如今遇上"自然灾害"，镇上一帮妇女组织起来，专门到乡下捡漏，拾麦穗，拾稻穗，捡胡萝卜、花生、山芋等。农人自己怎么不拾？据说，壮劳力都集中到公社搞重大项目的会战，留在村里忙收获的，皆是老弱妇孺，顾不过来。

隔壁田里有镇上一帮娘子军，每人自带一张小凳，坐着拾黄豆，这是拾出了门道。弯腰拾一粒，初时不觉累，一个小时过去，腰就强烈反应，像断了似的。到了后来，我索性跪着捡。说真的，这一粒粒青中泛黄、黄里透褐的"籽玉"，也值得我跪。

最高兴的，是碰到一整株漏割。农人的疏忽，化作我的惊喜。最激动的，是在田埂旁挖到一个老鼠洞，里面堆满了黄豆。老鼠是"四害"之一，没收它的储粮，理直气壮。

中午，那帮娘子军欢歌笑语，满载而归，我和陈三刚刚踏进一块还没人捡过的豆田，舍不得走。我是既累又兴奋，干脆由跪着改为趴下。人说朝圣者是一步一拜，我如今是一豆一拜。

C

与蔡必胜、李耀纯聊天，谈到人生如果可以自由选择，你愿意生活在哪个朝代。

必胜说："春秋战国。"

理由是："百花齐放，百家争鸣，每个人的才华都能得到极大的发挥。"

耀纯说："我选择唐代，经济繁荣，文化也相对宽松。李白敢于'天子呼来不上船，自称臣是酒中仙'；杜甫敢吟'朱门酒肉臭，路有冻死骨'；白居易敢披露'春宵苦短日高起，从此君王不早朝'。"

轮到我了。一个春秋战国，一个唐代，已被他俩抢先占了，我还有什么好选的呢？是把目光投向上古的尧舜？还是投向数百年、数千年后的未来？

凝了凝神，我说："我就选择今天，选择我正参与其中的社会和时代。既往不可追，未来不可期；唯有现在，才是确实可以把握的。"

D

《唐人小说》"李卫公靖"记载：

李靖外出打猎，天晚迷路，投宿荒野一处豪宅，实际是龙宫——这是他的运。

是夜天廷传旨，着龙王家族行雨。适逢二位龙子外出，龙母无奈，遂请李靖代司其职。龙母交给李靖一只装满水的玉瓶，告诉他：此为水母，途中但遇龙马跳跃之处，即取瓶中水一滴，洒在马鬃上，不可多，也不可少。切切牢记！

碰上这等奇差，也是李靖的命。

李靖驾着龙马，飞驰在半空，沿路俱按照龙母的吩咐实施。天色渐明，飞到一处所在，龙马复又跳跃，李靖恰待取水洒下，低头一看，正是昨天打猎经过的村庄，转而想到："这地方异常干旱，一滴水能顶多少用？如今我既然掌握行雨权，何不多下一点呢？况且，昨天我还受了当地农夫的一杯香茗，此时正应涌泉相报。"于是，他一连洒了二十多滴。

李靖哪里晓得，玉瓶一滴水，相当于民间一尺雨，二十滴，相当于两丈水。李靖之误，害得龙母一家遭受天谴，这也是他们的命。

李靖亦是奉天承运之人，龙母不仅没有责备，还唤出文武两婢，让他挑选，可以挑一个，也可以两个都要。

李靖单选了武婢，嗣后成为唐朝的开国将领。这是他的运，也是他的命。如果当初两婢都要，则文武皆备，势必成为出将入相的全才。

老子说"天地不仁，以万物为刍狗"。何谓"天地不仁"？有人解释说天地无私，我也全盘接纳了。但今天读到李靖行雨，深为老天感到遗憾——这天也确实不好当呐，你出发点是不分善恶贤愚，一视同仁，伟大得很！磊落得很！结果呢，成全了一个人的运与命，却忍使无数百姓成为鱼鳖。

E

大约十天前，女同学L向我推荐了诗人郭小川的《望星空》。

诗发表在一九五九年十一月号的《人民文学》。

我读过郭小川的《月下集》，此诗比他的旧作，更直抒心性，因此感染力也更强。

譬如第二节：

我爱人间，我在人间生长，但比起你来，人间还远不辉煌。走千山，涉万水，登不上你的殿堂。过大海，越重洋，饮不到你的酒浆。千堆火，万盏灯，不如一颗小小星光亮。千条路，万座桥，不如银河一节长。我游历过半个地球，从东方到西方。地球的阔大幅员，引起我的惊奇和赞赏。可谁能知道：宇宙里有多少星星，是地球的姊妹星！谁曾晓得：天空中有多少陆地，能够充作人类的家乡！远方的星星呵，你看得见地球吗？——一片迷茫！远方的陆地呵，你感觉到我们的存在吗？——怎能想象！生命是珍贵的，为了赞颂战斗的人生，我写下成册的诗章；可是在人生的路途上，又有多少机缘，向星空瞭望！在人生的行程中，又有多少个夜晚，见星空如此安详！在伟大的宇宙的空间，人生不过是流星般的闪光。在无限的时间的河流里，人生仅仅是微小又微小的波浪。呵，星空，我不免感到惆怅于是我带着惆怅的心情，走向北京的心脏……

全诗二百多行，是晚，我把它抄录下来。改天还杂志，为表感谢，特地向 L 同学出示了我的手抄本。

昨天，风云突变，L 同学跟我说，《望星空》遭到批判，思想不健康，是坏诗。

没看出来。我说。

她说出两个批评者的名字，其一是萧三，老资格的革命家，写过《毛泽东同志的青少年时代》。

L同学要我交出那个手抄本——当初不该给她看的——说让老师知道了，会影响她的操行评语。

晚上回家，我拿出《望星空》，反复看，也看不出毛病在哪里。如果说第一节有几分惆怅，那是为了感情转折的需要，是欲褒先贬，欲扬先抑，你看他第四节：

当我怀着自豪的感情，再向星空瞭望。我的身子，充溢着非凡的力量。因为我知道：在一切最好的传统之上，我们的队伍已经组成，犹如浩荡的万里长江。而我自己呢，早就全副武装，在我们的行列里。充当了一名小小的兵将。可是呵，我和我的同志一样，决不会在红灯绿酒之前，神魂飘荡。我们要在地球与星空之间，修建一条走廊，把大地上的楼台殿阁，移往辽阔的天堂。我们要在无限的高空，架起一座桥梁，把人间的山珍海味，送往迢遥的上苍。真的，我和我的同志一样，决不只是"自扫门前雪"，而是定管"他人瓦上霜"。我们要把长安街上的灯光，延伸到远方；让万里无云的夜空，出现千千万万个太阳。我们要把广漠的穹隆，变成繁华的天安门广场，让满天星斗，全成为人类的家乡。

……

分明已经很革命很革命的了，如果说连这样的诗都不健康，那唐诗宋词都得烧掉。

我反复思考，最后决定，把《望星空》重抄一遍。今早，将第一份抄本带上，当着L同学的面撕毁。

"你千万不要对别人说。"L同学有个亲戚，听说因为传抄一首反动诗，在"反右"运动中倒了霉，她的紧张是可以理解的。

"放心，"我向她保证，"你从来没有借给我《人民文学》，我也压根儿没见过这本杂志。"

一度，我曾狂热写诗，对，绝对狂热。可惜诗作未能保存。如今回忆起当年的生活片段，恍然觉得，这也是诗。你想，少年的一爱一憎、一乐一忧，年头过了这么久还没有褪色，还恍如昨日历历如睹如绘，这不是天底下最美的诗吗?!

有师如此，不亦快哉

初一的语文老师我已忘了姓名——按说老师记住每一个学生难，学生记住单一的老师易，我到底不算好学生——印象中是苏南人，微黑而干瘦，他讲《诗经·伐檀》，用略带乡音的语调吟诵：

> 坎坎伐檀兮，置之河之干兮，河水清且涟猗。不稼不穑，胡取禾三百廛兮？不狩不猎，胡瞻尔庭有县貆兮？彼君子兮，不素餐兮！

这一诵起来，就别有味道，格外容易记忆。

课后，我向老师请教《诗经》中的另一首《斯干》，这是我的课外书，老版本，没有注释，首节是："秩秩斯干，幽幽南山。如竹苞矣，如松茂矣。兄及弟矣，式相好矣，无相犹矣。似续妣祖，筑室百堵，西南其户。爰居爰处，爰笑爰语。"

老师轻轻诵了一遍，"斯干"，听他念的是"斯jiàn"，显然是"河之干兮"之"干"的异音字。接下去，老师说："我要备课，查了字典，再告诉你。"

他说得十分自然，一点也没有端老师的架子。我顿时肃然起敬，觉得是遇到了坦率而又严谨的好老师。

初二的语文老师是刘祚久。我因病休学一年，属蹲班生。首篇作文，写课外劳动，我模仿郭沫若早期的散文笔调，写得声情并茂，古色古香。刘老师认为这绝不可能是我写的，连他也写不出来，肯定是抄袭，把我好生尅一顿。

次篇是民歌，我写成顺口溜。老师说："这篇像你写的。"第三篇回到记叙文，老师说："你进步很快。"第四篇，夹叙夹议，老师用红笔批了两个大字"传观"，并让我在课堂上朗读。

恰值"三年困难时期"，我走读，中午散了学，照例应该回家吃饭，有一阵子，出了校门，我选择的却是相反的方向，沿小洋河朝东走，百米外有道闸，闸旁有个足以容身的大洞，是天然的土室，正南其户。想起金圣叹的文章："子弟背诵书烂熟，如瓶中泻水，不亦快哉！"我独坐洞府，南面称王，抓紧吞咽精神食粮，也是不亦快哉！

那日子穷是穷，却穷得极有志气，套用孟子的话："夫志，气之帅也；气，体之充也。"志帅气，气帅体，一顿两顿不吃，无碍于意气风发，斗志昂扬。

一天，刘老师突然出现在洞前，我慌忙站起，刘老师打量洞穴，除了我坐地铺的一束干草，此外，什么也没有。老师拿过我手中的书，是《古文观止》，他翻了翻，啥也没讲，把书还我，拍了拍我的肩膀，转身离去。

我复坐地，翻到苏辙的《黄州快哉亭记》，大声朗诵："盖亭之所见，南北百里，东西一舍。涛澜汹涌，风云开阖。昼则舟楫出没于其前，夜则鱼龙悲啸于其下。变化倏忽，动心骇目，不可久视。今乃得玩之几席之上，举目而足。西望武昌诸山，冈陵起伏，草木行列，烟消日出。渔夫樵父之舍，皆可指数。此其所以为'快哉'者也。至于长洲之滨，故城之墟。曹孟德、孙仲谋之所睥睨，周瑜、陆逊之所骋骛。其流风遗迹，亦足以称快世俗。"

眼前荡荡漾漾的小洋河水，顿时化作滚滚滔滔的长江。

初三的语文老师我也忘了姓名，从外地调来的，好像一年后又调走了。性格极为开朗，身板宽，嘴巴阔。或许不是这样，无奈我的记忆朦朦胧胧，隐隐约约，宛如中国画的散点透视，远山无石，远树无枝。一次作文，写劳动课摘棉花，我参照《林海雪原》中东北民主联军清剿残匪的场面，好一番天花乱坠，落英缤纷，老师表扬说"绘形绘色"。又一次，写帮社员冒雨抢收庄稼，我把《西游记》中战天斗地的骈词化作时尚的口语，老师批示说"活学活用，推陈出新"。并非篇篇如此，但是，我的记忆我做主，它是一种既玄妙又自私的本能，它会筛选，淘汰平庸凡俗，强化积极向上——实不相瞒，少年人的虚荣，是早已渗透到骨子里的。

初中毕业前，老师送我一本《红旗歌谣》，这是那个时代的强音，属于最深情最饱含期待的礼品。然而，想来是在翻天覆地的六十年代，我竟然没有能像保护圣物一样把它保存下来。本来是件值得传家的盛事，到头来却变成无尽的自责自怨。

写作此文前，我调动各种关系，包括老同学，以及母校的现任领导，请他们帮助回忆、查找那位老师的姓名，企图将功补过，赓续旧缘。毕竟相隔太久，圈子内的几位老同学已不复记忆，母校倒是提供了一份数百人的大名单，让我自己辨认。我恰如面对远景中的一抹人影，有道是远人无目，搞不清哪个名字后面隐藏着青睐过我的那双明眸。

我只有寄希望于大脑的神经回路，渴盼哪一天峰回路转，柳暗花明。

我也祝愿随着生化科技发展，有朝一日能推出"记忆维生素""记忆复康胶囊"，当然，能直接推出"记忆超市"更好，供有心人如我者购买某段特定时光的完整记忆。

高一的语文老师是丁瑛。曾经在初中教过我一段，算是老老师了。他是我的雕刻圣手，主要故事，我在《七拐八拐就拐向了北大》一文中说过，在此避开，另讲一件小事。

星期六晚上，我在电影院门口遇着丁老师。他骑着一辆崭新的自行车，四顾无处存放，就让我找个地方保管。

我把车搁在两百米外的曹如璧家。

当日演的是《刘三姐》，未等结束，我起身离场，把车子推回来，在门外等丁老师。

丁老师看到我笨拙的推车姿势，惊讶地问："你还不会骑车?"

"不会。"我老实回答。那时自行车属于高档用品，家里有两辆，分别为父亲、大哥拥有，平常不让我们碰。

"你书看得很多，生活阅历也比一般同学丰富（暑假我刚刚去过南京），但你缺乏生活技能，记住，凡你做过的事情，以及掌握的本领，将来都是你写作的宝贵材料。那天我瞧你在朝阳桥头帮别人推车（其实是帮一个同学的爷爷），那也是体验。"

老师说得对，生活是部大书，学问更是无时没有，无地不在。我至今七老八十，依然在学"吹鼓手"，不觉为时已晚，反而兴致勃勃，使自己的大脑神经元始终处于活跃状态，这都是为了"体验"。

高三的语文老师是纪锡生，顾名思义，乃江南无锡人氏。江南是文化的高地，纪先生又是出身文化世家，学问好，脾气好，一旦走近，是可以敞开肺腑讲暖心话的。详情大略，也已见《七拐八拐就拐向了北大》一文，这里，同样讲一件生活中的小事。

是高三上，星期天，我去街上饭店改善伙食，恰巧碰上了纪老师。老师招呼我一起坐，另外加了两道菜——如此殊遇，今人也许司空见惯，当日却是出格逾矩。

吃饭间，老师指着桌上的菜肴，借题发挥，说："少年人的文章，要像西红柿炒鸡蛋，既好看，又好吃；中年人的文章，要像红烧昂刺鱼，虎头虎脑，韵味十足；老年人的文章，要像青菜豆腐汤，一清二白。"

这是把只可意会的人运与文运的纠缠纠葛，返璞归真，形象化为通而俗之的言传，既可口可心，又提神醒脑。

本世纪初，我去盐城，邀在盐的老同学聚会，也请了纪老师夫妇（时任教盐城师专）。吃饭时，我特意点了上述三道菜。老师记性好，席上，他攫起一块豆腐，冲着我，幽幽地说："你现在的文章，就像红烧昂刺鱼。我现在的讲课，就是青菜豆腐汤了。"

感慨。心里想的是，"文章千古事，得失寸心知"，说出口的却是，"哪里，我还停留在西红柿炒鸡蛋呐。"

众人讶异，我也不予说明，故意打哈哈，搪塞说："老师知道，这是我的保底菜，几十年走南闯北，一直改不了老胃口。"

眼前多少绿意

> 阳光是日头射出的万支金箭，它射到哪儿，哪儿就光芒万丈。

升入初中，班级出壁报，我投稿，开篇如是说。

李立凡老师是班主任，他给我这段文字加上红圈，同时勉励："阳光是个很宽泛的意象，可以从多角度表述，你试试看。"

是晚，我煞费心机，另取譬喻："阳光是日头的嘘寒问暖，流泻到哪儿，哪儿就泛光溢彩。"

次日交卷，李老师又是一通夸赞："你感觉很好，将来能当作家。"

我满心喜悦，从此潜心练笔，记得，仅以阳光为意象，便写了"阳光是乌云的天敌""阳光是万物的食粮""阳光是奋斗者的信念"等短章。

你大概没有想到，李老师是教化学和生物的，不是语文，他"教外施化"，无心插柳，植下了我心田第一株文学幼苗。

中学语文老师，教过我的，计有五位，曾作专文叙述。

另有一位，不是教员，属于"四字师"，印象特殊而深刻。

那是初中二年级，某日凌晨，学校的大门犹自紧闭，我跨越西侧数米宽的壕沟，进了校园。教室的门锁着，走廊有灯，我借着它的光亮背书。

东方泛白，身后有人咳嗽一声，回头看，是食堂的大师傅。他说："我注意了你几天，你很用功，孺子可教。语文的诀窍嘛，认真说来，也就四个字：多读多写。"

这四字并非有多深奥，毋宁说是常识。然而，在这样一个晨光熹微的黎明，由这样一位食堂大师傅满怀关爱郑重其事地说出，我就觉得非同寻常：也许他是世外高人，隐身伙房，今日偶开尊口，试探我的慧根；也许他是圯上老人黄石公再世，怜我苦学，特意前来传授文道的基本韬略；也许……

岁月不居，流光飞逝，偶一回眸，仍觉疑幻疑真，神秘而又庄严。

初二或是初三，管启文老师教过我代数，讲的内容，早已忘光，其为人，却形象鲜明，终身不忘：

管老师的笑，是那种满脸笑纹漾开，金灿灿的，美滋滋的，让人想到怒放的向日葵，想到红杏枝头春意闹。

单杠大回环，体育老师也要不来，唯独管老师能连续旋上十几个，旋得旁观者大声喝彩，数步外的小白杨也跟着哗哗鼓掌。

一次课外活动，我练习掷标枪，距离徘徊在三十米。管老师走过来，说："你出手的角度偏高，要低一点，像这样，三十度到三十五度，才能飞得更远。"

高一，管老师临时代了一节几何，我坐在后排，偷看小说。两天后，在校园走对面，管老师叫住我，微笑着问："几何课上看小说，收获几何？"

一句话说得我面红耳赤，羞愧不已。

事后咂摸：管先生啊，岂止是数学行家，语文水平和批评艺术，也堪称里手。

"现在这个问题，请班上年龄最大的那个同学回答。"夏雨苍主任指着黑板上的一道数学题，说。

课堂顿时鸦雀无声。

谁年龄最大？班上年龄分几档，最高的一档有十几位，平素只晓得他们的生肖，至于具体生日大小，无人做过比较，因此泥人遇木偶——面面相觑。

夏主任不慌不忙，在黑板上写下"王平"。

王平？不对啊，他年龄居中，怎么成了最大？

噢！这是射谜。语文课刚刚学过《失街亭》，马谡的副将叫王平，论起来有一千七百岁了，当然是年龄最大的啦。夏主任负责教务处，对各门功课了如指掌。

——这则花絮，发生在一九五九届学长韩朝良的班上。

此幽默一出，顿使枯燥的数学课风生水起。

此幽默一出，也勾画出夏主任这位三十年代初的老大学生，宝刀未老，文理皆擅，诙谐风趣。

韩朝良还在回忆中写道：

每到年底，学生会都要搞灯谜活动。年淹日久，内容无法复述，只有以同学名字为谜底的，还记得少许。如：

玉玺——印甲元。私人珍藏的古董——陈家宝。最后一个跑到终点、触龙说赵太后——徐达。御批——王文、朱文。出征——王军、丁勇、武强。遭遇战——姜（将）士冲。耕田——刘（牛）述（率）先。当心地雷——鲁（路）声（慎）觉（脚）。

当年，我也东施效颦，编过几则。

其一：皆大欢喜。注明：秋千格，打一人名。

其二：多一点就卡，少一点就下，卡不住，下不去。打一姓。

第一则谜语曾让很多人挠头，卡在秋千格——谜底限定为两字，而且要倒过来念——好在总算让高班一位同学猜出，"皆"，对应"群"，"皆大欢喜"，喻"群乐"，倒过来念，为"乐群"（校长名）。

当场，那位同学指出，这则谜语有瑕疵，因为"群乐"的"乐"，读lè，而"乐群"的"乐"，读yuè，两者不能等同。我辩解，这也是一格嘛——虽然我不知该怎么命名——谜底标示是人名，因此，"乐"（lè）作为姓时，自动读作yuè。

第二则就是小儿科了，好友杨忠茂一猜就中："卞"。

射中是一九五三年由陈洋迁过来的，白茫茫的盐碱地，矗几排灰瓦青砖的平房，校园没有一棵树，连草也没有几株。

潘校长带领大家植树。冬天挖好树坑，交给风吹，交给日晒。坑里挖出的盐碱土，移走。从河底挖来淤泥，堆在坑边，也交给风吹，也交给日晒。春暖花开，动手栽树。在坑底铺上一层风化了的淤泥，撒上一层切碎的青草，放进树苗，扶正，再培上一圈淤泥，浇足水，最后，又撒上一层碎草、碎泥。潘校长说：植树是门学问，有生物，有物理，也有化学。

潘校长带领大家盖礼堂。自力更生，自筹自建。本县没有砖瓦厂，原材料从邻县采购，雇船运到学校南门外小洋河边，全体学生排成长龙，从河岸一直逶迤到礼堂工地，接力输送。潘校长叮嘱同学：砖笨实，三五块、七八块码成一摞，可劲搬，万一失手，跌成两截，没关系，沙浆一抹照样用。瓦细俏，缺一角，裂一缝，就成了废品，只能两片一组，小心翼翼地传递。

学问原来无处不在，随手可拾。

我一九五七年进校，小树已然亭亭，青翠欲滴，礼堂也早落成，宽敞明丽。潘校长自当他的校长，我自当我的学生，各安其位，从无私下交集。

一九五八年秋，我因病休学一年，手续是找夏主任办的。当我拿着休学证明，离开办公室，潘校长特意送到走廊，叮咛："这是一个小挫折，不要灰心，养好身体，明年我在这儿等你。"

这一语，眼前多少绿意。

这一语，天地多少光华。

那些日，我总是看到周虎老师在操场上投掷铅球。

他，小小的个子，也不壮，练投掷，缺乏优势，但他不气馁，一次又一次把铅球投出，捡回，再投出，再捡回，颇有壮士奋臂乾坤一掷的气概，一望而知再望更显然的是：他的铅球投得愈来愈远。

过了若干日子，我才听说，周虎老师是某大学的高材生，执教高一化学，教得好，好到有的高二高三的学生也回过头来蹭课，乐群校长就干脆起用他教高三。麻烦来了，有人举报：周虎是"右派分子"，不能让他带毕业班！

最终，乐校长顶住了极"左"的干扰——那勇毅，岂是区区"魄力"二字所能概括。

有一阵子，我看到王源泉老师忽然爱上了长跑，四百米跑道的操场，一圈又一圈，一圈又一圈，那昂首挺胸挥汗如雨的姿态，仿佛是正在参加什么运动会，争夺什么冠军。

也是过了若干日子，我才听说，上级教育部门行文，要求射中的教员，学历必须在大专以上，达不了标的，一律调离。王老师毕业于小中专，专业又是财会，与执教的数学风马牛不相及，尽管才气纵横，能力超群，也得按规章洗牌，淘汰出局。

末了，还是乐校长顶住形而上的"一刀切"，为射中保住一位出类拔萃的数学干才。

许多事情，我总是过了若干日子才知道原委，这不打紧，重要的是，后来的后来，我终于彻悟了一个道理：实事求是，永远是颠扑不破的王道。

人有命运，书也有命运

《镜花缘》

中学在小镇的东首，属于近郊，我家在小镇的西首，处于街尾，两地相距六里半（二○一八年十一月三日，文友贾秀全先生实地测量了一次）。走读，每天来来回回跑四趟。清晨上学，晌午放学，走的是沿小洋河的大路，也是直道。午后上学，傍晚散学，喜欢走小洋河南边曲里拐弯的老街，多走几步路，值得。街角有家邮局，邮局门外，有个报栏。总有老人伸长了脖颈站定了看，我也挤在他们的腋下看，那是我了解国家大事世界大事的窗口。邮局南面，隔着马路，是新华书店。你若是想让自己的脑袋更充实，胳膊大腿更粗壮，心脏搏动得更有力——这是我日积月累、秘而不宣的体会——就得设法把自己变成它的一部分，或者说把它变成自己的一部分。我午饭后上学途中的大把大把时光，都永远浓缩固化在那里。

话说一天午后，我照例泡在书店。伸手从古典小说书架，抽出一本《镜花缘》，略为翻得一翻，旋即为一段文字吸引：武则天废唐改周，掌控天下，踌躇满志，得意忘形。时值隆冬，大雪纷飞，她竟然降下一道御旨，着上林苑百花连夜开放。诸花仙无奈，勉强遵命。唯有牡丹仙子因事误了时辰，致使东方日出，苑中百花怒放，唯有牡丹光枝秃杈，一朵未开。武后大怒，命人把炭火架在牡丹株旁炙烤，非要把花催出来不可。牡丹仙子急急赶到，花是开了，枝梗却尽被烤成焦黑。

写到这儿，作者李汝珍特意缀了一笔："如今世上所传的枯枝牡丹，淮南卞仓最多，无论何时，将其枝梗摘下，放入火内，如干柴一般，登时就可烧着。这个异种，大约就是武则天留的'甘棠遗爱'。"

淮南卞仓。古之淮南，包括今之盐城；卞仓，即今之便仓。我祖父续修的宗谱说，明初，洪武赶散，吾族的先祖被迫从江南迁往江北，我这一门的祖宗，第一站，就落脚在便仓。六百多年前，祖宗在便仓造下的花园，如今还在，园中有天下奇珍的枯枝牡丹。

李汝珍说，枯枝牡丹是武则天留下的"甘棠遗爱"——这是个生词，我似懂非懂，但我理会，这枯枝牡丹是祖宗留给后代子孙的念想。

故事既然与我的祖宗有关，这书得好好看一看。

全书共一百回，午休能利用的时间，也就四五十分钟，能看个八回、十回。四天之后，约莫读完三分之一，那天，离开书店之前，突然多了个心眼儿：这本书，架上总共一本，假如下午或明天上午被人买走，岂不是就没得看了。一本书，一本于我有特殊意义的书，才看到一小半，就好像一顿美餐刚吃出滋味，碗就被人端走了，多扫兴，多遗憾。怎么办？我灵机一动，没有把书插回书架，而是把它藏在前排书和后排搁板之间的空当。

隔天，准时前往，把书从藏匿处取出。看了没几页，营业员走过来了。这是一位高瘦白净的男子，他指了指我手里的书，说：

"这本《镜花缘》，我昨天找了一下午，都没找到，你是从哪儿拿出来的？"

我指给他看藏匿的地方。

"你为什么要把书藏在那里？"

"因为……"我吞吞吐吐地说，"我喜欢它，怕没读完，被别人买走。"

"但你这样一来，就妨碍了我们营业，万一有人要买，不是就买不到了？"

这正是我担心的，我……我……无言以对，面红耳赤。

营业员熟悉我。小镇就这么大，谁不熟悉谁呢。我就晓得他姓殷，他的妹妹、弟弟，和我同过学。他晓得不晓得我的名字，难说，但我常来，逢到星期日，有时一待就是一天，他一定印象深刻。

见我无语，营业员突然改变了口气，说："你今天看完，就插在书架上吧，万一有人买走，没关系，店里还有一本库存，保证你下次来了有得看。"

我真的很感动。

又花了四天时间，紧赶慢赶，总算把《镜花缘》读完。长舒一口气。我的运气真好，今天刚读完，改天，这书就被他人买走了。此后，也没见补上新书，敢情连库存的那本也卖掉了。

事后——过了很久的事后，我在一位亲戚家做客，偶然碰上了书店的另一位营业员，女的，我从她口里得知，那天上午，在我把《镜花缘》藏起来之前，射中的马老师恰巧也看中了这本书。他犹豫了一下，因为要去教育局开会，打算下午散会，再来买。他还要挑其他的书。当他下午来时，怎么也找不到《镜花缘》。老殷和我都确信没有卖出，那么，难道是被人偷走了？我们知道你在看那本书，也相信你不会偷——这个镇上的学生，数你最用功，哪天你没来看书，我和老殷还会念叨你。第二天，你又来了，手里又捧起《镜花缘》。老殷向你问明了情况，就跟马老师打招呼，让他过几天再来取。

"殷大哥跟我说，店里还有一本库存的呀。"我问。

她笑笑："那是骗你，不，安慰你的。"

我于是越发感动。

……

一本《镜花缘》，使我留住了那一代人，那一份自由阅读的空气，那一坨凝固在时间之外的时间。

《普希金文集》

平躺在华贵典雅的绿丝绒上，神色睥睨地眺向时光深处——他就是普希金。不是真人，是他的自画像。寥寥几笔，勾勒出他风流的鬈发、倜傥的络腮胡，以及忧郁而又桀骜的神色。其下是郭沫若的题签"普希金文集"。更下，印着"时代出版社"。

布脊，精装，大部头，这是书籍中的贵族，待遇自然特殊，它没有和众多平装书一起插在架上，而是享受与古籍珍本、伟人宝书同等的尊荣，搁在付款台旁边的玻璃柜内。你要看，得让营业员从后面拉开柜门，取出。于是，你下意识地在衣裤上擦擦手，双手恭恭敬敬地接过，摊开在柜台，先从目录翻起，一目十行，不，一掀十页，迅速浏览一遍。然后，回过头来，翻到版权页，看一眼定价——这是至关重要的，买，还是不买，或者什么时候买，往往取决于这一眼。

我是想买。

此前，在我因病休学一年的期间，已经接触过普希金，而且一见钟情。比如他的短诗，"假如生活欺骗了你，不要悲伤，不要心急！阴郁的日子须要镇静。相信吧，那愉快的日子即将来临。心永远憧憬着未来，现在却常是阴沉；一切都是瞬息，一切都会过去，而那过去了的，就会变成亲切的怀恋"，比起孟子的"生于忧患，死于安乐"，李白的"抽刀断水水更流，举杯消愁愁更愁。人生在世不称意，明朝散发弄扁舟"，岳飞的"仰天长啸，壮怀激烈……莫等闲、白了少年头，空悲切"，更契合我的心境。那册诗集是从图书馆借的，早已归还，我仅抄录了几首。现在遇到他的文集，诗歌而外，还收录了剧本、散文、传略、评论，机会难得，机不可失，极想据为己有。

然而，看了定价，心陡然凉了半截。标的是"一元八角一分"，这个价格，搁在二十一世纪的今天，连一瓶矿泉水也买不到，倒回上世纪五十年代，却几乎是我一学期的学费。

我开始攒钱。父母给的零花钱，每月至多一角两角，够我看一场电影，再买一份烧饼油条。指望省下它买书，遥遥无期。那时，恰好值初二的暑假，一位大我两岁的街坊，拉我去建筑工地打零工，活计是扛钢筋，卸水泥，说好了，每天三角钱。我欣然接受，为了那本《普希金文集》，我干。一礼拜后，工作结束，那位街坊请我吃了一碗阳春面，告诉我，老板赖账，说好了的工钱，一分未给，人也躲起来了，找不着，等等再说。

这一等，就没了下文。我很失望，我明白受骗，究竟是受老板的骗，还是街坊的骗，我不说，也不去想。自我安慰，你不是做作家梦嘛，就当是一次生活体验好啦。普希金有言在先："阴郁的日子须要镇静。相信吧，那愉快的日子即将来临。"若干年后，等我真的成了作家，我在一篇回忆中顺便提到了这事，不过，我说了假话，我说我用那笔打工的所得，买下了《普希金文集》。之所以撒谎，是因为我从没见过那老板，事先没有，事后也没有，我怎么能武断地认定是他欺骗了我。而那位街坊，后来成了我的粉丝，人前人后以我为荣。我宁愿相信他当初说的是真话。对待朋友，不能心存芥蒂。

当然，也是因为还没到"坦白从宽"的年纪，我不想抖搂出筹集资金的真相。

现在是到了可以坦白的时候了。

打工被骗，对《普希金文集》的渴望愈加强烈。既然正路走不通，我就开始打歪主意。说来惭愧，我打的主意竟然是监守自盗。祖父去世，老人家留下了半柜子的铜板，算是留给祖母的遗产。我从上学起，就一直睡在那木柜上，就是说，一直把那些"光绪元宝""大清铜币""共和国纪念币"之类压在身底。铜板不讲话。我的眼里也没有它，小时候玩斗铜板，什么红的、紫的、黄的、白的，都玩个遍，有时拿它打水漂，在家旁边的小河，铜板擦着水面往前飞，有的飞到半路沉到水里，拉倒，有的一飞再飞连续弹跳七八次，成功漂过河面，急忙跑到对岸捡回，当宝贝似的收藏起，如同珍藏一个好运气。

现在呢——我说的是那天夜里，铜板仍然不讲话，但我听见它们在活动，一个碰响一个，似乎在传递信息，顷刻，一个开始逃跑，一个在后面追，逃的气喘吁吁，追的大汗淋漓，逃的终于逃走了，站在远处哈哈大笑，追的无奈停下脚步，说，你小子，有本事过来。怎么？铜板竟然开口说话了？梦醒了，我掐了一下大腿，疼，证明我的确醒了。梦境却仍在继续，说明我实际上似醒未醒，处于迷糊恍惚的状态——这是我事后悟到的。我听到，不，看到，铜板不再你追我赶，而是双双转过身来，对我喊话。它们说，啊不，它说，我认出是那一枚逃跑而又站住了的铜板：你不是需要钱用吗，我们铜板本来就是钱，现在虽然不当钱使了，但仍然有一定价值，你抓几把卖到废品收购站，管保能换回《普希金文集》。

天亮后，我就听了铜板的话。柜子本来没有锁，若说锁，锁就是我，我已当了多年的保管员。趁家人外出，保管员自己作案，我掀开柜面的一块板，抓了两大把铜币。

《普希金文集》就这样买到手了。到手之前，还有一个插曲。我半年前看过它的版权页，记准定价是一元八角一分。铜板卖了一元五角，七凑八凑又添了三角一分。兴冲冲跑去新华书店，这手交钱，那手取货。

营业员数来数去，提醒："还差一分钱。"

我说："不是一块八角一吗？正好。"

营业员说："是一块八角二。"

"不会吧，"我说，"我看过它的定价，是一块八角一。"

营业员回答："那是上一本，被人买走了。这是新进的书，贵一分钱。"

唉，一分钱憋倒英雄汉，为这一分钱，还得回家拿。恰巧，出门碰到了同学曹如璧，他家就在书店斜对面。我跟他借一分钱，他像看外星人一样盯着我，以为我在开玩笑。我赶忙从兜里掏出那一沓钱，全是纸币，告诉他，买书，就差一分钱。曹如璧跟我走进书店，帮我补上那一分钱。书到手，营业员打开版权页，指给我看，这书是一九四七年上海初版，一九五四年北京修订再版，一九五七年十一月第九次印刷，定价一元八角二。他说："你上次看的应该是第八次印刷，重印一次，只加了一分钱。"

……

顺便说一下，一九六四年八月下旬，我刚刚接到北大的录取通知书，旧书商闻讯登门，要买下我的高中课本和全部藏书。"横竖你也用不着了。"他说。我说啥也不卖，这是我身上的肉。他连续登门三次，"不卖，就是不卖！"我一次比一次坚决。动身赴京前，我把所有的课本和大部分文学书籍，打成捆，搁到里屋等闲人瞧不着够不到的顶棚。谁知，我走后没几天，旧书商三花两绕就把我父母搞定了，以收废纸的价把它们统统买走——如今想起来，心头还在隐隐地痛。

万幸的是，我还有一个小书箱，是祖父当年给我买的，我走时留给了弟弟，里边有几本文学书，弟弟一直给我保存着，其中之一，就是《普希金文集》。

《复仇的火焰》

没有细节，细节都叫时光收走了。留给我的，只有硕大无朋的荷花，一朵朵，一片片，一堆堆，一层层，火烧云似的涌过来，涌过来，盘踞整个脑海。理应有荷梗，理应有荷叶，理应有湖水、蜻蜓和风。你说得对，但是时光使了障眼法，浮现在眼前的，只剩下遮天盖地、密不透风的荷花。

这是一九六二年，高一升高二的暑假。这是南京，玄武湖。长这么大，第一次见到名副其实的湖，我以前见过的湖，都是挂羊头卖狗肉，充其量只是大一号大两号的池塘；也是第一次见到荷花，以前见到的不过是菱花和浮莲。我没想到荷花有这么大。小学时听高班学生说，皇帝身高三丈六尺，吃的大米有白果大，我想，南京不愧是六朝古都，只有这样的荷花，才能和皇帝的尊崇般配，结出的莲子恐怕有毛桃大。五年后我串联到南京，重游玄武湖，发现荷花都长矮了，长小了，难道它也害怕轰轰烈烈的"文化大革命"，变得缩手缩脚，缩头缩脑。五十年后，我又打玄武湖旁边过，远瞭那荷花，觉得和我家门前池塘里长得差不多，甚至还不如。是我眼睛长大了？不会吧，老来眼睛倒是越长越小。应该是荷花见得多了，这理由说得通，眼睛对见惯的东西，总是体会不到它的伟大。

玄武湖留在我脑海里的，还有一帮世外的高人。我一眼就看出，他们跟常人不一样。男的多，女的少，年纪四十、五十不等，男的以披头散发、紫脸黑须者为多，女的也是破衣烂衫，不拘小节。围聚在湖心亭，或坐或躺，高谈阔论，手舞足蹈，放言无忌。内中有几位，很有点像八仙过海中的人物。天近晌午，各提一个破包，嘻嘻哈哈而去。傍晚，又啸聚而回。夜间，就横七竖八地睡在凉亭。

我观察了他们三天，是因为无意中和他们混到一起。我入住的客栈，紧挨玄武湖。南京是有名的火炉，天气燥得很，夜里翻来覆去，睡不踏实。清晨，去玄武湖溜达，瞥见有人在凉亭留宿，心想，这帮人真会享福，这儿有水有花有景，绝对是乘凉的好去处。因而，我退了客栈，晚间和他们一起露宿（夏日露天睡觉，在当年是寻常事）。我找了一张长椅，和他们保持一定距离。不知他们眼里有没有我，我倒是时刻留神他们的动静。

他们是谁？次日我便省悟，是乞丐。

我也是乞丐，是知识的乞丐。为了省三晚的房钱，我才加入他们的露宿。白天，我去新街口书店淘书。晚间，我来湖心岛望月怀古。他们有他们的梦，我有我的梦。

我是搭别人的便车来的南京，约好了四日后再一起回程。是以，我在玄武湖只住了三晚，换得的是，书包里多了五六本书。

其中有一本闻捷的《天山牧歌》。那个年头新诗人少，那个年头的新诗人写一首诗就能出名，闻捷已经写了很多诗，所以大大有名。《天山牧歌》是他的成名作，也是他抒情诗的代表作。我梦想成名，也喜欢抒情。

班上有一个女生比我更喜欢抒情。这年年底，她买了一本闻捷的《复仇的火焰》，是新出的，属于长篇叙事诗。她厌烦那冗长的叙述，提出和我交换。她说闻捷的叙事风格绝对适合我的作文路数。

这理由也能成立。关键是，《天山牧歌》我已看得不想看，乐得再多看一本闻捷的诗集。于是，我俩进行了交换。

一年后我考上了大学，把《复仇的火焰》和其他几本文学书籍留给了弟弟。

一九七一年，我从湖南西湖农场回家探亲，弟弟已经去了部队，《复仇的火焰》还压在箱底，我就把它带到了湖南。

农场再分配，我到了长沙。

在长沙，结识了北大中文系六二级的学兄李怀德。他在省歌舞团当编辑。一次，我俩谈起当代叙事诗。我说到了闻捷，说到了《复仇的火焰》。李怀德告诉我，闻捷已自杀身亡，《复仇的火焰》计划写三部，听说第二部也出了，第三部，就永远不会再有了。

一九七四年前后，具体日期实在记不清，省里召开青年作家创作会议，地址在湖南宾馆，李怀德出席。开幕那天他给我电话，让我把《复仇的火焰》送过去，说他打算借当代叙事诗的话题作个发言，想参考参考这本书。

当晚，我骑车去湖南宾馆，按他说的房间号，敲响了门。

门开了，却是我不认识的一个小青年。

"我找李怀德。"我说。

"李老师回家去了，你有什么事?"他问。

这时，我看清房间里还坐着三四个人，都是与他差不多的年纪。

应该都是出席会议的青年作家了，我想。

作家的称号，彼时，对我还是可望而不可即。

我说明来意。

小青年说："你就留下吧。待会儿李老师回来，我负责交给他。"

也就只能这样了，我不假思索，把书交了出去。

会散，我和李怀德又见了面。他问："你那本《复仇的火焰》，怎么没给我送来？"

"我接到电话，当晚就送到你房间了呀。"我答。

"你交给谁了？"

"不认识，是在你房间里坐着的，白白的，瘦瘦的，头发有点鬈。"

李怀德苦笑："这是无头案，会一散，就没法查了。"

《复仇的火焰》，从此离我而去。

一个人牢牢记着一本书，往往是因为某种不正常。

如果它继续留在我身边，很可能在生活下一个拐弯处遭遗落，或者挤插在我尘封的书架，诠释着束之高阁，熟视无睹。

正因为它在传递给李怀德的途中，遭遇"拦截"，而李怀德又不幸英年早逝，是以，在很多年里，每当想起这事，总懊悔自己太粗心，对不起朋友。

老来思路霍然改观。

人有命运，书也有命运。也许那天没能交给李怀德，而落入那位小青年之手，是书自己的选择。李怀德当时重疾在身，他本人不知晓，周围的人也不知晓，但书洞悉，《复仇的火焰》洞悉。岳麓书院有一副著名的对联,上联是"惟楚有材",下联是"于斯为盛",我在湖南生活九年,深知,不是吹牛。七十年代末,湘军涌出了一大批青年创作才俊,比如古华,比如莫应丰,比如韩少功。那位"拦截"了《复仇的火焰》的青年作家,如果坚持走到今天,或许早入了名家之列,说不定他在跋涉途中的某个节点,就多亏了《复仇的火焰》提供的那一口干粮。

我相信那本《复仇的火焰》并没有离我而去,即使后来被人当废纸卖了,被扔进炉膛烧了,也依然与我朝夕相处。自从我搭上前往南京的便车,它就在母腹中等我。自从我在玄武湖露宿三日,它就在闻捷的案头等我。自从我拿《天山牧歌》和前座的女生交换,它就占据了我生命的一个角落。以后发生的事,不管是哪一种走向,于我都无所谓。它的灵魂,已在我的书架上安家,谁撵都不走。

《伊凡吉琳》

此外,还有一本书,一册薄薄的诗集,是我最早接触的西方叙事长诗,影响更深,更远,堪谓铭心刻骨,"剪不断,理还乱","抽刀断水水更流"。

但是,恼人的但是,到我写作上述《镜花缘》《普希金文集》《复仇的火焰》系列,那书名、作者名、译者名,以及男女主角的姓名,俱被时光收割机收走了,成了"四无"之书。

书虽然无名,它的故事情节却始终盘踞在我记忆的舞台。根据晚年的追溯，那梗概是这样的：

在遥远而又遥远的北美大陆东北角，有一处为原始森林环绕的海湾。海湾旁聚居着一批法国移民，他们远离尘嚣，过着"不知有汉，无论魏晋"的桃源生活。

主角是一对阳光灿烂的少男少女，青梅竹马，两小无猜。那一天，在天父垂爱、村民祝福的欢乐颂中，他们正携手步入婚姻的殿堂。

偏偏在这节骨眼上，风云突变。他们在欧洲老家的世仇，一支英国人的军队开了进来。英国佬对当地实行全面占领，宣布村民沦为囚犯。随之而来的惩罚是，将他们统统逐出家园，分散流放到英国在南方的殖民地。

这对新婚夫妇就此被生生拆散，流落到新大陆广袤而蛮荒的腹地。尔后，双方展开上穷碧落下黄泉的苦苦寻找。时而天涯海角，望眼欲穿。时而擦肩而过，事与愿违。岁月无穷穷岁月，转眼，两人由少年步入了壮年，由壮年又迈入了老年。一天，上帝安排两人会面。妻子的身份是修女，在一所济贫院做临终看护。丈夫是身染瘟疫的重症患者，蜷缩在卧榻，奄奄一息。刹那间，妻子认出了病危的丈夫，如遭雷殛，悲痛欲绝。丈夫也认出了妻子，他已衰弱得无法讲话，仅努力挤出一丝微笑，然后，将头靠在妻子的怀里，安详地闭上眼睛，永远，永远。

我承认，这出西洋版的孟姜女寻夫，戳中了我的泪腺。

孟姜女的千古一哭，哭倒了万里长城。

这对蓝眼睛的怨男痴女，哭倒的又是什么呢？

我说不出。

说不出就留下回味，期待岁月慢慢把问号咀嚼成句号，或惊叹号。

书看完了，也就放下了。

确切说，书是从县图书馆借的，看完归还，再借别本，故事也就翻篇了。

然而不，接下来的中学岁月，我常常无端想起，那画面、那情节。

自我解释，多半是因为其中的一幅插图，一对新人和村民在果园里翩翩起舞，用的是我陌生的十八世纪的原版素描，我好奇，临摹过，反复多次。论起在大脑的刻痕，画面感尤胜于故事。

升入大学，依然动辄想起。那是因为（一厢情愿地认为）译者是大学生，姓李，曾就读于北大西语系英文专业；而西语系的男生宿舍，和我所在的东语系同在四十斋。

西语系有两个留校的右派学生，负责楼道打扫，我甚至想过，译者可能就是其中之一。

离开校园，步入社会，仍然时常想起——这就是文学的润物细无声了，我已在不知不觉中被那首长诗摄魂，尽管一路走来，逐渐丢失了它的书名、人名……然而，它的气息还在，芳馨还在，足以令我"长相思兮长相忆，短相思兮无穷极"。

譬如，二〇〇二年，初次旅游美利坚，自驾行，从纽约赴波士顿途中，见一绿树掩映的乡村，村民在草地上举行派对。立刻停车，痴立一旁观看。我明白，眼前之景，勾起了我对那首长诗以及那幅插图的怅惘。

又譬如，日常居家，晚饭后去公园散步，见舞迷们结伴喧阗，一个走神，又陷入了那九转回肠的记忆旋涡。

一日——这是二〇二一年九月——当那熟悉而又模糊的场景再一次闪现，自省，这未尝不是一种暗示：少年岁月并没有离场，仍在某个角落尾随盯梢我。

套用一句现成的话，这就叫人书情未了。

于是上网搜索。网络是个神奇的宝库，大千世界的海量信息，几乎应有尽有。但是，它需要关键词，比如书名、作者、译者，这就相当于开门的钥匙。我掏不出钥匙，搜索网站爱莫能助。

转而求助一个北大跨系校友群，此间尽有博学鸿儒。遗憾，这种"四无"之书，纵然高手也一筹莫展。

灯下检点，自觉行为孟浪，一个耄耋老人，发念寻找情窦初开时的读物，岂非贻笑大方？

是夜，窗外雨声潺潺。梦中，见一本《红字》，打开，合上，打开，合上……醒，觉得蹊跷，《红字》是霍桑的小说，早年读过，依稀记得是关于北美大陆新移民的爱情的，与反对宗教压迫有关，今夜怎么会想起它呢？我试着析梦：白日所思，是失落在时光长河的一份情缘，《红字》或许和我要找的对象有关；之所以打开又合上，因为我已忘了具体内容，连一句也想不出，脑电波无法提供更多的帮助。

晨起，上网查霍桑，得知他与诗人朗费罗是大学同窗。

若有神启，立即改查朗费罗，果然，其介绍中谈到——

　　一天，霍桑偕一位牧师朋友与朗费罗共进晚餐。

　　席间，那牧师说，他曾想说服霍桑，把他教区内一位夫人讲的故事写成小说，霍桑未予答应。

　　故事如下：早年，英国军队驱散阿喀第族人的时候，一位少女与她刚刚订婚的爱人在动乱中走散。他们在流放中彼此寻找了许多年。最后，在一个医院见了面。而此时，丈夫已躺在病床上，生命垂危，即将断气。

　　朗费罗被这个故事，特别是被女主人翁的忠贞品格打动，他对霍桑说："如果你不想用它来写一篇小说，那么，就让我用它来写一首诗吧。"

　　朗费罗据此创作了举世闻名的《伊凡吉琳》。

哈哈！这就叫"踏破铁鞋无觅处，得来全不费工夫"，我要找的，正是《伊凡吉琳》。

瞬间，仿佛大脑中某一根堵塞的血管突然疏通，与《伊凡吉琳》相关的往昔细节全部激活，我记起了上述故事载于书中的"译者后记"，记起了朗费罗发表《伊凡吉琳》是在一八四七年，霍桑发表《红字》是在一八五〇年，记起了译者……

卡壳。译者姓李，李什么的，仍旧想不起来。此事不难，有了作者名、书名，按图索骥，网上一搜即得：译者叫李平沤，北大西语系学生，专业，并非我想当然的英语，而是法语。这是怎么一回事呢？难道《伊凡吉琳》是转译自法文？啊不，原来李平沤早期学过英文，二战中，曾出任驻缅远征军英文翻译。

庆幸！《伊凡吉琳》终于显露真身，赶紧上网淘。

百度显示，在售的只有一本英文原版。

中文版的呢，缺货。

改请文友李辉出场，他年轻，熟悉网络路径。未久，李辉报告，成功淘得一本，一九五八年六月版的，卖家在南宁。

天哪！我读《伊凡吉琳》，是在一九五八年深秋，那时辍学在家，孤寂中转身扑向文学——予我慰藉的，多半就是这版本。

这册诗集自从落脚南宁，兴许一直在等待，等待我发出殷切的召唤。

即刻下单。

三天后，快递送货上门。

封面盖有图章，为广西某初级中学的藏书。

我没有立刻展读，而是净手焚香，恭恭敬敬地插于书架。

"天哪，想不到今生能再见面。"

人与书有缘，书也与人有缘。

暌隔一个花甲，对我，重要的已非旧书重温，而是它绾结着我对文学的初恋。

凡初恋，都是玫瑰色的。

锦瑟无端五十弦，一弦一柱思华年。

夙愿得遂，应该感谢谁呢？

感谢李辉，感谢网络，是两者帮我圆梦。

另外，最要感谢的，是深藏不露的潜意识。

霍桑与朗费罗的轶事，我早先自然读过，然而，影像被岁月的尘埃层层覆盖，密不透风，进入彻底遗忘状态。这次下决心寻找，潜意识在岁月的那头伸出援手，把我导向霍桑，继而引出朗费罗。

生活中，常常有一种直觉，未卜先知，臆则屡中，人们习惯把它归结为神机妙算，窃以为是潜意识的握筹布画。潜意识就像一位酣睡的朋友，当一个念头执着得发烫、燃烧，它便会矍然而醒，然后，用它特有的幻术，为人们指点迷津。

潜意识是人自带的电脑，而且比电脑更富人情味。

"阿婆还是初笄女"

一

比泛读更快乐的，在我，是抄书。

抄书，是为了占有。这是高一暑假。这是南京新街口书肆。我翻阅一册古典文学随谈，见到引录的"水浒传序"，标明出自金圣叹之手。我知金圣叹其人，但不知此文，惊其快人快语，掷地有声："人生三十而未娶，不应更娶；四十而未仕，不应更仕；五十不应为家；六十不应出游。何以言之？用违其时，事易尽也。"是年我十八，按照宪法规定，已是堂堂男子汉！想人生几何，时不我待，见奇文哲语而失之交臂，岂非终生缺憾！于是取出笔记，席地而坐，大抄特抄，那快慰，胜过早晨在街头吃大饼油条。

抄书，是为了随时温习，反复咀嚼。这是《三国演义》。这是再读。初读是在高小，走马观花，囫囵吞枣。如今识得经典，摘词："分久必合，合久必分""伯仲之间""人生如寄""老牛舐犊""画饼充饥"。摘句："滚滚长江东逝水，浪花淘尽英雄""既生瑜，何生亮""生子当如孙仲谋""非淡泊无以明志，非宁静无以致远"。摘章："隆中对""舌战群儒""前出师表""后出师表"。书是借的，限期归还，而落在笔记的，从此"入籍"，"归化"于我，融入春风风人的欣悦，化入夏雨雨人的滋养。

抄得最多的，是诗词。短有四言绝句，长有两千余言的《离骚》；古如《诗经》，今如《雷锋之歌》。《三国演义》写张松，过目成诵，看了一遍《孟德新书》，便一字不落地背下来，谎说此乃前人之作，蜀中小儿皆能朗朗上口。害得曹操以为自己的新创拾了古人的牙慧，不值得保留，一把火烧了。若干年后，我厕身新闻，曾随某前辈名家采访。老先生不做笔记，不录音，完全凭头脑储存。他点拨我："大脑有选择性，凡重要的，都会记住；那些忽略了的，也都无关紧要，丢了就丢了。"我有自知之明，既无张松异禀，也无前辈的"最强大脑"，承认记忆力靠不住，常常是前头读了后头忘，唯有依靠"烂笔头"，依靠笔记的恢复和校正。

二

我的笔记，当然是我的手迹。即使把它烧成灰，我也认得。从前，曾如是吹牛。

但是这册笔记，却出现了三种他人的字体。

怎么回事？

第一种，抄的是《道德经》。全书八十一章，前三十五章，我录的，打三十六章起，笔没换，人换了，一笔一画，着力，较劲。你看，"将欲歙之，必固张之；将欲弱之，必固强之；将欲废之，必固兴之；将欲取之，必固与之。是谓微明……"这一路写到底，除了魏乃明，谁能如此一笔不苟？不，不是乃明，乃明的字比之自然流畅。哦，想起来了，是李耀纯。他的字潦草、跋扈，为了帮我抄书，特意写得如此规整。我怎么会劳驾李耀纯呢？那个周末，他来看我，我在抄录《道德经》，恰好三祖父喊我帮一个忙，遂停下，请他接手。耀纯家住乡下，写农村的作文水汽氤氲，烟霞烂漫，我忒欣赏，曾以一个冷僻的也是唯我独珍的词语"抃风舞润"相赠。

这册笔记曾经多人传阅，其中有王信石。他是海门人，父亲担任县招待所的所长，我首次从他嘴里，听说新闻这种行业。"昨晚，解放日报和新华日报记者来到射阳。"就这简简单单的一句，激起我无限向往："记者可以到处跑，而且不用自己花钱……"

信石小我两岁，脑瓜绝顶聪明，平素寡言，心思包得很紧。笔记传到他手里，后面有两页空白，鬼使神差，他在上面录下了袁枚的《遣兴》："爱好由来下笔难，一诗千改始心安。阿婆还似初笄女，头未梳成不许看。"信石尔后进北大，攻读法国语言文学，毕业入外交部，一路做到驻塞舌尔、贝宁、冰岛大使。也许这不经意的留迹，泄露了他韬光养晦、蓄势待发的心劲。

信石的字向一边拐，稳中见倔。

在袁枚《遣兴》之后，有人又录了一首赵翼的《论诗》："李杜诗篇万口传，至今已觉不新鲜。江山代有才人出，各领风骚数百年。"字迹轻灵、婉转，似出女生之手。谁呢？班里的女同胞，有谁爱好文学？实在想不起。考上大学的，倒有两位，都是理科。莫非传到外班？有可能。但外班的女生，更茫然无绪。往事不能"倒带"，我也没必要非查出张三李四，暗香浮动，更饶情趣。

三

这一册，故事在抄书之外。

高考，全班五十人，中榜者近三十；几家欢乐几家愁，这边厢春风得意，那边厢黯然销魂。

袁庆国落榜。

他没有垂头丧气，照例嘻嘻哈哈地在同学中周旋。那副架着金边眼镜的方脸，永远是"人间四月天"。

庆国念书吃力，为人却极活套，与老师、同学混得厮熟。同窗中暗传：毕业考试前夕，某任课老师为了让他顺利过关，事先给他泄露了几道难题。也有另外一个版本：不是老师，是保姆。那位老师的保姆是庆国介绍的，她偷偷拿出了一份试卷。

我收到北大录取通知书，动身出发的前日，庆国到我家来了。脸上没有一丝落寞，反倒是由衷的喜悦。他特意买来水果、饼干，为我送行。

感其盛情，无以回报，我斟酌再三，给了他一册笔记。

并不指望他阅读，而是因为上面有我的脉搏心跳，有我的逝水年华，有我的宏图绮梦。

十多年后，我在长沙，供职《新湘评论》。袁庆国来了，他在县静电植绒厂任采购，到湖南跑业务，顺道看我。

出乎意料，他把那册笔记也带来还我。"你的笔记，对你是无价之宝。"他说，"搁在我手里，可惜了，今天完璧归赵。"

我心头一震：大事小事，都立足于替对方着想，这是圣人之道啊！庆国兄其实是大才，他如今置身商海，恰恰是得其所哉！

七拐八拐就拐向了北大

儿时知道北京，不是因为《我爱北京天安门》，那时这支歌还未问世，而是由于毛主席住在北京城。

尔后知道北大，不是因为北大怎么怎么出名，而是由于中学出了个孙开秦。

孙开秦高我四级，一九五七年秋，我读初一，他读高二。反右补课，高中学生参加鸣放，初中学生插班旁听，我就插在他们班。印象，孙能言善辩，口才好，文采好。

听过他在大礼堂的一个报告，关于本县的历史和现状调查，风流偶傥之至，身处小镇，见不到大家，他就是我心目中的大家。

一九五九年，我校有了第一届高中毕业生，两人考上北大：孙开秦，历史系；冯国瑞，哲学系。

冯是学生会主席，熟悉，但不认识（这话有语病吗）。

孙和我是街坊，相隔仅百米之遥，家里是开磨坊的——特意指出这一点，无非是说明，物质是基础，而且沾商比沾农富裕。

我停学一年，刚刚复学，听说孙开秦考上了北大，这才晓得，北京有个北京大学，并且是中国最高学府。

一九六〇年暑假，孙开秦回来，在老闸口的小桥上与高班学生侃大山。那时风华正茂，正是指点江山、激扬文字的好当口。我记得他说了一句话：合德这地方，很不赖，小桥流水，人杰地灵，搁在全国县城一级，也是数得上的。

一九六三年，射中又有一人考上北大。周古廉，经济系。我俩小学同班，考初中时，他落榜，到民办中学读了三年，高中又考回来。周家是弹棉花的，兼带出租古典章回小说。我在前面说过，生意人家手头相对宽裕，周古廉每天骑车上学，风驰电掣，风度翩翩。

是年寒假，他带给我几份北大学报，使我眼界大开，考北大的信念更为坚定。

我起意考北大，是在高一。学校作文竞赛，我获得高一年级的第一名。奖品，是一本书，张葆莘的《眼睛的故事》。

人生有很多偶然，很多偶然的结合就定向了人生。高一分甲乙丙丁四班，甲乙两班学俄语，丙丁两班学英语。我起先分在丁班，学英语，没过两周，学校又重新分配，把我调到乙班，考虑我初中读的是俄语。其实，我初一时还没开外语课，停学一年，复学插入下一班，初二乙，增加了俄语，因为中考不考俄语，所以我根本未学，混过来的。到高一乙班，也是从头开始。

有失。英语日后大有用场，倘若我高中学的是英语，此生绝对是另一种走向。

也有得。高中英语老师是老派留洋生，满肚子学问，但属于茶壶里的饺子，倒不出——他不擅教学，因此，高考时英语普遍拉分，拖后腿，我若留在英语班，恐怕很难考上北大（一九六四届有四人考上北大，一九六五届又有两人，都是俄语班的）。

不由得不感谢俄语老师黄嘉仁，他的教学水平是一流的，学生的成绩就是证明。后来中苏交恶，俄语地位下降，英语地位上升。"文革"后，适逢改革开放，人才流动，他干脆调回老家启东，当广电局长去了。

总归是个干才。

当然，还要感谢语文老师丁瑛、纪锡生。丁瑛老师很喜欢我，他给我的作文分数总是最高的。也曾经敲打过我，一次语文课上，讲解"自命不凡"一词，顺口举例："卞毓方就自命不凡。"我明白，起因是在不久前的私下交谈上。高一，是我高中阶段最顺遂也最纠结的时期。我开始学习毛选，学习毛泽东思想，并运用到文章中去，这是得风气之先的。与之同时，我对社会上愈演愈烈的极左之风，以及一些假大空的表演，十分抵触。丁瑛老师强调，这是国策，只能紧跟，不能保留，更不能怀疑。他是过来人，深知政治的决绝。我嘴上不说，内心还是保留。

我不是自命不凡，我只是有自己的想法。

纪锡生老师是苏南人，出身不好（这是当时的标准），他告诉我当年一心想考北大，高考过后信心满满，在北京哥哥家里度假，谁知通知下来，是南京师范学院——他很失落，一个人骑单车去颐和园，自哀自叹了大半天。纪老师的强项是古文，两年受教，获益匪浅。除此而外，纪老师还对我过分膨胀的诗情进行了敲打，我常常压制不住地把记叙文当作诗来写，即使看起来像是记叙文，实际是没有分行的诗。班上有几位同学也学我。纪老师一再警告，这习惯要改，高考只考记叙文或议论文。

还有一个要特别提出的，是县图书馆管理员徐玉婵。当时，凭借书证每次只能借一本，先在柜台外翻图书卡片，确定要借的书，写在纸上，让管理员帮助找。徐女士对我特殊待遇，每次让我进馆随便浏览，想借多少本就借多少本。

大恩难言谢。我从人民日报社退休后，回老家寻访她，世事沧桑，竟无人知其下落。屡经曲折，终于，在前辈校友、书法大家臧科先生的帮忙下，于盐城见了面。

对此，臧科先生曾有文详叙，录一节如下：

近年来，作家卞毓方先生怀旧日盛，返乡的频率有所增高……九十年代初，我们走近了。交往中，体察他为人的从容与平和，非但没有亮出大腕的架势，言谈中流露出一种深沉、本色的爱。有时又会抛出"寻人启事"，托我相助，而最让他投注心力的是在中学读书时图书馆的一位女士，常为他大开方便之门，满足他嗜书如命的读书欲……我深感他是性情中人。他为寻见故人，费尽不少周折，到了无果无望，转而求助于我，那心情简直像是"寻亲"，是失散多年的兄弟姐妹，我在动情与感佩中受命。不负所望，权以老文化人的优势，很快获得结果。他想找的人已退休，和我同住一城，更为奇巧的是毓方君下榻在盐阜宾馆，而这位徐女士居宅竟在宾馆墙外，近在咫尺，想象中的遥远，一下呈现在眼前，毓方先生惊喜之下，竟冒着一天的大雨，立马去见他心目中的"恩人"。他纯粹是属滴水之恩，涌泉相报式的一种传统人。带着浑身的雨水，敲门入室的刹那，他见到这位两鬓染霜的老人，眼睛立刻湿润了。五十年前，是一名书童和阿姨间的淘书交往，继后的立志从文成就事业，不也与这位管书的老姐有关嘛。毋庸置疑，这就是他的恩师，此时感激伴和着怀恋，彼此共沐和谐，人啊人！能有这份情义和良知多好啊！

大爱无言。

向臧科先生致谢！真的，我五十余年的思念，只能归纳为这四字：大爱无言。

C

我一路鼓风逐涛，饱览山野，遍历星霜，唯知，凡我川流的，波吻的，浪卷的，沙淘的，都已一一化作我的血肉，化作我的神经、骨髓、魂魄。

本庄人与本庄话

本庄人：即本地土著的自称。向南一步，则为"冒"，说话"冒里冒气"；再跨一步，则为"蛮"，说话"蛮叽格啦"；向北一步，则为"侉"，说话"侉腔侉调"。唯吾等本庄人，土生土长，乡音乡韵，语调最正宗，属于铜锣碰铃铛——叮当响；石磅砸石磨——实打实。

注意，这个"本庄人"的"庄"，原指田舍、村落，一个狭小而封闭的圈子，老子笔下的"小国寡民"。但"本庄"适逢开发黄海滩涂时运，不断有南方的"冒子""蛮子"和北方的"侉子"前来淘金，口音愈来愈杂。杂不打紧，老祖宗有规矩，入乡随俗，你入了本庄籍，就得随本庄话。否则，鸡和鸭不同调，你将永远居于遭人白眼的外庄人地位。

记忆中，一个北京娃儿，因家庭变故，转到合德念小学，没上半载，满口京腔就变为纯正的本庄话。

贩桃子：初次听母亲说，曹家老二"贩桃子"去了上海。我以为是曹家老二千里经商，贩桃子去上海卖。

那天大姐在纺棉花，我向她要一团棉线放风筝，她不给，我就头一扭，一个人，溜到西边玉米地里耍。到了吃午饭辰光，也不回。母亲出来找我，邻居郭大妈问："找哪个呢？"母亲说："找小三子，他和大姐怄气，'贩桃子'跑出来了。"

玉米地和老郭家只隔着一户汪家，我又处在下风，所以听得清清楚楚，这才恍然，"贩桃子"是赌气出走的意思。

近日见人考证，谓"贩桃子"源自《诗经》"桃之夭夭"，"桃"与"逃"同音，衍化出成语"逃之夭夭"，"犯桃子"即为"犯逃字"，着重点在"逃"。也是一说，录以备考。

女将：通常指花木兰、樊梨花那样的巾帼英雄。《水浒传》称一丈青扈三娘为女将，今人称五连冠的女排健儿为排坛女将。吾乡习俗，却是称妻子为女将，娶妻即是娶女将。丈夫，自然就是男将。大抵因为生活粗粝，开开门来七件事，柴米油盐酱醋茶，哪一件都要雷厉风行，斩伐决断——容不得什么内子呀、堂客呀、夫人呀、娘子呀的雍容揖让。

娶妻子，又谓"带女将"，仿佛女人只是临时寄养在岳父母家，现在寄期已满，去把她"带"回来；又谓"擒女将"，一个"擒"字，再现了上古劫女为妻的那个"抢"。

听壁根：系指一篇乡人与天神斗智的故事。相传言能通神，因此，每年除夕夜，天神都要竖起耳朵，收听下界百姓的言语，并根据其内容的吉凶，制定来年的收成框架。

下界的乡长、村长、族长之辈，在这一夜也格外警惕，他们派人去听各家各户的壁根，以监督说的是否都是"喜言"；倘若谁家不慎讲了"恶语"，那么，下年的一切灾害都要由他家负责。

到了我儿时，这故事已经绝版。不过，在新婚夫妻的洞房花烛夜，还是有促狭的后生喜欢把耳朵贴在人家的窗户缝，倘有收获，第二天会大肆宣扬。

此外，便成了偷听的代名词，沦为贬义。

拾红砖：随父亲上街。在朝阳桥南，遇见一位梳着分头、戴着眼镜、穿白衣白裤的男子。他拦下父亲，掏出一块龙形的黄玉，说他是上海人，到射阳出差，钱包叫小偷摸了，身上单剩这块祖传玉佩，几百年了，没奈何，只得拿它换路费，您先生道骨仙风，气度不凡，与它倒很般配，这玉在上海估价三十块，您先生能出一半，就拿走，过些年准能卖一百块。

话音未落，旁边转过一位老汉，伸手接去，用手摸摸，对着太阳照照，又拿指甲弹弹，连说："好玉，好玉，是新疆和田的。我也是从泰州出差过来，身边没带多少钱，您要等得及，我拍电报让家里寄来。"

那男子把玉佩拿回，对老汉说："我急等着钱用，等您等到哪一年。再说，宝剑赠予英雄，这位先生手上戴着扳指，一看就是精品，他比您更识货。"

父亲接过玉佩，认真瞅了一会儿，说："确是好玉，我手头紧，出不起这价，你再找别人吧。"

回家，父亲对母亲说："那玉佩雕的是龙，与你生肖相同，若是好货，我是想杀杀价买下的。但那是次品，旁边的老头是托，我没拾他的红砖。"

我又学了一个新词，拾红砖，就是上当的意思。

至于"拾红砖"和"上当"之间的逻辑转换，我始终没有搞清楚。也许路上碰着别人故意扔下的一块烧红的砖头，以为捡了漏，结果，一摸烫得哇哇叫吧。

烧茶：是烧开水。茶瓶，也就是装开水的热水瓶。镇上卖开水的店家，简称为烧茶炉的。茶食，是未必包含茶的糕饼点心。茶饭，茶是虚，饭是实。粗茶淡饭，粗茶是虚，淡饭是实。既然茶多半缺席，为什么还要把它摆在前面呢？

回头看，所谓"本庄人"，其实是五百多年前的苏州人，因为"洪武赶散"，被驱逐到本地开荒，虽然由优裕陷入贫困，往昔"日高人渴漫思茶""绿茶配青梅，悠闲大李逵"的生活品位还是残留在心头，人穷了架子还在，没有茶饮，就以水来代，没有酒喝，也以茶（开水）来代——这只是我的姑妄之言。如今条件改善，说喝茶，就是喝茶，而且要喝上等茶，再也不用以虚代实了。

狗百岁：儿时打喷嚏，大人见了，必说"狗百岁"，这叫口彩，含关爱，也含祈愿。谁是狗？当然是我。我怎么成了狗？乡人习俗，小孩起名要贱，越贱越好养，故以低贱而又皮实的狗称呼儿童，是普遍现象（日后读《薛仁贵征东》，大臣张士贵向皇上推荐女婿何宗宪，也是称为"狗婿"）。"狗"字后面加上"百岁"，是祈祷可能惹上身的疾病闻音而散，祝愿小孩无伤无碍，长命百岁。

烧热锅膛：从前烧柴火，世人都晓得，热锅膛好烧，冷锅膛难烧。道理很简单，热锅膛温度高，只要再添几把火，就能把水烧开，把食物煮熟；相比起来，冷锅膛要费很多柴火，才能达到同样的目的。

有鉴于此，某些人为了荣达升迁，趋炎附势、溜须拍马、阿谀逢迎，就成了最佳选择。做可以这么做，说却不可以这么说，人都是爱面子的嘛。于是，就有人创造出这个充满生活智慧，而又无伤大雅的词：烧热锅膛。

没脸纱：看不懂吧。初次，我是听祖母讲的。那天，我随祖母去她的娘舅家，主客欢聚一堂时，众人起哄让我唱支歌，我忸怩不肯唱，祖母便说了这个词，我猜是出不得众、上不了台的意思。

日后读曹雪芹的《红楼梦》，以及鲁迅的《故乡》，对这个词，有了感同身受的形象化了解。且看：

刘姥姥初进荣国府，见了掌实权的王熙凤，赶紧拜了数拜，问姑奶奶安，然后在炕沿上坐下。"板儿便躲在背后，百般地哄他出来作揖，他死也不肯。"

闰土见了阔别多年的童年玩伴鲁迅，叫了一声"老爷！"随即回过头去，招呼他的儿子："水生，给老爷磕头。"便拖出躲在背后的孩子来，这正是一个廿年前的闰土，只是黄瘦些，颈子上没有银圈罢了。闰土介绍，"这是第五个孩子，没有见过世面，躲躲闪闪……"

这种临阵怯场，总是躲藏在大人背后、不肯出面的窘态，就叫"没脸纱"。

星星：这是一个梦幻的词，如今闭起眼睛，还能看见故乡夏夜的满天繁星。但是，这星星不是那星星，这星星也在天上飞，学名蜻蜓。"小荷才露尖尖角，早有蜻蜓立上头""穿花蛱蝶深深见，点水蜻蜓款款飞"，这是儿时最熟悉的诗句。我曾想，如果自然造人以蜻蜓的形状，则人鼓动四翼，圆睁复眼，抟扶摇而直上，视山林为盆栽，江河为飘带，海洋为池塘。如是一来，究竟是人为天神？还是天神为人？世界又将是何等天翻地覆慨而慷？

瘦死的骆驼大于马：仍是出于祖母的口中。你可能提醒，这是刘姥姥初进荣国府讲的话。没错，但我却是最早听祖母讲的。

祖母读过《红楼梦》？没有的事，老人家大字不识一斗。祖母从小听大人说的？也不可能，祖母的娘家是渔民，想必没有几多文化。那么，是婚后听我祖父以及祖父朋友圈的人说的？或许吧，似乎也只有这种渠道。

等到我读《红楼梦》，意外发现，里面好多话，都听祖母絮叨过。就以刘姥姥初进荣国府为例，诸如"守着多大碗儿吃多大的饭""朝廷还有三四门子穷亲""大有大的难处""拔根汗毛比腰还壮"，我都听祖母说过若干遍。

怎么会如此吻合呢？看来，不光可能是祖母曾听人说过《红楼梦》，更大的可能是，曹雪芹是南京人，熟谙江淮官话，咱们"本庄人"，也是包括在江淮片区之内，曹雪芹驱使的语言，和我祖母的属于同一文化体系。你有你的琅嬛福地，我有我的源头活水。而考其语言萌芽、生长的途径，应该是先活跃于民众的舌尖，而后才进入文学家的笔底——你说是也不是呢。

祖父眼中的风水

夏日傍晚，祖父从外面回来，搬一张竹椅，坐在院里的花坛旁，架上老花眼镜，边饮茶，边读《封神演义》——这是远在往日近在眼前的永久一幕，只觉得小院的花很香，空气很香，祖父的衣衫神态也很香。

祖父看的《封神演义》，也是我童年的读物，旧版线装，竖排，书前有人物绣像。内中一幅哪吒，面如傅粉，唇似涂朱，手持火尖枪，臂套乾坤圈，身披混天绫，脚踏风火轮。又有一幅雷震子，青面獠牙，肋生双翅，手握黄金棍，作势如凌空下劈。两人都是我爱画的，描了一张，又一张。祖父一日见到，脱口称赞："有笔法，有骨力，明天给你买沓红纸，画了过年作门神。"

门神，家里去年贴的是尉迟恭、秦琼，那两位的武艺，岂能和哪吒、雷震子相比，哼！

机会难得，我乘机向祖父请教："《封神演义》第十一回写阴阳官负责报时刻，阴阳官不是应该管风水的吗？"

"元朝才设阴阳官，掌管天文、历法、气象、占卜。商朝没有这个职位，是小说家的胡编。"祖父解释，"商朝也没有风水这一说，风水学兴于晋朝，祖师爷是郭璞。"

"那么，三国时代也没有风水学的了，"思维跳跃，"我以为诸葛亮上知天文，下知地理，也是风水先生哩。"

"天地本身就是大风水场，日月山川，花草树木，飞禽走兽，无处不在。"这是祖父的本行，"比如，你可以把刘备看作水，把诸葛亮看作风。"

"倒过来不行吗?"这是很奇怪的。

"不行。"祖父胸有成竹，"刘备是主，诸葛亮是辅。风水之法，得水为上，藏风次之。"

"《西游记》呢?"话出口又懊悔，这种闲杂之书，估计老人家不看的。

祖父居然也了如指掌，他说："唐僧是唐朝的和尚，唐在晋之后，已然有了风水学。唐僧师徒四人的关系，这里面就大有风水文章。"

摇头，这不是我小脑瓜所能参透的。

四弟把祖父定为晚清遗老，就年龄来说，委实是这样。据祖父修的家谱，曾祖父以上，家境殷实，也出过读书仕进人物。曾祖父本人，当过乡董，类似如今的乡长。祖父生于一八八七年，时为清光绪十三年，幼入私塾，饱读四书五经。一九〇六年废除科举制度，一九一二年清帝逊位，作为传统意义上的读书人，"生于末世运偏消"，算得上是遗少了。步入晚年，自然就是遗老。然而，祖父既没有在晚清获得任何功名，更在民国初期，遭遇兵灾匪难的家族巨变，大户沦为赤贫，曾祖父为此椎心泣血，抱恨离世，作为长子，他要站出来支撑这个风雨飘摇的家族——想要当遗少，也是不可能的了。祖父必须自立，为生计寻找一条出路。

清人黄景仁诗曰："十有九人堪白眼，百无一用是书生。"祖父这个书生，于"百无一用"之际生出了一个匪夷所思而可思的想法：当风水先生。

家乡是不能待的了，人人知道他的底，于是东去一百里外的海滨——现在的合德。

祖父说过，当时是一望无际的滩涂，这地方稍微高爽一点，不叫合德，叫"干饭港"，也就是渔民、盐民休息时吃干粮的港湾。祖父初次前来踩点，仅见五户人家。然而，他最终选择在这儿落脚，原因何在？

在于晚清状元、近代实业家张謇的一个决策。一九一八年，张謇在此地创建垦殖公司，招募大批启东、海门人入境垦荒植棉。查《合德镇志》，一八六三年，始有移民一户二人，一九一七年，为三户十九人，一九一九年，暴增至一千二百人。由是估计，祖父携祖母落户合德，属于闻风而动，见机而作，时间约在一九一九、一九二○年，是年三十三四岁。

唐诗有云："莫道书生无感激，寸心还是报恩人。"若干年后，我撰文替祖父感谢张謇，题目就叫《张謇是一方风水》。

俗称"一命二运三风水"，命是天生，运是机缘，风水在于人择人养。在合德，张謇是大风水，祖父是小风水。

祖父育有三男三女，均留在老家。长子，也就是我的父亲，时年十三四岁，仍在读私塾。至十六岁，身高一米八，膀阔腰圆，弃学，成家（一九二二年），挑重担了。未久，因外公外婆举家移居上海，也弄了一条船，去沪上闯荡。长兄即在"十里洋场"出世（一九二五年）。这一南下，就是十年，其间酸甜苦辣，记下来，就是一部颠沛流离史。父母从来不讲，我仅听说父亲当过装卸工、拉过黄包车，对外滩和苏州河一带，十分熟悉。一九三二年，日本在上海制造一·二八事变，局势动荡，日子难混，也就摇橹北归，投奔祖父，摆弄风水罗盘。

二叔父，器宇轩昂，风流倜傥。自然是祖父祖母基因好，三个儿子都出落得一表人才，但吾父老实憨厚，三叔父木讷少文，形象大打折扣，唯二叔父秉文兼武，能言善辩，足智多谋，长袖善舞。彼时乡俗，男女在孩童期就由"父母之命，媒妁之言"，定下娃娃亲。父母的结合就是这个模式。轮到二叔父，他生性叛逆，撇开祖父早先为他定下的亲事，私下与邻庄张姓女子谈起自由恋爱。祖父严加阻止。毕竟是民国了，社会进步，人性开始苏醒，二叔父铤而走险，与心上人远走高飞，去了盐城南边的兴化。祖父盛怒之下，与二叔父断绝关系。从这件事看，老人家又的确没有脱离遗老的窠臼。

三叔父，出生迟，赶上家族破产，没有读几天书，长期在老家种田，直到六十年代，才迁居合德。

我是在祖父母身边长大的。祖母回忆往事，说得最多的，就是如何给我喂饭。而我印象最鲜明的，则是祖父如何给我喂字。一张一张纸片，一个一个汉字，上午喂，下午喂，晚上还要反刍。

祖母笑我是"跟屁精"。祖父出门，不管是上街、会客、洗澡、看戏，以及给人办事，我都要跟着。风水的玩意儿我完全不懂，唯记得祖父为人看阳宅拉线，事毕，一再交代，家前屋后的几棵树，要修剪整齐，隔壁的小河沟，要疏理清爽，最好，在河边栽上一行花。

祖父爱莳花弄草。我记事起，在合德住过两处房子。老房北依小洋河，西傍一条岔河的闸口，门前左侧是一个花园，围以竹篱。园内搁二十来盆盆景。有树，如松柏、黄杨、银杏。有花，如牡丹、芍药、月季。新房在旧址南边六十米，西临小河，有院，盆景是如数搬过去的，砌有花坛。无论老房新房，都处于镇子西头的末梢。曾问祖父："您到合德的时候，只有几户人家，房子应该建在中心，怎么弄到现在成了街尾？"

祖父答："这是标志，人家好找。"

这是住在老房子时的事。东面街坊张四维，出于我当时还不明白的大事，好像是当了国民党部队的上校，从北京回来，被政府关押。其母到我家来，请祖父"打时"，看什么时候能释放。祖父断定年内就能免灾。果然不久出狱。归来当日，祖父设家宴，邀请四邻，为其压惊。当时难以理解，一个犯人出牢，值得大摆宴席吗？长大后回想，这也是祖父眼中的风水。犯人新生，要融入社会，首先要融入邻里——难怪张先生当日进门就给祖父磕头。

也是在老房子期间的事。冬天，大雪飘飞。祖父早晨穿了新棉裤出去，晚上回来，却只剩了一条内裤。我大吃一惊，以为道上碰着了劫匪。祖母显然见惯不惊，拿了条旧棉裤，给祖父穿上，淡淡地问："又把棉裤给了谁了？"祖父答："街头撞见一个讨饭的，单衣薄裳，冻得发抖，我把棉裤脱给他了。"

这是我家的大风水。祖父以一介布衣，而在全镇乃至全县享有极大声望，绝不是偶然。善之为善，是一种发自本能的大美，通常解释为体恤别人，实际也是升华自我，源于爱心，臻于幸福的峰巅。我承认，除了母亲，家中其他人，尤其是日后读书最多的我，远未达到这种化境。

搬到新房，是一九五三年的事，我读小学二年级。本文开头的那一幕，大概发生在三年级。祖父爱花，同好有一位薛先生，来了就笑语晏晏，细论养花的乐趣。祖父爱京剧，东邻彭大爷是票友，两人一唱就是半天。人说"三个女人一台戏"，我见过的是两个老男人也是一台戏。祖父懂命理之学，后来有人找他算命，他能拒则拒，讲命既已天定，算之无益。退一步，测个字，还是玩玩的，预作声明，仅供参考，不足为据。

祖父居家过日，院内一草一木，室内一案一桌，案上一砚一笔，桌上一碗一筷，都讲究整整齐齐，清清爽爽。就像他笔下的小楷，一点一画，都规规矩矩，一丝不苟——人的言行举止也都对应着天地的大风水。

小学五六年级，我常带要好的同学来家玩。祖父一日兴起，跟我传授观人之术。如某人容貌清明，天高日晶，贵不可言，有将军之相；某人有侠义之心，堪作八拜之交，但五官突兀愤怒，皱云驳雾，显示道路坎坷；某人聪慧过人，百伶百俐，可惜参错骨立，身体单薄，务必要加强调养、锻炼。老人家看人用的不是相书上的术语，倒有点像地理上的词汇，我左耳进，右耳出，全不当一回事。孰知，几十年后，竟一一应验。

祖父的上中下三策

祖父说："合德镇周围，方圆数十里内的人家，我闭上眼睛，都能说出大致印象：他家房子的方位，有几个大人，房前屋后靠着河，还是靠着路，东南西北都挨着哪几户。"

这我相信，他是早期移民，又是风水先生，这家家户户的勘地砌房、婚丧嫁娶，都要经过他手，自然了如指掌。

祖父又说："中医看病，望闻问切。我看人看事，也是望闻问切。"

这太玄乎，我不懂。

那天傍晚，从上海来了一位客人。分头——帽子拿在手里——剑眉星目，方脸阔口，武相，穿的却是藏青呢子便服，配以黑皮鞋，是高级知识分子的打扮。

我刚放学，和客人打了个照面，然后，进入里屋，做我的功课。

祖父和客人在堂屋寒暄。老人家事先接到信，知道客人要来，特意穿了长袍，戴上瓜皮小帽，仿佛又回到了民国岁月。

客人姓周。

祖父问周老太爷的安好。我明白周老太爷是客人的父亲。

祖父又问大先生的好。我听出大先生就是周老太爷的大儿子，在清华当教授。

"二先生你在?"

"在复旦大学教书。"

客人无疑是老二了。祖父不知复旦大学底细，客人又详细叙述了一遍。

祖父治酒待客，三祖父、彭大爷、薛大爷、张大爷、父亲以及五叔父过来作陪。

席间，祖父讲起从前的事。在阜宁老家，他和周老太爷是同乡，从小一起玩大的。祖父尔后迁居射阳，觉着这地方海阔天空，遇上张謇张状元掀起的开拓热浪，大有发展前途。周老太爷（当时正值壮年）笃信祖父，也跟着迁了过来，在海边办养鱼场。

一天，祖父路过渔场。周老太爷正在鱼塘边踱来踱去，眉头紧锁。他见到祖父，说："你来得好，帮我出出主意。"

"什么事?"

"场边这两口塘里的鱼，昨晚被人偷了。"

"你想怎么办?"

"我交代看场的，搜查附近人家的垃圾堆，看哪家有鱼骨头。"

"此乃下策。"祖父说，"这是海边，到处产鱼，凭什么证明那鱼骨头就来自你塘里的鱼?"

"那就只有多雇人手，加强守卫了。"

"应该。"祖父说，"此乃中策。"

"那么，上策呢？"周老太爷晓得祖父的性格，凡事都有上中下三策。

祖父分析："做事，要如鱼得水，才能盘活。你现在好比是鱼，刚落脚海边不久，还没有和周围的人混熟，就是说，还没有得到水。"

"那我怎么办？"

"我给你出个馊主意，"祖父笑笑，"过两天就是中秋，你索性打出几网鱼，再搭配点酒，送给周边的各家各户——记住，不要拉下一家——让大伙都过个喜兴的中秋。"

"这有意义吗？"

"这就是风水。"

"好，听你的。"周老太爷决定就这么办。

知交老友见面，免不了喝酒唱歌，这是那个时代的酬酢。酒是洋河大曲，歌是京剧。当日，周老太爷唱的戏文中，有一段是《武家坡》："一马离了西凉界，不由人一阵阵泪洒胸怀……"透出怀乡的莽苍。祖父唱的戏文中，有一段是《借东风》："识天文习兵法犹如反掌，设坛台借东风相助周郎……"唱到"周郎"，祖父有意拖长腔调，周老太爷就鼓掌叫好。

客人插话："家父说，卞先生一招，就把周边关系搞好了，从此，再没有人偷鱼。"

话题一转，是十年后，周老太爷养鱼发了财，置了上百亩地。时值局势动荡，日本侵略中国东北，国民政府腐败无能，社会乌烟瘴气，乱七八糟。

周老太爷又来找祖父商量。祖父照例提出了上中下三策。

下策是：守着鱼塘、土地，静观待变。

中策是：变卖鱼塘、土地，去南京、上海做生意。

上策是：变卖土地，留下少量鱼塘，送儿子去国外留学（周家两位公子，是时分别在上海、南通读大学）。

客人说："我们只当是父亲的远见，原来是伯父出的主意。我哥后来去了英国，我去了日本。"

现在呢，一晃又是二十多年。两兄弟都成了名校的教授；周老太爷夫妇搬家去上海，和二儿子住在一起，含饴弄孙，安享晚年。

这是一九五七年暮春。二先生到盐城出差，奉家父之命，到合德来看望祖父。

六位陪客，除五叔父外，都认识周老太爷，也认识二先生，杂七杂八叙了一会儿家常。二先生是阜宁出生，在射阳读的小学，中学去了南通，接着读大学，后来到日本留学，读的是早稻田大学（我纳闷：早稻田里能办什么大学，难道是农学院？）。叙谈告一段落，二先生趁机代表父亲提出邀请："希望伯父，包括在座的各位，方便时去上海做客，一切都由我来安排。"

末了，二先生仿佛随意提道："家父讲，伯父测字很灵，请您也给我测一测。"

他报了一个字："慧，智慧的慧。"

我是蚂蟥听不得水响，一听测字，立刻来了神，竖起耳朵谛听。祖父说："这是文字游戏，年轻时闹着玩的，好多年不搞了。"略一沉吟，拿筷子在空中一点（我猜度），"照你说的这'慧'字看，'心'上面倒着一座'山'，眼前困难如山，精神压力大得很呐。不过，从长远看，此字寓吉人天佑，到时候自有贵人相助，保你平安无事。"

少顷又加了一句："今明两年，诸事谨慎，小心驶得万年船。"

祖父貌似方外之人，闲云野鹤，实则"风声雨声读书声，声声入耳；家事国事天下事，事事关心"。我常见他戴着老花眼镜坐在院子里看报纸，对国家的方针政策，一句一字抠。

我以后再没见过二先生，自然不知道下文。祖父和周老太爷偶有书札往还，对方并未述及任何无妄之灾。想来在稍后那场震动社稷苍生的政治飓风中，二先生及其家人也都安然无恙的吧。

祖父的救命树

"二年级，三年级，随你选。"陈觉老师摸着我的光脑瓜，宣布。

虽然在私塾念了三年半，但是没学过算术，因此，我认了二年级。

这是一九五二年九月，我八岁。

学校名为射阳县实验小学，地址在县政府后院，校舍是临时借用的。课桌，虽说破旧，倒也马马虎虎。坐凳，却是一条没有，需要学生自带。这就带出了五花八门：正规的，是小椅子、小凳子；凑合的，是小马扎、小木柜；出格的，是一个树墩、一堆砖头。

数我最奇葩。课堂上，我不是坐着，是跪着。家里给了个小方凳，是祖父从搁棚上拿下来的。座板宽阔，看得出是一棵大树的横剖面，密密麻麻的年轮，一圈又一圈，起码有三四十圈。凳腿却短，不足一尺，坐着上课，嫌矮，我干脆跪在上面，堪堪适合。倒也好，歪打正着地练出了膝盖功，这对我课后称雄"斗鸡"游戏，无疑大有裨益。

一日散学，"斗鸡"斗疯了，忘了将凳子带回家。祖父捻着白胡子，说："放在学堂嘛，门上有锁，丢不了。"此外啥都未讲。祖母饭后将我拉到锅屋，悄悄交代："明朝务必把凳子带回来，那是你爹爹（祖父）的命根子。民国二十年大南水，浪头比房子还高，你爹爹是爬到一棵大树上，才保住了命。南水退后，那树也淹死了，树的主家砍了它，你爹爹讨得一段树桩，打了这个小凳子。"

祖母的娘家是海边的渔民，曾在一场海难中失去数位亲人，是以她对创巨痛深的事特别脆弱，仿佛一根劫后余生的芦苇，再也经不起哪怕一阵微风。

是夜，我翻来覆去，睡不着。

第二天上学，果然发生了最担心的事：凳子不见了。我愣在课桌前，三魂简直丢了二魄。那当口学校初建，秩序紊乱，学生中有几个"凶神恶煞"，年龄比我大一倍，动辄当面抢人东西，蛮不讲理，更甭说暗里偷窃板凳、课本。

正在懊恼欲哭之际，陈觉老师走进教室，腋下夹着我的小方凳。

从此，我待这张小方凳犹如对待心肝宝贝，课间上趟厕所，都要托同桌看牢。散学玩游戏，也和小方凳形影不离。直到年后搬进桌椅齐全的新校区，才完璧归赵似的，把它送回原来的搁棚。

一九五七年，我考上射阳县初级中学。祖父给我买了一个书箱，箱底放了一个红纸折叠的信封，以为里面装的是啥贵重物件，打开，却是一片扇形的金黄色树叶。老人家轻声嘱咐："千万别弄丢，出门在外带在身边。"

　　我一头雾水。

　　考试前，家人特意包了粽子，"粽"谐音"中"，这我懂——传统习俗就是这样一点一滴深入骨髓的——可是，这张树叶是什么意思呢？

　　那个时候，父母已搬来和祖父母同住一院。是晚，母亲一边纳鞋底，一边给我讲陈年往事。其间也提到了那场大南水，祖父搭帮一棵大树活了下来——母亲闹不清民国二十年是哪一年，这我知道，我查过家中的黄历，推算出是一九三一年。根据我孤而陋之的寡闻，盐阜地区，地势低洼，房屋多建在高墩上，为的就是防洪水。我在建湖的老家（早先属于射阳，中间划入建湖，尔后又归于阜宁），就叫"丁墩村"，进了村子，找我们家，就得问"卞家墩子"——母亲讲，大水来的那一年，你大哥八岁（彼时民间认虚岁），你爹爹四十五岁，那水是从南边，从长江、洪泽湖一路下来，本庄人叫它大南水。我和你爸你大哥，在上海，其他人都在老家建湖，就爹爹跟奶奶，在合德。

　　"爹爹爬上了一棵大树，那树后来淹死了。"我重复祖母的话。

　　"不是的，那棵树很高很大，没有淹死。"母亲说，"现在还活得好好的，是棵白果树。那地老早属于盐城，你出生后归了射阳，在合德南边五六十里。爹爹平常不愿提这件事，我只听他跟周大汉讲过一次。他说没一会儿就被浪头打晕了，不辨东南西北，也不晓得游了多远。天越来越黑，到处有人喊救命。游到一个地方，突然觉得身下似乎有人托着，恍惚是祖宗保佑，菩萨保佑。爹爹缓过气来，想着自己命不该死，一边祷告，一边划水。前方有人招呼，爹爹心里一喜，吸口气，紧划几下，手一伸，抱住了一棵大树。后来，南水退了，我们从上海回来。房子冲毁，爹爹就在原址，重新砌了两间门朝南，一间门朝西。你小时候住过的。门外有个小花园，栽不了大树，就栽盆景，有松树、榆树、黄杨树，最大的那盆是白果树。据说它的种，就是那棵救命树的。爹爹特意去看过，还带回了一沓树叶，当护身符。"

护身符？这么说，是与那个小方凳同等重要的纪念物了。

一九五八年，记忆暗淡：初夏，祖父去世；入秋，我又因病辍学。大概十月份，父亲去大兴镇办事，那里有亲戚，顺便带我去散散心。返程，在道旁一棵槐树下歇脚。我忽然心血来潮，又提起祖父和那场大南水。

"爹爹是爬上一棵大树，才活了下来的？"我问。

父亲搁下旱烟袋，回答："那时还没有射阳县，统属盐阜地区。这里靠近海，本来地势就低，上游的水拦不住，开闸似的冲下来，跑得比马还快。听爹爹讲过，他是爬上了一棵树。不过，那棵树在什么地方，有没有被水淹死，不晓得，爹爹过了一段日

"子去找，没找到。"

"妈妈说找到了呀，是棵白果树。"

"合德这一带，从前是海滩薄地，长盐蒿，长灌木、苇草，长不出大树。那棵白果树，是在往盐城方向的特庸公社，说是朱洪武年间栽的，快六百年了，无大不大，南水来时，救了很多人。爹爹去看过。他说南水冲下来时，正在中兴桥替人'理线'，村子眨眼就淹掉了。那年头都是篱笆墙、茅草房，禁不住风浪。爹爹会游水，又抓住了一块漂来的木板，拼命游，但本事再大，也不会逆流游上几十里吧。"

"爹爹去看过白果树，还捡回一沓树叶，去年给了我一片，当护身符的。"

"那是老人的念想。爹爹跟我说过，说不清在树上待了多久，始终昏昏沉沉，迷迷糊糊，像做梦，像魂不附体，醒来时，却是在人家的一条船上——被救下来了。南水退后，爹爹去中兴桥寻找，周围十里八里，找遍了，也没找到救他的那棵树。听人说盐城方向有棵白果树，救了好多人。爹爹去看了。一群人在祭拜，他也敬了香。爹爹想，不管是不是，横竖，自己的命是大树救的。树嘛，跟人一样，是彼此相通的、相应的，说不准，救自己的那棵树，就是这棵白果树的亲属、子孙，甚至是它的化身——听起来是迷信，不过，它活了快六百年，活过了明朝、清朝，活到了民国，它应该成了精。"

"现年头不作兴说神，"父亲吸了一口烟，眯眼望向西南方，又补充了一句，"听特庸来的曹大先生讲，当地人尊那棵白果树为'将军树'。"

关于祖父在洪水中的死里逃生，关于那棵救命树的命运，祖母，母亲，父亲，三位不在场者，提供了各自的耳食之言，究竟哪一种更贴近真实？

都怪我。从前有机会向祖父当面询问时，我偏不问。待到当事者陆续辞世，无人可问后，又好奇心大发，偏要抽丝剥茧，弄它个水落石出。为此，我反复推演三种版本的每一个细节；并专程前往特庸镇码头村，朝拜那株如今已六百五十高龄的银杏树；前些年，忝列《合德志》顾问，更是见了缝就插针，向一帮比我更老的老人打听当年水情、灾况。但是，对不起，这段往事至今没有定本。啊不，是我近来放弃了考证。随着时间的推进，我忽然明白了既往一切努力的可笑：三段叙述，无疑是真实的。那棵救命树的存在，也是千真万确的。但到底是哪一棵树？祖父本人生前也没有弄清楚，这是一笔糊涂账。那么，我们就当它是两棵树好了。一棵树，曾经救了祖父的命，在洪水中壮烈献身。另一棵树，也曾经救了祖父的命，至今还生机蓬勃，干云蔽日——这样的若明若暗、若迷若悟，岂不正是祖父当日的心境。这样的照单全收、录以备考，岂不是更为接近艺术。

沪上归去来记

　　人人都有外公外婆，甭管见过还是没有见过。说来不幸，我是落在了"没有见过"。外公外婆家住上海，年纪，相貌，一片空白。我出生时，外公已经去了另一世界。外婆嘛，在我三岁左右，还闹不清"妈妈的妈妈"是怎么一个逻辑，也追随外公去了。我记得这事，是因为噩耗传来，母亲在家旁的小洋河边烧纸遥祭，大哭了一场，那真是撕心裂肺，留下永不磨灭的印记。

　　外公姓曹，祖籍阜宁县大曹庄。数年前，我寻根寻到那里，人活不过百年，一个世纪前的平民，早已灰飞烟灭，踪迹全无。我在庄前徘徊了一会儿，算是踩着了自己的来处，也是我的"母土"。我猜想外公熟读诗书，通晓文墨，家境中等偏下，这是由我祖父的状况推断的。历来结亲，讲究的是门当户对，板门对板门，笆门对笆门。外公有三个女儿，长女嫁给大周庄周家，次女嫁给阜宁城里刘家，三女儿，就是我母亲，嫁给我祖父的长子，华栋。

　　据母亲回忆，民国十年（一九二二年），她十八岁，属龙，父亲小两岁，属马。乡里习俗，"女大一，抱金鸡；女大二，抱金块；女大三，抱金砖"，穷人家娶岁数大一点的媳妇，是为了进门就能操持七件事：柴、米、油、盐、酱、醋、茶。父亲年龄偏小，但长得高大，私塾念到十三四岁，鉴于祖父离开陈良，去合德谋生，遂辍学，改为忙时干活，闲时读书。当时一屋老小，上有祖母，下有两个叔叔、三个姑姑。婚事是在仓促中完成的。父亲成家不久，大姑也嫁给了隔庄的胡家。就在同一年，外公外婆带着我的六个舅舅，闯荡"十里洋场"的上海。

父亲面临三种抉择：留老家陈良，务农；去合德，跟着祖父当地理先生；跑上海，追随外公外婆打工。考虑再三，他购买了一艘小船，选择在陈良、合德、上海之间跑单帮。

跑了年把，决意留在上海。

长兄是在上海出生，一九二五年，属牛。

我初次到上海，是一九六六年，"文革串联"，见到二舅、四舅、六舅。我曾想：如果父母不回苏北，我岂不是也成了上海人。上海，这是中国，也是远东最大的都市，我的腔调、习性、磨炼，绝对是另一番模样。

二舅大名致珍。他说，你爸爸忠厚，清高，有文化。老上海的繁荣，是靠烟馆、赌场、妓院等堆起来的。十里洋场，也是十里地狱。你爸爸在上海十年，吃、喝、嫖、赌，一样不沾，但一年苦到头，也落不下几个钱。你大哥之后，又生了三个孩子，一个也没养活（怪不得二哥和大哥相差八岁）。这种日子，他不想再混下去。

我说，这段日子，对我是一个空白，爸爸很少讲，总是回避。

让我给你填充吧——说这段古，二舅是最佳人选——他打开话匣，你爸爸初到上海，当时上海有个"闻人"，叫黄金荣。

不是文人。我说，黄金荣我知道，是上海滩的大流氓。

那时不叫流氓，叫"闻人"，《百家姓》"夏侯诸葛，闻人东方"的"闻"，"门"字里边加一个耳朵的"耳"。

后来又冒出一个"闻人"，黄金荣的徒弟杜月笙，他们是青帮。旧中国有青帮、红帮，你听说过吗？上海主要是青帮的天下，黄金荣、杜月笙是青帮的首领。

青，古文又作黑讲，这我知道。比如道士穿的青衣，就是黑衣。我说，青帮，就是黑帮。

对，就是黑帮。他们和官府、租界勾结一起，横行社会，无法无天。你爸爸在上海，当过码头装卸工，拉过黄包车，凭劳力吃饭？想得美。那些青帮的小喽啰，就是你说的小流氓，把你盯得紧紧，敲诈勒索，坑蒙拐骗，无所不用其极。

有个阜宁同乡，绰号胡二麻子，加入了黄金荣的"黄门"。他看你爸爸身高力大，又有文化，就想拉他入伙。你爸爸不干，他就来邪的。比如敬你香烟，你抽不抽？你不抽，这是瞧不起人，他会找个碴儿，变相罚你。你要是抽了，那烟丝掺着鸦片，就会染瘾，中毒。你爸爸有本事，他接过烟来，把手一晃，换成自己预先准备的纸烟，连牌子都是一样的。

顺便说一说，你有个二爹爹（二叔祖），也在上海"混穷"，后来就死在鸦片上面。

你爸爸还有一种本事，跟地痞流氓周旋，以智取，不以力斗。那年头上海鸦片盛行，青帮做的最大生意，就是包揽鸦片及其他毒品的运销。你爸爸有条船，胡二麻子就打他船的主意，有天找上门，要他帮忙往江北偷运一批烟土。你爸爸敬烟敬茶，当下，郑重其事地起了一卦，我也不懂，好像是坎为水卦，告诉胡二麻子此事是麻叔谋——麻叔谋为《隋唐演义》中的人物，此处暗指黄金荣，他患过天花，落下一脸麻子——才能啃动的骨头，其他人不宜，有大风险。这话戳到胡二麻子的软肋，他是背着大老板干的，心虚，只好悻悻歇手。

我知道，起卦、解卦的主动权在你爸爸手里，他要不想干，结果肯定是险卦、凶卦。

再说个插曲。民国十六年（一九二七年），国民党发动反革命政变，屠杀共产党人。胡二麻子趁机恐吓你爸爸，硬说他名字叫"华栋"，想作中华的栋梁，包藏野心，有赤匪的嫌疑，要上缴保护费，否则就要抓人。你爸爸无奈，就把名字改成"华洞"，山洞的"洞"。说这下好了吧，我房无一间，地无一垄，是蜷缩在山洞的苦角色。你爸爸背后对我说，"华洞"，是佛教词汇，庄严洞府。新中国成立后，他又改回了"华栋"。

民国二十一年，日本侵略军进攻上海，老百姓的日子更难熬了。这时，你爹爹（祖父）已在合德打开局面，你大哥也已回合德读书。说到你爹爹，用我家老爷子的话，是个大才大德之人，满腹锦绣，行侠仗义，凡是跟他打过交道的，无论官府，还是民间，都称赞他好，做人做到这个份儿上，很不容易。你爸爸就决定回江北，跟着你爹爹看风水。他跟我商量，我说，三姐夫，好，这行当适合你。

您怎么看出？

这个嘛，你应该比我清楚，你爸爸会相面。任何人，只要入他的眼，其来路，能耐，时运，都能说个八九不离十。我常常拿里弄的一些老人考他，他搁老远瞅一瞅，就能说出一二三四，子午卯酉，好像他做过家庭调查似的，让我佩服得不得了。临离开上海，我摆酒饯行。饭桌上，他跟我说，胡二麻子不得善终，大限就在这两年。果然，两年后，胡二麻子被人害了，估计是黑吃黑，尸首抛在黄浦江。

你爸爸有句名言：每个人，都自带风水。

一九六九年，北大闹武斗，我借病躲回合德。其间，曾向母亲打听胡二麻子其人。母亲说，阜宁老家人，你爸爸从小就认识的，住在大姑奶奶家旁边，比我们早两年去上海。一副流氓相，大夏天，穿套黑拷绸短褂裤，挺胸凸肚，跷着大拇指，在马路上横冲直撞，裤裆里那玩意也翘得老高。你爸爸诅咒他没得好死。那年离开上海，船过长江，我在后尾掌舵，你爸爸在甲板抽烟，剩个烟屁股，呸一声吐进江水，狠狠骂了一句：淹死你个胡二麻子！

我吃了一惊。时光倒回当日，这"洞见"要是被上海警察厅获知，轮到两年后接手胡二麻子沉尸黄浦江一案，兴许推测父亲参与了设谋，那可是有口也辩不清的——谁让您提前说中了呢？

扁担那头的父亲

人说"有其父，必有其子"。那么，父亲身高一米八，我应该长到一米八五，甚至一米九，才对得起达尔文的进化论。遗憾啊遗憾，我最终仅蹿到一米七三，其余二兄一弟，还不如我，两个姐姐，更甭提了。

我为什么不能青出于蓝，后来居上？家人一致认为，首先是先天不足。母亲大人生得过于玲珑，也就一米五出头，正应了俗谚"爹矬矬一个，娘矬矬一窝"，我的一米七三已属侥天之幸，比上不足，比下有余；其次是后天营养匮乏，正在高速成长的当口，碰上了"三年困难时期"，饥肠辘辘，果腹成了头等难题，还长什么长。

父亲有顶礼帽，深灰色的，冠高而圆，顶部呈三角形凹陷，底部系以黑色缎带，帽檐宽大而略微翘起。听母亲讲是早先闯荡上海时置的，上海人讲"行头"，出客必须穿戴入时。我懂事后，偶见父亲戴过一次，是去兴化出席二哥婚礼。其余日子，一直放在纸盒。纸盒搁在竹棚。竹棚正对我卧床。说不清从哪一天起，我萌发了一个大胆的宏愿：将来，这顶礼帽归于我。

将来是什么时候？噂，就是等到我长得和父亲一样高。小学期间，我曾无数次偷着试戴，那礼帽拿在手里，温如玉，软如绒，阔绰而又帅气。马中赤兔，人中吕布——吕布若生在今天，恐怕也要弃了紫金冠，改戴大礼帽的吧，如此才前卫、拉风。唉唉，可惜帽冠太大，我的脑瓜又太小，往头上一套，帽檐一直滑溜到眼睛，禁不住想起成语沐猴而冠（我可是属猴呐）。滑稽归滑稽，没关系，我还小，有的是长高长壮的机会。

初二暑假，噌地蹿到一米七一，再次试戴，仍然嫌大。只好继续等，相信总有一天，我将并肩父亲。到了高三，反复测量，才勉强长高了一厘米。悲哉！我的身高，早已在不知不觉中定格。散场敲锣——没戏了。从此只能仰望父亲高大的背影兴叹，那顶礼帽或许在竹棚上窃笑，是的，它属于魁梧，属于伟岸，与我无缘。

小时候，没人说我长得像父亲。除了身高不及，脸型也不像，父亲的脸明显偏长（尤其缀上一拂垂胸的美髯），我的近似于圆；五官也不像，父亲的线条是儒家的，外柔而内刚，我不知道是谁投的胎，轮廓是柔的，线条却是刚的，更准确地说，是粗糙的；脾性也不像，父亲诙谐、幽默，我则木讷、无趣。

举一个例子：夏日晚间，一帮小孩捉迷藏，玩得兴起，夜深了也不归宿。这时，各家大人就会出来找。找着了，还赖着，不肯回，大人出手就打："让你疯！让你疯！"父亲也会出来找我，他号准我的脉搏，料定我会往哪儿躲，一下子就找个正着。见了面，老远扬起右手，做狠抽狠揍状。我晓得，那是唱戏的胡子——假生气，父亲的巴掌不会落下，只是做样子吓唬而已。父亲从来没有打过我，也没有打过弟弟。不过我很听话，父亲一出现，就乖乖跟着回家。

父亲在家里，从来不发脾气；对外人，更是笑颜相对。四弟元气足，疯劲大，拳头硬，诨名"四乱子"，与小朋友玩耍，常常话不投机就"看家伙"。那些吃了眼前亏的孩子，就哭哭啼啼回家找大人诉苦。对方家长有的就找上门来，向我父亲告状。父亲总是千赔礼，万道歉，答应等"四乱子"回来，好生收拾收拾。四弟察知有人告状，蹑手蹑脚踅回，躲在屋角，等着挨训。然而，父亲却视若无睹，仿佛啥事也没有发生。

是出尔反尔、自食其言吗？非也。父亲对邻里关系是看得很重的，"行要好伴，住要好邻"，"恼个邻居瞎只眼"，是他的口头禅。事后见了那曾被四弟欺负了的小朋友，总会摸摸头，拍拍肩，好言抚慰。父亲对四弟的"劣行"睁一只眼，闭一只眼，并非放任自流，而是"知子莫若父"，他晓得四弟只是顽童意气，争强好胜，逞勇斗狠，骨子里，还是个仁义的孩子，知羞耻，识好歹——父亲有句挂在嘴边的话：牛大自耕田。因此，对于一时过错，无须责打，重在以身作则，言传身教。

果然，四弟上学后，各门功课皆优；体育特别出色，篮球、乒乓球、象棋、跳远、三级跳、铁饼，均列全校全县全市前茅。

为人处世，父亲常讲"宰相肚里能撑船"，小肚鸡肠，成不了大事。他跟我说过两个故事，特别强调，是祖上传下的。

其一，"秦穆饮盗马"。秦穆公丢了几匹马，派负责养马的官员去找。官员回报："马儿已经被三百多个农夫杀了分吃，我把这帮不知好歹的家伙统统抓了来，国君您看如何处置！"秦穆公说："别，别，哪儿能因为几匹马，就把这么多百姓都抓起来呢！我听说马肉不是寻常食物，吃它时必须喝点儿酒，否则会伤肠胃。赶紧给每人都喝点儿酒吧，然后放他们回家。"

三年后，秦国与晋国爆发战争。秦穆公被围，身负重伤。节骨眼上，那三百农夫赶了来，舍命将秦穆公救出。

其二，"楚客报绝缨"。楚庄王打了胜仗，大宴群臣。由昼达夜，点烛狂欢。并令爱妃许姬给众人敬酒。许姬来到一桌，恰值风吹烛灭，黑暗中有人趁机拽了一下她的衣袖。许姬不是好惹的，她把对方的帽缨扯断，以此作为罪证，请求庄王查处。庄王焉能和妃子一个见识，他当机立断，提高嗓音，宣布："诸位都把帽缨摘下来，以尽今日之狂欢！"蜡烛重新点燃，因为大家都摘了帽缨，那个趁暗非礼的家伙得以逃过一劫。

七年后，楚庄王率军攻打郑国，不料被郑国的伏兵包围，陷入绝境。千钧一发之际，楚军副将唐狡单人匹马冲入重围，救出了庄王。

事后，庄王重赏唐狡。唐狡辞谢，说："那年，在宴席上对许姬非礼的，正是微臣，蒙主公不杀之恩，是以今日舍身相报。"

庄王听罢感慨万千。

这两个故事，令我想到祖父的待人接物，原来是"家学"。

竹棚上，在礼帽盒的旁边，还搁着一根扁担。这也是文物级的古董，串联着父亲前半生许多故事。父亲说，这扁担是曾祖父留下的，祖父用过，他去上海打工，在码头上装货卸货，用的也是它。船与码头之间，搭着一尺宽的跳板，挑着担子走在上面，没经验的，腿会发抖，一不小心，就会栽下河。经验从哪里来？练呀。巷子里放几条长板凳，连在一起，权当跳板，徒手走，挑着担子走，闭了眼睛走，练腿劲，练胆量。胆量非常重要，搁在地面的跳板，谁都不怕；抬高三尺，有人发慌；抬高一丈，多数人头晕。杂技演员能在空中走钢丝，这都是练出来的。

一九六四年，我去北京念大学。运动中，因一言贾祸，陷入困境。我惶惑，写信给父亲，说不想念了，干脆回家种田。父亲回信，说：人都有七灾八难，捆起来经住打，牙打碎了往肚子里咽，挺一挺就过去了。大丈夫要能伸能屈，一根扁担能睡三个人，天无绝人之路。

"一根扁担能睡三个人"，这话给了我力量。我后来遇到过更大的苦境、逆境，也都是凭了这种信念，咬牙度过。

晚岁揽镜，发现：我和父亲竟然有几分相像，而且是愈老愈挂相。当初为什么觉得不像呢？这是因为，我面对的是父亲的不惑之年或天命之秋，以我之稚嫩，去对应岁月的沧桑，当然是合不上辙的啦。如今我也迈入耄耋，五官逐渐向父亲趋同，总归是基因相承，血浓于水，繁华落尽，露了本色。

偶尔玄想：岁月是一根长长的扁担，父亲在那头，我在这头。

母子夜话三国

少时读书，至会心处，每每摇头晃脑，喜不自胜。成语说如沐春风，我感到文字的确如混了书香的空气，可以大口大口呼吸。家人鉴貌辨色，便知我的欢喜度与沉溺度。

是晚，我在煤油灯下重读《三国演义》——小学四年级读过残缺本，不过瘾——这书是向同学借来的，老式的绣像版，有人用毛笔、钢笔，在空白处留下追根究底、举一反三的注释与点评。翻开第一回《宴桃园豪杰三结义 斩黄巾英雄首立功》，我一下子就如旧地重游，欣然自得，如痴如醉。

母亲在一旁纳鞋底，见状，问："又看到什么好书?"

"《三国演义》。"母亲识字不多，说了她也未必懂。

"有什么好笑的呐?"

"我笑了吗?"奇怪，我自己并不觉得。

"你笑了，笑了好多次。"孩子的任何一丝表情变化，都逃不脱母亲的眼睛。

我把书翻回开头，仔细琢磨。起首是一阕词："滚滚长江东逝水，浪花淘尽英雄。是非成败转头空。青山依旧在，几度夕阳

红。 白发渔樵江渚上，惯看秋月春风。一壶浊酒喜相逢。古今
多少事，都付笑谈中。"读到末句，我的确莞尔一笑。这种若有
所悟、点头称是的情感共振，太浩茫，太清高，母亲缺乏诗词修
养，说了也是白搭，故略而不提。

正文首节，写到"太傅陈蕃"，这是熟人呐，王勃《滕王阁
序》有"徐孺下陈蕃之榻"，他那张专为高士徐孺子特设的床
榻，是青史留名的，我不免粲然一笑。然而，对于母亲来说，这
知识太冷门了，也没必要掰开来讲。

噢，后面主角刘备出场，书中写的是："那人不甚好读书。
性宽和，寡言语，喜怒不形于色。素有大志，专好结交天下豪
杰。生得身长七尺五寸，两耳垂肩，双手过膝，目能自顾其耳，
面如冠玉，唇若涂脂。"我笑了，此等相貌，焉能不捧腹。

我用白话翻译了一下。

"七尺五寸，大个子喔！"母亲首先反应，"你爸爸六尺，在
这镇上是高的，刘备比他还出尖一尺五，射阳没有这样的大汉，
我在上海倒见过，是西洋来的巨人。"

母亲年轻时，曾随父亲弄一条小船，长期跑上海，也在十里
洋场的底层胼手胝足多年，算得经多见广。

"不是笑刘备身高，"我点题，"是笑他的两个耳朵垂到肩
膀，这不是像头猪吗？双手长过膝盖，这不是像只猿猴吗？"

"这是嘲讽人的，写书的人不厚道。"母亲批评。

"不，是夸奖他。刘备是皇族，皇帝的本家，按辈分是在位

皇帝的叔叔，这般形容，是说他长相奇特，不是凡人。"我指出刘备的来头。

"我才不信，明明是损人，难怪你笑了。"母亲也噗嗤笑出声。

书中接着写刘备："家住本县楼桑村。其家之东南，有一大桑树，高五丈余，遥望之，童童如车盖。相者云：'此家必出贵人。'玄德幼时，与乡中小儿戏于树下，曰：'我为天子，当乘此车盖。'叔父刘元起奇其言，曰：'此儿非常人也！'"

我把意思说了一下。

"这有什么好笑的？"母亲不解。

"我不是笑刘备，是笑风水先生。父亲平时给人看阳宅，说门前不宜种桑树，"桑"与"丧"同音，出门见桑（丧），不吉。你看人家刘备，门东南有棵大桑树，却被看成大吉大利。"

"离家十里路，各处各乡风。刘备敢情不是俺苏北人。"母亲拿过锥子，使劲儿扎鞋底。

书中写张飞出场："身长八尺，豹头环眼，燕颔虎须，声若巨雷，势如奔马。"就是头像豹子，眼像铜环，下巴像燕子，胡子像老虎须。我读到这儿，心头一震，觉得古文很精炼，几个字，就把一个人的形象活脱脱地勾出。

母亲撇嘴："说来说去，就是哪儿都不像人。"

"这是比喻，"我解释，"是拿动物或其他的实物比附人。"

"我懂，"母亲说，"不就是我们拿笆斗说人家的头大，拿铃铛说人家的眼睛大。"

下面关羽出场："身长九尺，髯长二尺；面如重枣，唇若涂脂；丹凤眼，卧蚕眉。"我琢磨他的胡子，竟然二尺长，看是好看，可是讲话呢，喝水呢，吃饭呢，一百个不方便。我想起大人常挂在嘴上的"胡子嘴吃草虾——毛扯毛"，是以忍俊不禁。

还有民间传说，关羽是卖豆腐的，本地就有歇后语"关公卖豆腐——人硬货不硬"，我在书上翻来翻去，没查到。看来书上写的是一回事，传说又是另一回事，不值得计较，因而大度一笑。

母亲却把重点放在脸上，她说："关公红脸，我以为是戏台上的装扮，原来书上就是这么写的。这人一定酒喝多了，血气上涌。"

"不是醉酒，"我也觉着奇怪，"生来就是枣红脸。"

"那是红种人了，我没见过。"母亲考虑问题习惯以经历为基点，"我只见过上海的红头阿三，黑里透红。"

母亲又说："身高九尺，西洋人也没见有这么高的，你书上的那个尺不准。"

我想起《封神演义》上说方弼身高三丈六尺，比关羽还高两丈七，要么是胡说八道、故弄玄虚的夸张，要么是那尺短得还不如今尺的三分之一。

接下来，桃园三结义，刘备为老大，关羽为老二，张飞为老三。书上说刘备二十八岁，关羽、张飞的年龄却略去未提，一个比一个小，这是肯定的，但你没讲清楚，这就是明显的疏忽，老师批作文，是要扣分的。我不禁暗暗笑了一下。

母亲告诉我，在上海时听二舅讲古："刘关张三结义，商量好爬一棵大树，谁爬得最高，谁就是老大。张飞爬到树梢，关羽爬到树腰，刘备站在地下，双手抱着树根。结果，刘备说，树以根为大，梢为小。刘备就当了大哥。"

我禁不住哈哈大笑。这就是刘备的（也是民间的）智慧，虽然读书不多，但他掌握着解释权，他一出手，就显示高出关张一头。

我又往后翻，三国另一个主角曹操出场："身长七尺，细眼长髯，官拜骑都尉，沛国谯郡人也，姓曹，名操，字孟德。操父曹嵩，本姓夏侯氏，因为中常侍曹腾之养子，故冒姓曹。曹嵩生操，小字阿瞒，一名吉利。操幼时，好游猎，喜歌舞，有权谋，多机变。操有叔父，见操游荡无度，尝怒之，言于曹嵩。嵩责操。操忽心生一计，见叔父来，诈倒于地，作中风之状。叔父惊告嵩，嵩急视之。操故无恙。嵩曰：'叔言汝中风，今已愈乎？'操曰：'儿自来无此病；因失爱于叔父，故见罔耳。'嵩信其言。后叔父但言操过，嵩并不听。因此，操得恣意放荡。时人有桥玄者，谓操曰：'天下将乱，非命世之才不能济。能安之者，其在君乎？'南阳何颙见操，言：'汉室将亡，安天下者，必此人也。'汝南许劭，有知人之名。操往见之，问曰：'我何如人？'劭不答。又问，劭曰：'子治世之能臣，乱世之奸雄也。'操闻言大喜。"

我尽我的理解，向母亲叙述了一遍。

母亲讲："曹操比刘关张矮，贼眉鼠眼，一肚子坏水。这家伙当着他叔叔的面，耍一套；当着他爸爸的面，又耍另一套。心里偷笑，表面却不动声色。戏台上涂的是大白脸，老话怎么讲来着：曹操背时遇蒋干，蚕豆背时遇稀饭，戏台画个大白脸，不是奸臣就是坏蛋。"

母亲有着天性的善良，以及基于善良的直觉。

其实，我读到这儿，思绪唰地飞出书外，飞到校园，校内有个学生叫曹超，射阳话"操"与"超"同音，有同学使坏，故意写成曹操，等于给他画了个花白脸。他自我解嘲，说曹超就是要超过曹操，不信？将来看我的——故而油然一乐。

接着翻到第二回，江南好汉孙坚出场："生得广额阔面，虎体熊腰……乃孙武子之后。年十七岁时，与父至钱塘，见海贼十余人，劫取商人财物，于岸上分赃。坚谓父曰：'此贼可擒也。'遂奋力提刀上岸，扬声大叫，东西指挥，如唤人状。贼以为官兵至，尽弃财物奔走。坚赶上，杀一贼。由是郡县知名，荐为校尉。后……除坚为盐渎丞。"

我拣我认为重要的说。

母亲咂嘴："这小孩子能干，出马三相，镇得住场，拿得住势。"

也是。难得他有那股威武，那股气势，扬手一呼，众贼以为官兵即至，顿时作鸟兽散。孙坚十七，仅仅比我大两岁，我读到这儿，不免抚掌，赞他是个令我心仪的英雄好汉。

"你说他当过盐城县第一任副县长?"母亲问。

"这书上有钢笔写的注解,"我实话实说,"讲盐城在汉朝时叫盐渎,盐渎丞相当于后来盐城县的副县长。"

"盐城古代靠海,老百姓以制盐为生。我年轻的时候,还没有射阳县,这一带统统属于盐阜,到处都是盐灶、盐池。"母亲勾起了回忆,"我和你爸爸跑单帮那会儿,也偷贩过私盐。"

大乐,想起瓦岗寨里的程咬金也是贩卖私盐出身。

"孙坚,就是孙权的爸爸。"我把话题拉回,"三国魏蜀吴,魏是曹操,蜀是刘备,吴是孙权。"

"孙坚大头大脸,相貌堂堂,像个英雄模样。"母亲含笑,"你看,坏人有坏相,好人有好相,这写书的会看相。"

"你要是写书,"母亲的表情忽然转为严肃,"也会这样写吗?"

"写书?我,我,还没想过。"我说的是真话,文学予人美感,我承认,而写书之必要,还没看出,"不过,假设我写,无论如何,也不会把好人坏人都写在脸上。"

"其实你会的。"母亲淡淡地说。

"不会,就是不会!"我为自己辩护。

"瞧你急的。人都有张脸皮,心肠是好是坏,都印在脸上。"母亲用针尖拨了拨灯花,"如果他实在隐藏太深,那就闻气味。好人、坏人的气味,都会透过毛孔散发出来,嗅一嗅就知道。"

"你能写出气味吗?"

张四维先生小记

归来

出狱当日，张母把他径直带到我家。年纪，比我大哥稍长，三十上下。那时我五岁半，在念私塾，他的衣衫鞋帽，毫无记忆，啊不，可以肯定地说，没戴帽子，就一个光脑壳，锃亮。那时小孩子和老人多剃光头，青壮年一般是分头，所以我入眼不忘。脸是白净的，鼻梁尖尖，眉毛乌黑。进门就给祖父磕头，泥土地，磕得咚咚响。

我家堂屋摆着一张八仙桌。祖父设宴，庆贺他平安归来。在座的，有塾师陈老先生，有邻居周大汉子，有他的母亲，另外四位，也都是街坊，有做豆腐的，有开磨坊的，有经营旅社的，有摆杂货摊的。姓名，原本叫不出，现在更是连面孔也模糊了。

席间，祖父讲起四维先生幼时如何聪明，是街上数一不数二的神童，读复兴小学，被教他的唐老师看中，认为孺子可教，精心栽培。尔后，陈洋大地主陈伯盟相中唐老师，聘他为家庭教师，唐老师提出的唯一条件，带学生张四维同去，陈伯盟答应了，唐老师没有孩子，就认四维为义子，两人一起去了陈洋，同吃同住。这唐老师是他的贵人，一直把他培养到读大学。

祖父又讲到四维先生的父亲张之彩，是他几十年的好友，在合德开个小吃店，通文墨，讲义气，彼此很合得来。民国二十八年日本鬼子到合德，他和张先生一起避难，临时抓了他店里两瓶烧酒、一坛咸鸭蛋。后来，又一块儿带头集资，优抚抗日战士家属。民国三十四年日本鬼子投降，他却不幸过世。

说到这儿，满座唏嘘。

话题兜转，周大汉说：四维参加了傅作义部队，担任文化教官，这一步大错特错，一失足成千古恨。不过，傅作义主动投诚，北平和平解放，四维没上过战场，没放过一枪，论理，也没有多大的罪，是不？

陈老先生接话：是没有多大的罪，所以才仅仅关了一百天。听我家老二讲，政府有人发话，将四维关起来，半是惩罚，半是保护。大家晓得，改朝换代，在这转折的当口，政权尚未巩固，政策尚未到位，老百姓热血沸腾，情绪激动，矫枉过正，是免不了的，四维要是留在外面，难保没有生命危险。

四维先生站起来，一个劲地向众人拱手：我参加了反动派的军队。我有罪！我有罪！

我在里屋翻书，大人的讲话似听非听，似懂非懂。过了一歇，他的儿子长庚找了来——小我一岁，圆头圆脑，探头探脑——儿童与儿童天生亲近，没一刻，我就与他在门外的小花园玩起抓蝴蝶。

紧邻

小洋河扩宽，桥南街许多靠河的住户迁移，我家向南挪了六七十米，名西兴街，西边有一条小河，选择沿河而居。四维先生搬在我家斜对面，隔着一条五六米宽的土路。

成了紧邻，四维先生三天两头来我家坐坐。

在祖父，既是世谊，又是看着四维先生长大的。

在四维先生，周围俱是做工务农人家，缺少共同语言，唯有我的祖父、父亲、大哥，是知识人，聊可作一夕之语。

四维先生来了就拣门口坐，门是敞开的，碰到祖父，就聊前朝后汉，碰到父亲，就讲乡下奇闻，碰到大哥，就谈古今话本。

那一日晚饭后，四维先生带着他的儿子长庚过来。祖父从长庚之名谈到李白，从李白谈到白居易，谈到唐明皇，又谈到大清朝。祖父说，风水学讲究望气，事实上，国家有气数，人也有气数。祖父举例，清朝初起，横扫中原，气吞万里如虎，这就不说了。当其鼎盛之秋，康熙帝活了六十八岁，生下五十五个子女，乾隆帝活了八十八岁，生下二十七个子女，气数正旺。而到了末期，同治、光绪、宣统三朝皇帝，竟连一个子女都生不出，可不是气数已尽。

我在一旁做作业，听到谈皇帝，来了神。那晚放学，一个高两级的男生跟我炫耀学问，他说："有本书上讲，皇帝身高三丈六尺。"

这怎么可能？我表示反对。书上说过"三尺童子"，我是三尺多一点，皇帝倘若有那么高，是我的十倍哪，比楼房还高（我见过的楼房只有两层）！

"皇帝是人上人嘛，"对方强调，"所以长这么高。"

皇帝长这么高，那房子得有多高？

"金銮宝殿啊，要多高有多高，高耸入云。"

椅子呢？

"配套的啦，普通椅子约身高的三分之一，皇帝坐的是龙椅，齐腰高，足足两丈，凡人爬不上去的。"

照这么说，皇帝骑的马得有大象那么高大。

"比大象还高大，龙马。"

那皇帝身边的官员呢，有多高？

"官愈大，人愈高，这是原则。"

那老百姓呢？

"老百姓永远是老百姓，就像你看到的小镇上的居民。"

我不信，皇帝再高，也高不到三丈六尺。但我只见过戏台上的皇帝，那是老百姓扮演的，不算数，真正的皇帝长啥模样，不知道。

结果是，我无法说服他，他也说服不了我。

趁这机会，我向四维先生请教，他去过北京，也许见过皇帝。

四维先生笑了，他说："我真的见过末代皇帝溥仪，是照片，不是本人，看上去，和我们普通人一般高。"

我的观点得到支持，很高兴，接着问："那个四年级的男生硬是说，有本书上写皇帝身高三丈六尺？"

"如果有书那么写，一定是写书人信口开河，散布封建迷信。皇帝，大臣，高的是地位，不是身材。"

这是个见过大世面的人，也是个有大学问的人，在我的心里，从此就成了祖父之外的第二大权威。

启蒙

又一日，四维先生来串门，见我在翻《封神演义》，问："你都读完了吗？"

"翻了无数遍了。"我说，颇为自豪。

"那你记得方弼、方相吗？"

"记得，保护殷郊、殷洪的两位镇殿大将军。"

"他俩是多高？"

"这个，倒没留神。"

"你翻翻看。"

我翻了，天哪！方弼居然身高三丈六尺，和那位四年级男生说的皇帝一样高。他的弟弟方相矮他半头，也有三丈四尺。

"这是小说，不靠谱的。"四维先生讲，"但也不妨当故事看。身高力大，这是一般规律，纣王用其所长，让他俩看守金銮殿的大门。

"不仅力大，勇气也惊人。你都看到了，纣王无道，听信妲己谗言，要加害两位王子。满朝文武，敢怒不敢言。关键时刻，只有方弼、方相各自背负一位殿下，反出朝歌。

"力大是力大，豪勇是豪勇，只有这两点，还不足以成大事。方弼、方相救人没有救到底，半路与两位殿下分手，跑哪儿去了？到黄河渡口，干起打劫的勾当。后来被黄飞虎劝反，投奔姜子牙，闻太师摆十绝阵，方弼兄弟俩初次出战，就死球了。

"你再翻后面，《封神演义》还写了一位大汉，叫邬文化，身高数丈——究竟是几丈，没有明说，反正不会矮于方弼——他代表纣王军队出阵，书上形容说恍似金刚一般撑在半天里。姜子牙派出的是龙须虎，邬文化嫌他矮小，嘲笑说：'哪里来了一个虾精？'龙须虎大怒，抖手发出一块石头。邬文化挥起排扒木，狠命打将过去，没有打到龙须虎，扒钉却插入土中，足有三四尺深。邬文化急待拔出扒钉，大腿连腰，已着了龙须虎七八块石头；好不容易转过身，又被打了五六下，招招都直奔他的下三路。邬文化长那么高，打仗又不是打篮球，光高没用，不一会儿，叫龙须虎打得遍体鳞伤，狼狈逃跑。"

四维先生没有忘记上次的话题，他是借身高发挥，告诉我，身高力大，仅仅是相对优势，绝对优势，还要仗功夫和法术。

我脑瓜哐啷一声，开了窍。大人常说"人小鬼大"，同样的道理，人矮也必有奇术，否则上不了阵。《封神演义》就写了个土行孙，身高不过四尺，和我差不多，却仗着捆仙绳，擒了身高一丈六尺、拥有一大堆法宝的哪吒，又仗着土遁，胜了长着三只眼，又会七十二变的杨戬。

回想起来，这是四维先生给我上的第一课。

一语师

五十年代初，夏日晚间乘凉，流行讲故事。

地点：我家门外的一处空地。主讲者：四维先生的母亲，俗称张四奶奶，以及我的大哥，名玉堦。

我曾经误以为张四奶奶是大家闺秀，她是典型的瓜子脸，配上一双会讲话的杏眼，一个挺直的鼻梁，一张古人比喻为樱桃的小嘴，而且还识文断字，出口成章。听她讲了几晚故事，清一色的荤段子，比下里巴人还下里巴人。问祖父，方知是小家碧玉，原在穷人堆里长大，因系独生女儿，家里拿她作男孩养，供她念了几年书。又因为丈夫开小吃店，交往的多数是三教九流人物，满耳灌的，尽是江湖俚语，飞短流长。

大哥完全是书生的路子，凡讲必有本，不出他平时读过的闲书。比如《封神演义》《三言二拍》《济公全传》《彭公案》，并非从头讲到尾，而是挑着说，拣吸引人的故事。这晚，他讲的是姜子牙在渭水钓鱼，见着樵夫武吉，子牙给武吉看相："你左眼青，右眼红，今日进城打死人。"

武吉担柴进城，遇着文王出行，路窄人挤，将柴换肩，一头塌了，扁担翘起，恰恰打死一名门军。文王判其杀人偿命，遂"画地为牢，竖木为吏"。武吉以寡母在家、无人照料为由，打动大臣散宜生，而后散宜生又说服文王，暂时放他回家，待处理好老母后事，再来服刑。老母给武吉出主意，姜子牙既然能断生死，必然另有免灾之术。由是引出子牙帮武吉改运、文王惊遇高人、渭水亲访子牙，并聘子牙为丞相等出大戏。

是晚四维先生在场，此等场合，他只带耳朵，不带嘴巴。当大哥说到子牙拜相，年近八十，他破例插了一句："大器晚成。"

我不熟悉这个成语，唯本能地心神一凛，觉得这四字很有斤两，像铜鼎，像泰山石，像滚地雷。

数日后，再见四维先生，请教"大器晚成"的含义。

四维先生说，语出老子《道德经》。他当即掏出钢笔，在一张白纸上写下原文："明道若昧；进道若退；夷道若纇；上德若谷；太白若辱；广德若不足；建德若偷；质真若渝；大方无隅；大器晚成；大音希声；大象无形；道隐无名。"

老子的话，不同于我以前读过的孔子、孟子，有一种俯瞰世界的超然，似乎他站得特别高，特别高，在云霄之上。

顺便插一句，几十年后见到三星堆出土的铜人，我第一反应，就是他像我心目中的老子。

成语有"一字千金"，我觉得老子的话就值这个数。

成语又有"一字师"，我觉得四维先生就是我的"一语师"。

鲁迅之外

小学五年级，开始有作文课。

一次描写"你最熟悉的人物"，我写的是四维先生。

我写他的外貌：中等身材，国字脸，目光清亮，鼻直而尖，方口，处处透出聪慧。

行为举止：日常蓝衣蓝帽，走路低头弯腰，默默无声。因为从前走错过一步路，以后的步子，总似趔趔趄趄，摇摇晃晃。

学问：上知天文，下知地理，仿佛什么都懂，写得一手漂亮的毛笔字，会刻印章。

刘老师上课讲评，提到我的作文，指出：题目是"我的邻居"，但是交代得不清不楚，邻居姓什么名什么，家庭出身是什么，社会地位是什么，都没有写，显得云山雾罩，让人摸不着头脑。

自打写作文以来，四维先生总是不吝指点，比如文章要作三段论，最好四段，即古人要求的起承转合。比如开头要别出心裁，引人入胜，结尾要统括全篇，令人回味。

这一篇"我的邻居"，他自然也看了。

我面红耳赤。

为什么不写主人公的姓名？这个，我想他比我敏感，他属"四类分子"，名字见不得光。

"那么，您的成分是?"我小心翼翼，唯恐戳痛他的伤口。

"家庭出身贫农，本人成分学生。"他答。

"参加过国民党吗?"我避开他的目光，等待他出汗。

"没有。"他爽快回答，"那时年轻，起先想的是打日本，后来内战，一开始就站错了队，退不回来了。我有罪，对不起国家，对不起人民。"

对于相互间的频繁交往，我有过犹豫，政治运动日紧，怕给自己带来麻烦。

父亲说："他肚里还是有文水的，你是买他的猪，又不买他的猪圈。"

又说："也幸亏有他这个人，让你懂得时势比学问更重要，走路要抬头，向前看，向远处看。"

唯唯。

下一次四维先生来，还是谈作文——只要祖父不在，他总是跟我说话——其间他谈道："民国时期的作家，我最喜欢两位，一男一女。男的是鲁迅，真正的斗士，敢讲话，看问题，一针见血，痛快淋漓。女的是……"话到喉咙，又咽了回去，他没有说出名字。

那女作家究竟是谁呢？既然与鲁迅并提，一定是出类拔萃的，他既不说，必然有疑虑，以后，等机会再问吧。

事实是，直到高中毕业，离家，去北京读大学，我也没有再问。心想，作家属于社会，真的好，他不说，我迟早也会碰到。

运动来了，四维先生遭遇抄家，抄走两百多本书。那里边，应该包括鲁迅和那位我尚猜不出名字的女作家吧。

后来，我就遗忘了这事。

近来动笔回忆四维先生，到处查找资料。几经周折，终于在合德镇档案办查到一份"关于张四维同志落实政策的决定"（一九八五），文件载明：在两次"破四旧"运动中，抄走张四维同志古书六十四种计二百五十一本，字帖二十八张，字画四幅，印章料五十至六十小方，以及照片等物。均已损失，无法查找。根据有关政策，并征得张四维同志同意，研究决定，补偿人民币二百元。

呜呼！那位他没有吐露姓名的女作家，也就成了我心头永远的谜。

蓬荜生辉

吾国习俗，春节，家家都要贴春联。

有钱的，上街买印刷品。

有文化的，自己编词，自己书写。

没钱又没文化的，有人干脆贴两幅红纸，不着一字，自有春色盈门；也有人拿茶盅盖当模具，在红纸上印出一溜黑圈，状若祥符。

祖父、父亲皆善楷书，写春联是分内的事。大哥后来居上，楷书更见风范，印象中，我读小学后，每年写春联的活，都由他包干。

四维先生加入五金社，在街上为人刻章，书法是其擅长。若要比较，大哥的楷书中规中矩，古色斑斓，四维先生的楷书奇正相生，亦炫亦雅。

寻常百姓哪管书法技艺，只要看着顺眼就行，每到年底，请大哥写春联的络绎不绝，有红纸的拿红纸来，没有红纸的，吱一声就行，大哥是来者不拒，有求必应。人间最乐的事，莫过于为别人添喜，大哥逮到这机会，自是当仁不让。

小可不才，自打上了初中，居然也有人请我撰写春联。中学生喔，在小镇人眼里，就是秀才。秀才的字，当然是作得门面的。

老实说，四弟的字，比我更好，只是他还在读小学，属于童生，暂时轮不上。

四维先生怀才不遇，独守寂寞，他的书法再好，也没人问津，恐怕白送，也没人敢贴吧。我很纳闷，四维先生日常为单位刻公章，为私人刻印章，名正言顺，堂而皇之，怎么到了写春联，就划出楚河汉界了呢？

四维先生住在我家斜对面，房子坐北朝南，后墙对着小街的马路，开两扇小窗，这是很别扭的。西兴街不大，三百来米，他家是西首第二户，从他家向东，临街三四十户，除淮剧团宿舍是围墙格局外，其他人家，都开有北门，一是有头有脸，眉清目朗，二是气流畅通，光线敞亮。他的家，不仅以后墙朝街，连向南的门，似乎也比别家的小，走进去，幽蔽，昏暗，滞闷，让人喘不过气。

有天，父亲打量四维先生家的后墙，跟我说：张先生哪，小时候叫张福基，一个本分的名字，后来书念多了，志向大了，改成四维。你不懂吧，出自管子的话，"礼义廉耻，国之四维"。这名儿当然好。无奈命薄，压不住，到头来，维字变成本来的含义：绳索。四维就成了四面罗网。

这是父亲的感慨。

某年春节，一大早，四维先生登门给祖母、父母拜年。午后，我代表家人回拜。进得门，我一下子惊呆了。但见四壁，包括内室，包括梳妆台，挂满了春联，一派红光弥漫，阳气蒸腾，恍如搞春联展览——好多年之后，每一想起，都会连带想到某位国画名家笔下的"万山红遍"。

真个是蓬荜生辉。

再看，书桌上，长子磨墨，次子裁纸，妻子怀抱幼儿在旁观看，四维先生一手端着酒杯，一手拿着毛笔，大有"兴酣落笔摇五岳，诗成笑傲凌沧洲"的气概。

一家人欢欢喜喜，一笔一浮生，一联一世界。

即便是有污点的人生，也同样有权享受万象更新的天宠。

见我痴痴出神的样子，四维先生开口："你喜欢，就挑一副。"

我巡视一周，挑的是"玉宇祥和春煦煦；华堂吉庆乐融融"。

因为，"玉"字和"华"字，正应了我家两代的辈分。

二次启蒙

一九六四年我上北京读大学。"文革"，曾回乡一年，逍遥复逍遥。彼时，四维先生已新冠"牛鬼蛇神"，擦肩亦只能佯装不识。

七十年代我在长沙工作。一次回乡探亲，形势松动，特意夜访四维先生。叙旧之余，告诉他：长沙马王堆汉墓出土了帛书本《老子》，在原本"大器晚成"的位置，显示的是"大器免成"。

"你怎么看？"他问我。

"没研究。"我老实回答，"报上有争论，有人推测，免是晚的笔误，少写了一个日字旁；有人解释，免是晚的通假，正确的写法还是大器晚成；有人强调，晚是免的通假，老子的本义就是大器免成。说来说去，还是认为'大器晚成'是正本。"

四维先生没有表态，他说："我琢磨琢磨。"

三天，或是四天后，四维先生来找我，说："根据老子讲话的前后文考虑，还是'大器免成'正确。他把老子的全文念了一遍，解释："每一句讲的都是对立统一，相反相成，唯有'大器晚成'四字例外。你没看出来吗？按行文逻辑，此句应为'大器天成'或'大器浑成'，借一个'天'或'浑'，搭配前句中的'无'与后句中的'希'，'免成'是'天成''浑成'的同义。"

有道理，大有道理。

四维先生继续剖析："纵观老子的学说，'故道大，天大，地大，人亦大'，他是把人这个'器'，排在了'四大'的末尾。'人法地，地法天，天法道，道法自然'，他指出自然又大于位列'四大'之首的道，是时空中最大的'器'。'大直若屈，大巧若拙，大辩若讷'，这是老子惯用的修辞手法，体现了他擅长的正亦反、矛亦盾的辩证思维。'天地无人推而自行，日月无人燃而自明，星辰无人列而自序，禽兽无人造而自生，此乃自然为之也，何劳人为乎?'这是老子对自然，也即宇宙规律的直观性诠释。"

据此推断，老子的原文，是大器免成。

四维先生又大大发挥了一下——提醒读者，这之前和之后的叙述，都是笔者根据记忆归纳整理，不可能是原话——他说：

"大器晚成，说的是大才的晚熟，落脚点在时间。大器免成，说的是真正的大器，天造地设，鬼斧神工，以其不自生，故能长生，以其无成，而无不成。

"大器晚成，是着眼于人的有限视角。

"大器免成，是着眼于宇宙的无限视角。

"一字之差，失之毫厘，谬以千里！"

"落魄居尘迥出尘"，四维先生讲话的口吻，完全像一个才高八斗的老教授在给愚笨的学子抽丝剥茧，条分缕析。

四维先生是真正有学问的，可惜，落在了敝镇的小小五金社，"天荒地老无人识"。

——这是对我的第二次启蒙，也是给我上的最后一课。

备注

最后一面，是八十年代初，我在中国社科院研究生院读研，趁假日回乡。

四维先生已经"摘帽平反"，调到合德镇编史办公室，并当选为县政协委员。

人逢喜事精神爽，他老人家诗兴大发，多年的积愫倾囊倒箧而出。印象最深的，是一组《寄海外黄埔诸友》。

录一首如下：

　　　　　　怀仇藩同学

　　钟山风雨罢东瀛，往事如烟忆旧情。

　　野猎雪原朝试马，挑灯甲帐夜谈兵。

　　是非已列千秋史，胜负休争一局枰。

　　松柏不剪衡宇在，回来乐聚庆升平。

其注释曰："仇藩与我为黄埔军校同学，上海解放后调去台湾，现任台某部司令。"又注："一九四六年，我们奉命去南京国防部，听候改编分配，拟参加联合国日本驻军，后因局势紧张，不果，转调东北。"

据此可以判断：四维先生读过黄埔军校（在政协委员的登记表上，文化程度一栏填的是大学），曾服役于东北，尔后转调北平（此为推测）。

我的邻居，没有施耐庵，没有吴承恩，没有曹雪芹，虽然前两位是我的苏北老乡，后一位也是南京生，南京长，毕竟离我太远，像天外的云——天地不仁，好歹给我送来了一位四维先生，他破帽遮颜，半生落拓，微贱如蚁，但正是这样一个不在册的潦倒汉，在我求知求学的途中，至少有两次，引爆了我思想的火花，源于《封神演义》，终于《道德经》，起于优势的相对与绝对，止于"剑拔沉埋更倚天"的大器免成。这样说吧：没有我，他还是他。没有他，我就不可能是今天的我。我的气质、眼光、味道，一定在某种程度上——当然不可能是全部——潜移于他的默化，顿悟于他的醍醐，想赖都赖不掉。

他是一部大书。

回到当日，我口拙，不善表达，勉强蹦出一句："祝贺您大器晚成。"

"哪里，"他摆手，"也就是枯木逢春。"

"在这儿能用大器免成吗?"

"绝对不能，那是圣人的境界，高不可攀。"

我却来了兴致，请他刻一方闲章"大器免成"。

四维先生改天就刻好了，是篆书。

闲章嘛，就是给生活松绑，赋予一己暂时的自如自在。放着四维先生这等篆刻高手，我一直想着请他刻一枚图章，至于刻什么内容，始终未定。那天福至心灵，斗胆提出刻"大器免成"，既感恩他对自己的两次启蒙，也提升个人的生活品位——果不其然，在尔后的日子里，每当工作劳倦，烦闷纠结，我就把这枚闲章拿出，在书籍或纸张上啪啪钤它一气，心情顿时宽泛起来，天地间一片亮堂。

登览独成章

高三，我与王登成同住。

确切说，是王登成为了我学习方便，主动邀请我住进他的宿舍。

那时候我家住房拥挤不堪，人口多，客人还特别多，印象中，一年到头，几乎天天"有朋自远方来"。而王登成的父亲王咸祥，是县农业局副局长，分得一套无厨房无卫生间的小两居。他把这套房子给了登成，登成就招呼上我，他占内室，我占外间。

登成是外向型的人，嘴巴甜，心肠热，初二初三与我同窗，高中他在甲班，我在乙班，隔班不隔情，和我特别玩得来。我欣赏他的豁达、侠义。他欣赏我什么？恐怕只有成绩吧。他也称赞我宅心仁厚，但这算不得强项。

那个时代普遍贫穷，这要归结于历史的遗产。登成仗着他父亲的一官半职，比上不足，比下有余。他衣服是衣服，鞋帽是鞋帽，没有捉襟见肘、光头赤足的困窘。他一日三餐，应时应卯，不会吃了上一顿，没有下一顿。他还有辆八成新的自行车，这在领薪水的老师中，也是凤毛麟角。他曾骑车载着我从校门的高坡急驰而下，顺势在校园兜风一圈，那风驰电掣的快感，简直让我飘飘欲仙。

然而，有一得，也有一失。他衣食无虞，优哉游哉，却失去了最宝贵的元素：压力。从初二同学起，我就觉得他学习太马虎，整天嘻嘻哈哈，全不把功课当一回事。及至到了高三，当大家都在摩拳擦掌、备战高考时，他就应了那句歇后语：马尾巴拴豆腐——提不起来了。

印象中，他完成高中学业，取得毕业资格，然后，放弃了高考。

我住进他的宿舍，每天，午餐、晚餐，都是回家吃。早餐呢，是从家里带上一个灌满开水的热水瓶，临睡之前，搁进二两米，第二天早晨倒出，就成了煮熟的稀饭。

当时年少，年少有年少的志气。我用作座右铭的话，就是孟子的"生于忧患，死于安乐"，岳飞的"莫等闲白了少年头，空悲切"。我很用功，这是没得说的。理想嘛，则谈不上，人不能想得太远，国家发展也分阶段，人的心思也是这样，摆在我面前的当务之急，就是争取考个好大学，大学出来就有工作，工作就是饭碗。

登成面临就业的压力。他大我两岁，成年了，又是长子，不能总靠父母，必须自立。自立就是找事做，这就看他老爸的能耐了。

登成还面临成家的压力。他有个对象，是老早订下的。女方我见过，姓邹，生得标致，英爽干练，是上得台面、出得镜头的那种。万事俱备，单等他工作落实。

　　光阴捻指，一日一日飞逝，工作的事，依然八字没有一撇。主观上，登成父亲只是个芝麻官，衣袖不够长；客观上，国家刚刚走出"三年自然灾害"的阴影，经济尚未全面复苏，社会提供的岗位有限。

　　我在全力复习功课，容国团的名言"人生能有几次搏"时刻响在耳边。眼看登成愈来愈寂寞——人没有事干，是很无聊的——我便从家里搬来一大摞书，供他解闷。我跟他说，你随便翻，感兴趣的，就看看；不感兴趣的，就扔一边。

　　一日晚间聊天，登成谈到"俞伯牙摔琴谢知音"，这是冯梦龙编写的《警世通言》的第一篇。

　　"俞伯牙乘船出行，船到汉口，停泊在山崖下。他对月弹琴，弦突然断了一根，他怀疑山林间有人偷听。"登成疑惑，"有这种感应吗？"

　　"这是小说。"我解释，"强调俞伯牙的琴，不是一般的琴，是价值连城的稀世珍品，它能通神。"

　　"俞伯牙在官场上混，见过的高人奇士无数，唯独今晚遇到了樵夫钟子期，觉得是真正的知音。"登成叙述，"他和钟子期结拜为兄弟，赠这个义弟许多黄金，约定明年再来汉口相见。于是，钟子期拿那些黄金买了很多书，白天上山砍柴，夜间拼命攻读，也是想在学问上更进一步吧。谁知过于劳累，把自己累死了。"

"钟子期是有缘，无命。"我慨叹。

"俞伯牙第二年来汉口，钟子期已死去一百天了。俞伯牙伤心不已，来到钟子期墓前，悲歌一曲，然后，猛地将那把无价之宝的古琴摔个稀巴烂。"登成居然把俞伯牙当场的述怀诗也背了出来："摔碎瑶琴凤尾寒，子期不在对谁弹！春风满面皆朋友，欲觅知音难上难。"

登成显然动了感情，这应该与他离校以来的遭际有关，世态自古炎凉，知音从来难觅。

又一晚，登成谈到"卖油郎独占花魁"，这也是冯梦龙编写的，见于《醒世恒言》。

他说：卖油郎痴心，拼着花费几年的积蓄，就想亲近一夜花魁女。这是爱情吗？不是。这合情理吗？不合。花魁女有心机，身陷火坑，暗地积攒赎身费，希望找个好主儿从良。花魁女也有眼光，那么多的达官贵人、公子王孙，一个都看不上，偏偏看上了穷得叮当响的卖油郎。这是爱情吗？是。这合情理吗？合。小说写到这份儿上，才好看。

卖油郎娶了花魁女，这是一奇。卖油郎的帮手，竟是花魁女当年在乱军中走散的亲爹亲娘，这是二奇。卖油郎感谢老天保佑，到庙里进香，管香火的老和尚，居然是从前把他过继给别人而出家的亲爹，这是三奇。事情巧得不能再巧，真是无巧不成书。

看得出，登成是认真读了的。

他是心仪卖油郎的至诚，出人意料赢得了花魁女的芳心？还是感慨苍天有眼，好人终归有好报？

转而想，他要是早先就这般认真，何至于连高考都不敢碰哦，唉！

转而又想，登成在我冲刺高考的关键时刻，主动提供了这处净室支持，不啻雪中送炭。《增广贤文》谓："百世修来同船渡，千世修来共枕眠。"我如今与他同居一寓，至少也是五百年的缘分。而我往日，又在学习中帮过他多少忙呢？惭愧啊，惭愧！

高考临近，登成对我愈发关照。我只管读书，其余一概都不用劳神。他的心情，似乎比我还迫切。有时我甚至觉得，我是代他去参加选拔；或者说，他会把我的成功，看成他自己的胜出。

复习结束，休整两日，预备去盐城参加高考。

那晚，登成为我壮行。就在宿舍，他弄了几碟家常菜，外加一瓶洋河大曲。

登成预祝我旗开得胜。他说：我见过用功的，但没有见过你这么用功的。

我对他提供了如此的"雅舍"，以及日常的悉心关照，深表感谢。

"分什么彼此，"登成说，"听我父亲讲，你祖父，和我祖父，就是朋友，咱这是三代人的友谊了。"

话题转到他的未来。登成说起《堂吉诃德》——这是我从县图书馆借来的——他讲："堂吉诃德是一面镜子，我从他身上看到了自己的影子。"

"不可能。"我说，"你的性格，和堂吉诃德扯不到一块。"

"不是这个意思。"

"那是什么意思呢？"

"我越看越琢磨，周围有谁像堂吉诃德？这家伙，就是一个神经病，《水浒传》一类的书看多了，整天想着'大碗喝酒，大块吃肉，小秤分金，大秤分银'。比方说，他去到一处人民公社，把供销社的营业员，看成十字坡开黑店的张青、孙二娘，把在水荡里打鱼的社员，看成阮小二、阮小五、阮小七，而他自己又没有武松、张顺的本事，结果，每一次挑战，都被人家揍得头破血流，遍体鳞伤。"

"这是本讽刺经典，塞万提斯的矛头指的是游侠骑士。"

"那是过去的事了。我今天看堂吉诃德，隐约从他身上看到了自己。我从小有很多幻想，我的家庭也给我提供了幻想的条件。现在觉悟，那都是异想天开，想入非非。你借我这套书，我本来不太感冒，觉得纯粹搞笑。看着看着，就入了神。读书强调现实意义，这套书对我有什么意义呢？我想来想去，决定不再留在镇上，响应中央号召，回海通老家，当一个社员。"

起堂吉诃德于九泉，他也会为自己在后世的感召力震惊吧。

我说：这是大事，你和父母慎重商量。

顺便告诉他：我班同学蔡必胜，因为在老家农村结了婚，按照规定，不能参加高考，早回去了。丙班班长邹悦涛，学习董加耕，主动放弃高考，回乡当农民，学校开了欢送会，赠送他一把铁锹。

也讲了我的打算："一颗红心，两种准备"，考上大学就继续深造，考不上，就参军入伍——我已完成了应征的常规手续。

待我从盐城考试回来，登成的宿舍铁将军把门。一连数天，都是如此。直觉告诉我，登成的生活中发生了大事，也许他为陪伴我备考，耽搁了自己的事，现在正抓紧补办。

高考发榜之前，考生总是五心不定，因此，我也顾不了那么多。

逾月，我接到北大录取通知书，登成突然现身，在镇上饭店，为我，也为其他几位考取大学的同学饯行。

问他最近忙什么。

"老家乡下有点事。"他含含糊糊回答。

彼此约定，通讯地址还是那间宿舍。

开学后，我在信上谈的是京城和校园见闻。登成来信，讲他已经结婚，暂时在镇上修桥工地帮忙，顺手写了一些读书心得，比如读《雷锋之歌》《青春之歌》《苦菜花》《艳阳天》等。

我感受到他的浪子回头，努力向学。

两年后，"文革"潮起，我因染上肝炎，回家养病。返家后找他，宿舍仍旧锁着门。邻居跟我说："他父亲受到冲击，一家都搬到海通乡下，原来半月回来一趟，现在已半年多没见影子。"

果然落户去了。

我给海通公社主任写了一封信，请他帮忙转交王登成，没有回音；想到新生的机构叫革命委员会，又按这名称写了一封信，依然没有下文。

返校，未见登成来函。那年头，日子过得乱七八糟，也无暇他顾。

再次返乡，已是四年后，得知登成落户的地方叫沟浜村。我骑车去找，在村口问一位老汉，他指给我登成出工的位置。哈哈，这位当初读《堂吉诃德》读出正面意义的老兄，已一路由小队干部升任为大队干部，正在踏踏实实书写老家的《创业史》。

在暖黄的光晕中安享憬悟

中学笔记。

早年，大曹庄有个男子，爱上邻村一个女子，这边厢落花有情，那边厢流水无意，剃头挑子——一头热。男子魂不守舍，相思成疾。相思病是能要人命的呐！男方长辈坐不住了，就跑去和女方长辈商量，如何安排两人吃一顿饭，说说话，通通声气。女子坚拒，经长辈再三劝说，勉强从兜内掏出一条手帕，让转交给男子，说了句"见物如见人"。男子得了手帕，发狂闻上面的气味，欢喜得不得了。说也奇怪，病情果然渐渐好转。后来，男子另外找了对象，结婚生子。不过，女子的那条手帕，他始终带在身边，没事拿出来嗅一嗅；而且，从来不洗。

——这是母亲说给我听的，大曹庄是她的老家，这是她年轻时的新闻。

西边汪家养了一窝狗，其中有一只公的，黄毛，千灵百巧，似乎听得懂人话，让它干什么就干什么。老汪头特别疼爱，视它如自己的小儿子。去年春上，徐州来了一位表亲，老先生膝下无子，也看上了这条黄狗，好说歹说，把它带走了。谁知，今年端午节，那条黄狗又跑了回来。徐州离射阳八百多里，它是怎样摸回家的，实在是奇迹。老汪头激动万分，特地办了桌酒席，庆贺黄狗回归。

——这是五叔（堂叔）告诉我的，他应邀出席了那场酒宴。

时值高一升高二的暑假，我在读《聊斋志异》，一天技痒，模仿蒲松龄老先生的笔调，把上面两则故事作了改写：

曹庄某男爱上邻村某女，寤寐魂求，终不能得以亲近。是日，某男见某女在村口古井汲水，待她走后，赶紧也去打了一桶井水，提回家，倾入青花瓷盆，搁于卧室。他说，水里有女子照过的影子。旁人皆看不见，唯他历历分明。

老汪家的一只黄犬遭歹人捆绑，带去隔山隔水的异乡。歹人剥其皮毛，将要大卸八块，掷入汤锅之际，黄犬突然暴起，挣脱束缚，疾行三日三夜，回到老汪家。老汪哀之，怜之，敬之，遂精心喂养，百般呵护，不三月，皮毛复生，精神威仪胜于曩昔矣。

高中时期，我养成习惯，天天练笔。也许是一篇完整的作文，也许是三言两语，皆为一气呵成，积成大小厚薄不等的若干册。写过了，也就丢在脑后，不复理会，任由时光湮没。

一晃六十年过去，近日，读马尔克斯《霍乱时期的爱情》，见到一则叹为观止的细节：

穷小子阿里萨与富小姐费尔米纳一见钟情，燃起炽烈的爱火。费父百般阻拦，伊人不管不顾。一次，当她远游归来，准备在码头投入情郎的怀抱，天公不作美，一场突如其来的狂风暴雨让阿里萨没能及时现身。费尔米纳的自尊心受到了重击，她赌气移情别恋，嫁给了一位医生。而阿里萨，从被抛弃的那一刻起，便在悲痛欲绝中开始了"天涯地角有穷时，只有相思无尽处"的等待，这一等就是五十一年，直到医生辞世。

话说有天，阿里萨坐在本地豪华餐厅的一隅，自饮自酌。蓦地，他抬起头，从壁上悬挂的镜子中瞥见了费尔米纳的倩影。伊人肯定没有发现他。他也没有勇气掉头，只一味盯着镜子偷窥。窥她在衣香鬓影中周旋。窥她从容酬酢，笑语晏晏。窥她，酒宴散场，起身，转脸，向大厅扫视了一眼，他与她猛然在镜子深处四目相对。那目光，她的，像梦一般凄婉迷幻。

费尔米纳离去，阿里萨随即找上餐厅老板，请求买下餐厅的镜子。老板摇头，称镜框是名匠的杰作，乃镇店之宝，绝不会抛售。阿里萨于是天天去缠老板，开出的价码也愈来愈高。差不多僵持了一年，老板终于被他的执着和开出的天价打动，同意转让。阿里萨把镜子运回家，搁在客厅，日日对之凝神，遐想悠悠。倒不是因为镜框有多漂亮，而是因为情人在镜子里，镜子在家里，这个家，如今为他和情人共有。他相信，伊人总有一天会从镜子里走出来。

又，读席慕蓉的散文《胡马依北风》，为她笔下的一个细节，心弦也抖了几抖：

上世纪六十年代，蒙古国政府赠送越南几匹骏马。其中有一

匹，在抵达越南后逃脱，半年后，居然回到了蒙古，走进了旧主
人的家。

简直令人难以置信！

想一想，它要经历多少关卡？不但要渡过天堑，如长江，如
黄河，以及密如蛛网数不胜数的溪涧河流，还要翻越重重高山，
跋涉茫茫戈壁。最不可思议的是：在这条直线距离长达八千里的
返家途中，它是怎么躲过人类的贪欲与霸道？它难道从没经过村
镇和城市？从没遭遇过拦阻和捕捉？

这样的一匹马，它要具备怎样的乡心？怎样的坚韧与神勇？

马的旧主人从错愕中醒悟，忍不住抱着它放声大哭。随后广
撒请帖，大宴宾客。主人在宴会上宣布：今后将与这匹爱马寸步
不离，爱它就如同爱自己的子女。

马尔克斯与席慕蓉，都是大作家，他俩笔下的细节，绝对惊
世骇俗。由此，牵引出我六二年暑假的笔记（也是历劫仅存的一
册）。我翻出前面提到的两则故事与我的试作，构想竟然与大作
家高度吻合。而且，《霍乱时期的爱情》出版于一九八五年，《胡
马依北风》发表于本世纪，从时间节点来说，都还在我的后面，
就是说，我本来是原创。谁说造化小儿刻薄，喏，这就是机遇。
如果我当年也能像马尔克斯、席慕蓉那样，把细节渲染、深化，
嵌进大幅篇章，兴许早成了小说家。一个细节，可以撑起一部短
篇，若干细节，足以撑起一部长篇，这是没的说的。马尔克斯小
时候刚刚学会阅读，如痴如醉，就收获天机独窥的激励："妈的！

这孩子将来会成为作家！"席慕蓉呢，她成名之后回忆少年岁月："啊！我好喜欢那时候的自己，如果我一直都那么拼命，我应该不是现在的我！"她的少年是"操吴戈兮披犀甲，车错毂兮短兵接"地搏杀过来的。而我，写了那么多年笔记，既没有得到外界慧眼识珠的激励，也没有升华到青春一掷、笔枪纸弹的决绝。唉，我目光短浅，急功近利，那时练笔，纯粹是为了应付高考。进了大学，读的却是口文，身不由己，形势逼人，中文写作被一搁再搁。及至捡起，仅仅出于应用，鼓捣一些思想贫乏语言无味的速朽文字。直到天命之年，才猛然惊醒，觉悟要郑重对待造物赐予的这支笔……惜乎春华已逝，灵感枯竭，我知难而退，放弃大容量大制作的小说，选择相对短小轻松的散文。

人说，大作家的眼里都闪烁着"大"字。

人又说，小作家的笔杆都刻着"小"字。

也许吧，也许。

今夜，灯下，我试着把母亲与五叔提供的原始素材以及我的习作娓娓道来，写着，写着，忽然眼前一亮，转而想到，青春，譬如"暮春三月，江南草长，杂花生树，群莺乱飞"，本意是吐芽，是萌动，不是怒放；是初绽，是芳华，不是成熟。就文学而言，那时的练笔，是磨刀，是利器，是原始资料的积累，是灵感的试喷。因此，我们不必苛责青春，相反，倒要心存感激。想想看，若不是当初信手涂鸦，哪有如今这篇看似惆怅实则温馨的随笔（我的童年、少年回忆，大抵若此）。世事无常，尘缘有定。

有人早慧，有人晚熟，我就是属于晚熟的一类。得之东隅是美，得之桑榆也是美。创作无分类别，凡臻上乘，皆为至宝。今夜，灯下，夜是惊蛰之夜，灯是极简的原木台灯，我重温旧梦，朝花夕拾，焉知不正是造物精心安排，在暖黄的光晕中安享成熟的憬悟与恬适。

莎士比亚长什么模样?

按:此文原作于一九六二年八月十九日,为未完成稿。那几天读了家藏的一部《哈姆雷特》,残缺本,既无封面,也无封底,更不知译者是谁,唯一明白的,就是这是莎士比亚的著作。我看过电影《王子复仇记》,对这位英国的大作家满怀兴趣,于是,动手写一篇如标题的杂感。我从没有看过莎士比亚的画像,仅根据影片中的王子造型和这部剧作给予我的震撼——场面阔大,情节诡谲,语言生猛、诙谐——作无中生有的想象,结果,力有不逮,半道搁笔。

近来翻箱倒柜,居然找出了那部残缺本,经考证,是朱生豪的译文。

当年的念头再次袭来,我觉得那个题目很有兴味,禁不住手痒,遂重新写过,注意,不是修改,是另起炉灶也。

旧题新作,也算是浮生一乐。

究竟谁是莎士比亚？

我能想象许多聪明的读者，即刻的反应是皱眉，蹙额，撇嘴：莎士比亚就是莎士比亚，这还要问？

是的，这还要问。譬如说，你心目中的莎士比亚，他长什么模样？

你说，你多半会说出个大致的形象，或是来自书籍的插图，或是来自舞台和银屏的造型。我告诉你，那些都不靠谱。

传世的莎士比亚肖像，有三个版本。

第一幅，为十八世纪钱多斯家族的收藏。画中人四十壮岁，秃顶，广颡，丰颊，短髭，目光犀利而深邃，左耳戴着时尚的金耳环。然而，除了创作年代，和莎士比亚的不惑之年吻合，其余关键要素，执笔者是谁？他见过主人公吗？如何证明主人公不是别个，而是莎士比亚？画作又是通过何种渠道流入钱多斯家族的？凡此种种，概为阙如。

第二幅，为莎剧最早的合集卷首插图，该书出版于莎氏去世后七年，画者为毛头小伙子德罗肖尔特。按理说，此肖像应具权威性。奈何作者炉火未纯，技术拙劣，画中人左眼大，右眼小，鼻梁与人中、上唇与下唇严重错位，发式左右失衡，脑袋与肩膀也不成比例，尤其是表情，犹犹豫豫，畏畏缩缩，近乎惊恐，这哪儿像"人类文学奥林匹克山上的宙斯——威廉·莎士比亚"？我不知道读者您怎么想，反正我不能接受。

剩下最后一幅：一尊彩绘半身胸像，出自石匠吉尔拉特·詹森之手，嵌于圣三一教堂莎士比亚纪念碑，竣工时间，与合集出版相同。论艺术性，无足称道。论可信度，却不容小觑。因为它落成时，多位莎士比亚的故友前来瞻仰，表示认可。然而，近人倒宁愿它不像莎士比亚。鉴于雕像遭反复油漆，早已泯灭本来的色泽、气韵，异化为一个面目浮肿、傲气十足的家伙；马克·吐温甚至吐槽它恶心之极，简直"像个膀胱"。

莎士比亚诞生于一五六四年，逝世于一六一六年。自他辞世，无数的人花了无数的心血孜孜研究，无非就是弄清了他的出生地斯特拉特福，他的发迹地伦敦，他当过演员、诗人、剧作家，有三个子女，留下洗礼记录、结婚证书、税务证明、契约契据、法庭材料、遗嘱等文件，而已，而已。莎翁传世的作品有近百万字，那么，手稿呢，对不起，一页也没有，一个字也没有；研究者仅找到了他的六个签名，而且每个的拼法都不一样。

就是说，你无法从上述研究成果中拼凑出他的一条额纹，一根睫毛。

莎士比亚去世两百年后，有人据此反证，说历史上根本没有莎士比亚其人。为了自圆其说，他们提出《哈姆雷特》《奥赛罗》《李尔王》《麦克白》《仲夏夜之梦》《威尼斯商人》《第十二夜》《皆大欢喜》等三十七部署名莎士比亚的剧作，皆出自他人之手，莎士比亚只是化名；或者说，是一个创作团队的笔名。

此说颇有市场，因为人们无法解释一个斯特拉特福的村夫，如何能兼通人文、历史、法律、医学、政治、宫廷、军事、航海等专业知识；也无法解释他如何能在短短数年内，从默默无闻而一飞冲天，一鸣惊人。

其实，莎士比亚的同代人，或稍晚的人，对他的神奇都是心悦诚服，赞誉有加。莎士比亚去世七年后，约翰·海明斯和亨利·康德尔为他印刷了剧作合集，在出版献词中特别点明："他下笔有如神助，觉得自己手握生花妙笔，而我们确实从未发现他的稿纸上有修改过的痕迹。"莎士比亚的同行挚友兼事业对手本·琼森也就合集献词，指出："莎士比亚不是只属于某个世纪，而是属于所有时代！他的出现就像阿波罗温暖了我们的耳朵，又像神使墨丘利令我们着魔，所有的缪斯们都还在他们的全盛期！"莎士比亚去世二十四年后，伦纳德·迪格斯在论述他的诗艺时，强调："诗人是天生的，不是炼成的。当需要证明这条真理时，我就会愉快地想起永不过时的莎士比亚。他一个人就足以证明此话不虚。"

回到本文开头，莎士比亚究竟长什么模样？说实话，我也描绘不出。我看《哈姆雷特》，窥见他以手扪心，神态悲悯；我看《仲夏夜之梦》，窥见他眉飞色舞，倜傥不羁；我看《罗密欧与朱丽叶》，既悲叹他的英雄气短，也体谅他的儿女情长。"一千个人眼中，就有一千个哈姆雷特。"据说，这句话是莎士比亚讲的。推而广之，一千个人眼中，也会有一千个莎士比亚。世人是读了莎士比亚的作品，才感受到他活灵活现、召之即来的"具象"；正如我们是读了《红楼梦》，才感受到远在天边、近在眼前的曹雪芹。莎士比亚还有句传播甚广的话："名字里有什么呢？把玫瑰叫成别的名字，它还是一样的芬芳。"说得妙！"名"与"实"相比，"实"永远排在第一位。

唔，珠峰长什么形状，并不重要，重要的是它"一览众山小"。对于我们，莎士比亚的真容，大概率是一个黑洞，不过，这丝毫无损于莎翁的光焰，只要他的作品在，那文化宙斯的光环就在，他将永远与世人同呼共吸，直至地久天长。我看过英国作家维夫·克鲁特撰写的《莎士比亚传》，封面上，莎翁的肖像只有一个椭圆的轮廓，以及围绕成一圈的披发、络腮胡，外加两撇短髭，至于五官，空空如也，一笔未着——也许，这更能凸显莎士比亚的绝代风流！

今夜，南侠北侠倒挂于谁家的屋檐？

一

昨夜，我又梦到重返老屋——

祖父坐在院里，一手托着茶壶，一手捋着胡须，在欣赏他栽莳的牡丹、芍药。这是老人最惬意的时刻，幸福劲不亚于《醒世恒言》中"晚逢仙女"的"灌园叟"。我和邻居的孩子张长庚，兴趣点则在跳高。竹竿搭于东北角的两株小树杈，那地方狭窄，只能助跑三四步，长庚练的是老式的纵跳，双腿蜷缩，一蹦而过，我练的是新潮的剪式，体育老师刚教的。

祖父说，从前人家练轻功，有一种法子是：在地上挖一个深坑，垫上大叠大叠纸，从坑里向上纵，每天揭去一张纸，看似差别不大，久而久之，便纵得愈来愈高。

院里不好挖坑，我们就把横杆放在适合的高度，试着每天提高一点点，练了个把月，确实功夫见长。

忽然风向改变，一帮大孩子邀我俩去西边的小河玩水。我是旱鸭子，长庚也是，勉强在浅水区学"狗刨"。彭家兄弟是

"浪里白条",蛙游、仰泳、踩水、扎猛子,样样来得,摸鱼捉蟹更是里手,西兴街无出其右。瞅着眼热,也趁蒙蒙细雨天,跟他俩实践了几趟。这期间,我渐渐迷上钓鱼,鱼儿咬钩,浮子疾速下沉,然后甩竿,一团银鳞忽闪出水,惊心动魄,一气呵成,堪称人世幸福的巅峰。冬天钓鱼别有风味,在冰上砸个洞,鱼就会自动游过来,贪婪地呼吸新鲜空气,可怜的鱼儿哪,欲望一上头,就会变得又痴又傻。当时谁也不会溜冰,还是彭家老二胆大心细,他能用瓦片当冰鞋,滑出东倒西歪的"摇摆舞"。

河上有道板桥,不知哪个高人起的名,叫虹桥——如此说来,我家是住在彩虹旁——诗意极了。过了桥,就是广阔的原野。真的,你要是没在旷野上放过风筝,追过野兔,逮过蚂蚱,网过蝴蝶,或组队摔过跤、赛过跑、操练过楚汉相争和赤壁大战,那么,你的童年就无可救药地少了一块——自然的粗犷与瑰丽。

虹桥,还让我联想到吊桥。晚间,熄了灯,躺在床上,谛听桥头脚步杂沓,幻想小镇就是古代的庄园,而我家,则是扼守要冲的桥头堡。黑衣侠客从《三侠五义》中蹿出来,携带闷香、百宝囊、千里火,掠过桥面,鸡犬不惊,潜向庄园深处,也就是小镇的街心。

今夜,南侠北侠倒挂于谁家的屋檐?隐身于谁家的壁根?

二

说我家是桥头堡，不如说是客栈来得贴切。

自打祖父运用他的慧眼，相中合德这块宝地，安家落户，郁勃焕发，陆续有老家阜宁、建湖一带的乡民，为其吸引，纷纷背井离邑，东迁射阳。

兹事伤筋动骨。别离，难免有诸多不舍；未来，更有许多忐忑。于是，他们——包括近亲、远亲、朋友，乃至亲戚的亲戚、朋友的朋友——在下定决心之前，总要暂住我家十天半月。一来，借以充分听取祖父的高见，广泛利用祖父的关系网（老人家对四乡八镇，了如指掌）；二来，祖父好客，乐尽地主之谊——不住白不住，住了还白赚资源和伙食。

记得一九五三年，新居落成，每天门庭若市，你来我往。

我随祖父去过合德东乡，为一位至亲落实移民事宜。返程，老人家兴致勃勃吟了一首邵雍的诗："一去二三里，烟村四五家。亭台六七座，八九十枝花。"邵雍是风水学的祖师爷，诗中刻画的，敢说正是祖父眼前的景致。

祖父对新移民说得最多的一句"风水词"是："合德很快就会成为小上海。"

一九五八年初夏，祖父辞世。其时，正值"大跃进"，大干快上，超英赶美，民族的热情如燎原大火，烛天照地，海沸江翻。一切走亲访友的活动都按下暂停键，家里顿时冷落下来。

冬去春来，冷落很快被另一种客人打断，直白说，就是蹭饭吃的。

晴天霹雳！老家农村开始断炊。这是怎么一回事？肯定是哪儿出了问题？去年还热火朝天的嘛！地方上不让外泄，严禁人离乡讨荒。但是饥火催促脚步，就有饿极了的亲戚冲破封锁，跑到合德，到我家"找口饭吃"。射阳比老家富裕，我们虽然过的也是穷日子，果腹的食物还是有的，质量又当别论。父母完全继承了祖父的家风，千尊万尊，客人是第一尊。一次街上卖计划外的糕饼，每人限购一块。我大清早去排队，已经卖完。第二天起个绝早，几点钟，不知道，到了排队的地方，有比我更早的，听人家说，是深夜两点多。千辛万苦买回一块糕，给谁？当然是给客人。

消息传开，来的亲戚更多。他们之间似乎有默契，总是一批前脚走，一批后脚到。父母全无愠色，热情招待，一如家人，不，有时胜过家人。我上学的午餐，常常就一块红薯，或几根胡萝卜，偶尔什么也没有，这种情况，在客人身上是不会出现的。

父亲有次跟我谈心：人有脸，树有皮，不到万不得已，西乡（指阜宁、建湖老家）的亲戚不会轮番朝我家跑，他们是在寻找活路，我家成了他们救命的一根稻草，当然要拼命抓住。早先我和你妈妈去上海，投奔外公外婆，还不是去找口饭吃。你命好，生下来就没过过苦日子。你不晓得，日本鬼子占领合德头两年，你妈妈就带你二哥讨过饭。在你前面有一对双胞胎，男的，恰恰在那个时候出生，养不活，怎么办？丢了（事后问大姐，说是淹死了）。话又说回来，亲戚里，比我家生活好的多得是，他们为什么不去找别人呢？这就是老太爷（祖父）积下的德，是咱卞家的风水。

三

祖父尤为体贴落难者。名医张震球，衣帽光鲜，风度翩翩。一度因为"历史"问题，风传学生时期靠近"三青团"，罚在镇西的双龙大队劳动改造。有次打门前过，祖父特意把他请进来，名为问疾，实则好烟好茶抚慰。

祖父无党无派，满腹诗书，看事极为超脱。他说过：对时乖运蹇的人，要怀恻隐之心。饥者，盛上一碗饭；渴者，捧上一杯水；寒者，递上一件衣。对大红大紫、大富大贵的人，哪怕从前交情再好，也要保持距离。程咬金小时候和秦琼朝夕相伴，亲如兄弟。长大后，程咬金成了草寇，秦琼成了捉拿草寇的警官。一别二十多年，两人在秦琼母亲的寿宴上重逢，程咬金觉得秦琼装作不认识自己，全不尿他这把壶，当场发飙："太平郎，你今天怎么这么大的架子！"秦琼大吃一惊，太平郎是他的乳名，在座的没有谁知道，他怎么晓得？细问，才清楚是程家老弟。他长粗长壮了，头发蓬乱，胡子拉碴，眼睛、鼻子、嘴巴也变了形状，难怪认不出。秦琼连忙赔不是——也亏是秦琼，他是仁义之人，重交重友；换成别个，就难说了。世态炎凉，古今都是一样的。

又说：历朝历代都有它的王法，顺之，如鱼得水，逆之，头破血流，这是没得讲的。但是，朝廷有朝廷的威严，民间有民间的温情。否则，对倒霉的人来说，这日子就没法过了。何况，天道好还，那"水"并非一成不变，昨日的大河奔流，变成今日的干沟，昨日的碧血，化作明日的庭花。

谨记一条：任何时候，都不要落井下石。

五十年代末，六十年代初，大哥家瓜瓞绵绵，六七个侄子侄女相继出世，住房顿时紧张起来。老家来的女客，与母亲挤一张床；男客，打地铺，或直接睡锅门口，就是灶台后堆柴火的地方。

因为室内拥挤，我养成了与众不同的习惯：喜欢在路灯下看书。看一段，想一想，昏暗的室外，正好有助于记忆。月色如银之夜，也喜欢在月光下看书。

啊，那天真未凿的年华，那迷过李白也迷过苏轼的明月，那握把空气也能攥出火花的心劲，如今想起来，仍然令人陶醉。

四

忽地想起胡礼仁，他是最早踏破我家门槛的挚友之一。

起于小学五年级，与我同班，同岁，个子也一般高。祖父初次见他，就跟我说："此子眉清目朗，一脸俊气，乃大贵之相，将来一定出人头地。"

我与礼仁交往密切，家住得近，成绩不相上下，欣然引为知己。如今时过境迁，往事模糊重叠，但有一粒记忆之珠，依然闪亮，光度不减反增，那就是：

凌晨，我夹着书包，东行百来米，叫礼仁上学。当时钟表是奢侈品，我家没有，他家也没有，我从小习惯起早，究竟是几点，心里没谱。两个小小少年，穿过空无一人的街巷，来到郊外，再走上荒凉冷寂的两里地，就到了我们念书的射阳中学。大门未开，学校还在梦里。我们绕行围沟，拣最窄的地段一跃而过。教室门锁着，走廊有灯，于是站在廊下看书。等了好久好久，才听到起床钟声。礼仁在初一甲，我在初一丁，各自随班上的住校生去操场跑步。

礼仁初中毕业，以超完美的表现，获取保送沈阳军校。

对他的离去，我依依不舍，写了一首五言长诗，记述以往的情谊，忘了是否寄出。

我初二蹲了一班，轮到与礼仁的弟弟礼海同级。礼海小我两岁，习惯拿他当小弟弟，日后交往，几乎总是我们一帮"大人"讲话，"小孩子"的他只是聆听。

礼海下面又有数个弟妹，他十一二岁，就承担起繁重的家务。我永远记得，他挑着两只硕大的水桶，去南边的湾河里挑水，初时摇摇晃晃，久了就成为肩风担雨的棒劳力。

若干年后回顾，善于倾听，这正是礼海的长处。孔子云："三人行，必有我师。"三人中哪一个最强？大概率不是看谁最夸夸其谈，最口若悬河，滔滔不绝，而是要看谁最谦恭，最温良，最善于倾听。

《三国演义》形容刘备，"喜怒不形于色"。按汉语习惯，"喜怒"重点在"怒"，即"喜"不打紧，"怒"得藏而不露，所谓"胸有激雷"，而"面如平湖"是也。礼海就有这等涵养，总是春风满面，和气待人。

礼海尔后求学于南师大，毕业返乡，在射阳教育局长的任上干了十七年，阳煦山立，温润而泽，口碑极佳。

五

班长，绝对是那个时代的天之骄子。

小学六年级的班长叫胡锡宏，当时的印象荡然无存，至今所以记得他，是因为十年后的一九六七年夏，某晚，在小洋河北，与之偶然邂逅。胡班长拉了我，急走百来米，来到一处大字报栏，指着其中一篇——哈，三生有幸，那篇檄文点了我的名，说我半年前从北大回乡"煽风点火"云云。

感谢他还惦着我。

"你毕业后干什么？"胡班长没能读初中，小学六年成了他的最高学历。

"卖劳力呗。"他咧嘴一笑。

胡班长大我几岁，小学时身高力壮，带头劳动是他的强项，眼下个头儿和我持平，看来活没少干，比以前更壮实，更粗豪。

"结婚了吗？"一时也找不出别的话题。

"早结了。"他嘴巴咧得更大，显得很开心。

我记住了他的笑。他以前似乎一直在笑的。他是那个年头倡导的老黄牛；眼下虽然还不算老，但他终有一天会戴上"老黄牛"的桂冠。

初一的班长是惠同科。他是应大时代的需要而生，红色家庭（至少令人敬重），帅气相貌（像极了当时走红的某个男演员），能言，善辩，能歌，善舞。记得他朗诵郭小川的《投入火热的斗争》：

> 公民们！这就是我们伟大的祖国。它的每一秒钟都过得极不平静，它的土地上的每一块沙石都在跃动，它每时每刻都在召唤你们投入火热的斗争，斗争这就是生命，这就是最富有的人生。

声情并茂，全身心投入，俨然大时代的化身。

惠君高中阶段出任学生会主席，是公认的当官的料。高考落榜，参加海军，辗转进了青岛潜艇士兵学校。这应该是他的高光时刻，未来金灿灿一片。可惜，某种特殊年代的特殊考量，折了他的羽翼。

惠君绝对是个人才，机会并非一次性的，以后还会有。乡谚有云："大地不生无根草，苍天不负有心人。"写到这儿，我想到了他朗诵过的另一首郭小川的诗《向困难进军》："公民们！你们在祖国热烘烘的胸脯上长大，会不会在困难面前低下了头？不会的，我信任你们甚至超过我自己。"笔者辗转打听，惠君转业去了石家庄井陉煤矿，任政治教员，尔后，为石家庄炼油厂宣传部长，神龙总算又摆了一下尾。

偶尔在老同学处看到他的一帧合影，俨然风流潇洒，器宇轩昂。

初二的班长姓吴，名德连。

班长介于老师和学生之间，是班级的领头羊，也是二老师。吴班长很自得这角色，演起来得心应手。

吴班长缺乏惠班长的风流文采，讲话的特点是社论式，一九六〇年《人民日报》的元旦社论《展望六十年代》，他大致能从头背到尾，当他在班会上脱口说出"十年不过是历史的一瞬""马克思主义者不是算命先生"等高度精炼概括的语言，我简直要佩服得五体投地。

吴班长初中毕业从戎，进入更大的熔炉。数年后复员，从县糖烟酒公司采购干到经理。这是一处八面来风的楼台，尤其在扑面而来的改革开放岁月，机遇更是良多。相信吴兄能得其所哉，大展拳脚。

高中的班长叫孙志富。初二起与我同班，先任学习委员，高一升任班长。孙班长个子小，才一米五几，姿势也低，和蔼，本分，不善言谈，唯默默实干。

那是个重在表现的时代。我痴愚，认为"表现"应该是自然流露，刻意为表现而表现，就成了演戏。孙班长有演戏的舞台，但他始终是本来面目，这种人才其实更难能可贵。

孙班长尔后入伍，表现优异，撞上动乱的年代，未及提干，复员回乡，长期在文教口任职。

我曾想过，大学政治系应开设管理专业，生源一律从班长中选拔，毕竟驾驭人比驾驭知识困难。

岁月总是让我们不断学会遗忘，实际上到头来啥都没有忘记。一个人的早期经历，其实就是他的背景，他的底色。今天，我依稀从四位班长的背影，感受到特殊年代的特殊气息，以及从他们背影的夹缝，瞥见那个整天睁大眼睛、竖尖耳朵、不放过任何一点新鲜知识的我。

六

一直想念唐飞，在别后的那几年。

唐飞是我的小学同窗，大我两岁，属马，长得也人高马大，朴实，憨厚，寡言。我俩住得近，时常结伴上学，结伴回。

家人说他是我的影子。因为总是一块走动，而他又总是不声不响。偶尔到我家来，也不说话，木讷地坐着，或站着，像个害羞的姑娘。

有同学说他是我的保镖。这是武侠小说看多了。只有公子王孙或千金小姐才需要安全考虑，我走在哪儿，也不引人注目，我不需要警卫。

小升初成分界线。我继续念书，他上了船——他家里的船。

失去了唐飞，寂寞感油然而生，正如一个人在太阳底下失去了影子，四望茫然无措。

当然有新的朋友加进来，但"衣不如新，人不如旧"，老朋友的地位是很难被取替的。

初二的一天，我放学回家，见他坐在门口。母亲说，他是站在墙角，说来看你，好不容易把他拉进屋。

我喜出望外，赶紧撂下书包，取过他手里的凉茶，改斟一杯热茶。

他捧杯在手，转着圈，像舍不得喝。

"你最近忙什么？"

"弄船。"看得出，一副风吹日晒的潮黑。

"跑哪一条路？"

"哪个方向都有，往南的多。"南边码头大，货运自然繁忙。

"今天怎么有空来看我？"

"船靠合德，休息一晚，明天又要去南京。"

"我几次拐到你家门口，门总上着锁。"委婉告诉他我的相思。

"全家都上了船，房子空了。我……也几次经过你这门口，怕打扰你学习，没敢进来。"

生活总有鸿沟，沟两边的人不会一样想。

"莫要生分了啊。今天说好，欢迎你常来！"

母亲端出晚饭，拉唐飞一起吃。他推让许久，才上桌。

分手时，我送了他两本书，一本《岳飞传》，一本《小五义》。

他眼中有泪花扑闪——我每想起这一幕，心口就痛。

执手送出老远，反复叮嘱："常来坐坐！"

他答应"嗯""嗯"。

"嗯"是"嗯"了，一别六十余年，却始终再没有出现——除非是南柯一梦。

与李善松的分手，也是我心头长久的痛。

善松是初二、初三的同学。年龄小，个子小，坐在最前排。他人小鬼大，脑瓜聪明得很。

善松的聪明，也使他预卜到前程的险巇。那年头讲家庭出身。我家为贫农，属于根红苗正。善松的家庭，并非具体的"地富反坏右"，而是他父亲头上有一道"紧箍咒"，类似于"控制使用"，这"控制"也株连善松，他清楚自己怎么努力也很难升上高中。

这是很伤心的无奈。

一个周日，善松到我家来。

我们一起商量前途。我的预案是，如果上不了高中，就自学。彼时，我的偶像是高尔基、马克·吐温。

祖母常说，人有十截命，这截不顺，下截或许就改过来。因此，凡事不能只看眼前，要多看一步、两步。我举例：《水浒传》写杨志押送生辰纲去东京，途经黄泥冈，遇上晁盖一伙"劫道"的。杨志自是小心翼翼，诸般提防。然而，凡是他怀疑的地方，晁盖他们都做得天衣无缝；而晁盖他们表演的最后一着，杨志却无论如何也没有想到。杨志失算，生辰纲落入晁盖他们之手。

和命运博弈，务必要有晁盖他们的眼光。

即使这局失败了，下局一定要扳过来。

我说得那么自信，仿佛已预见到未来的攻防转换。

善松中考果然落榜，从此打我的生活中消失。

直到五十多年后，一天，我恰好在射阳，接到了他的电话。

"你怎么找到我的?"说实话，我是找过他，但他家住在几十里外的新洋农场，年淹日久，没有人知道他的下落。

"我小孙子读射中，学校发了一本你的《长歌当啸》，我告诉他你是我的同学，孙子就找老师要了你的电话。"

马上安排在宾馆见面。

久别重逢，双方都有说不完的话。深感安慰的是：

善松说，他牢记我的嘱咐，失学后，一边劳动，一边大量阅读经典著作。"文革"后，教育口缺人，他参加考核，结果以初中学历，走上初中语文老师的岗位。

这是知识和人格的全面检验，是他面对庞然如山、黯然如渊的厄运，扳回的一局尊严。岁月无情，"朝如青丝暮成雪"，我看到了他的青春，也看到了他的华发盈颠。那是成熟的标签，那是智慧的修炼，那是在危崖险壁抉石裂罅崎嵚虬曲的雪松。设身处地，假若换了我，又能老得比他更漂亮吗？

七

祖父当年砌的是草房，墙体用的是芦苇，里外糊上一层泥，房顶铺的是稻草。如今说来土不拉几，当年却堪称物华天宝。

十年后，颜色衰败，然风韵犹存。

二十年后，大浪淘沙，彻底进入出局的行列。

两位姐夫看不下去，愿意帮助父亲重砌新屋，起码也是砖墙瓦盖。

父亲摇头："算了吧。《三国》诸葛亮住的是茅庐，唐朝大诗人杜甫住的是草堂，我住这祖宗传下的草房，不丢份儿。我已经七老八十，不再折腾了。将来你们谁接手，谁再砌高堂华屋。"

三十年后，父母仙逝，大哥接手，仅仅将墙粉刷了一下，其他，外甥打灯笼——照旧（舅）。

四十年后，大侄当家。是九十年代了，许多人家都进入了"楼上楼下，电灯电话"。大侄子不急，他得到消息，整个西兴街要拆迁，砌了白砌。

如是一晃又是二十多年，政府整天说"拆、拆、拆"，住户也的确在"搬、搬、搬"。那年我回乡，一帮侄子都迁了新居，但老屋还在，老街还在，宛然"西风残照"下的"汉家陵阙"。

是晚，杨忠茂陪我在老街闲逛。

我每次回家，必找忠茂。他是永远长不老的大男孩，宽脑门，赭红脸膛，欢眉喜眼，腰板挺直，笑容能漾出半条街。忠茂身高一米八几，记得中学时，没有这么高，参加工作后，仍在往上蹿，大概摆脱了功课和一贫如洗的压力，筋骨得到解放。

走到一处。

"这儿曾是淮剧团宿舍。"忠茂指点。

"前身是马房，解放军的一个连队。"我补充，"后来改成宿舍，流动性的，淮剧团、京剧团、歌剧团、杂技团，谁来演出谁住。"

我想起黄彬彬，一个典型的江南后生，他的灵秀凝于五官，聚于手指，在歌剧团负责敲扬琴、拉二胡。我认识他，是在"文革"高潮，躲在家里休养（肝炎，这病生得恰是时候），他是我落荒落拓岁月的肖邦。

"这儿是魏乃明家。"忠茂和我想到了一起。

这地方我太熟悉了。乃明家本来在老银行东边，靠桥口，门外摆个小人书摊，他一手抱着妹妹，一手翻着画书，是记忆中最五十年代的风景。乃明与我同龄、同级、同命。初二时，他灵智未开，早晨上学，书包揣了一本小说，坐在邮局的长条椅上看，换到放学时间，大摇大摆回家。结果瞒过家长，瞒不过学校，鉴于旷课太多，蹲了一级。我则在初二休学，两人成了难兄难弟。

在一二年后，乃明家搬来西兴街，和礼海，以及我，组成陌巷的"三剑侠"。有了留级的教训，乃明自此幡然醒悟，卧薪尝胆，朝乾夕惕，一丝不苟，跃为品学兼优的特等生。高考，他进了哈军工，是提前发的榜。过了七八天，其他学校的榜才下达。

那天傍晚，我正在镇西的小洋河边散步，乃明得到我录取北大的消息，如飞跑到我家，扑了个空，转身又往西河沿跑，鞋子不跟脚，干脆脱下来，拎在手里，老远就朝我拼命地喊。

"前边是老剧场。"忠茂继续扮演着导游。

我中断对乃明的回忆，抬头，街角暗影中站着一位老人，盯着我打量，他说："我好像认识你。"

"是吗，你说我是谁？"

"一下子想不起来，反正是这街上的。"

我也想不起他，看上去比我小几岁，属于下一茬。他也许记得我从前的模样。我呐，多半认得他的父兄。那年头，这街上没有我不熟识的人家。

远处传来随风断续的淮剧，是街头群众的自娱自乐，唱段是《千里送京娘》：

"昔日有个老姜尚，八十以外娶妻房；长江没得回头浪，错过青春你空悲伤。"

歌词我是烂熟于心的了，从小伴着我成长。唉，听来听去，我也成了那个老姜尚，青春已逝，"美丽小鸟飞去不回头"。但我有老妻相伴，相敬如宾；有儿孙绕膝，宝刀未老；我也比以往任何时候都明白，"长江没得回头浪"，是的，我早已越过它的上游、中游，逼近下游的出海口，我一路鼓风逐涛，饱览山野，遍历星霜，唯知，凡我川流的，波吻的，浪卷的，沙淘的，都已一一化作我的血肉，化作我的神经、骨髓、魂魄——我无怨无悔，何憾之有？

　　我和忠茂转身，向老街作最后的巡礼。明年，至迟后年，这些老房将夷为平地，然后，一个现代化的社区将拔地而起。生活就是这样，该来的挡不住；该去的，也无可挽回。我希望今晚再做一个梦，文学的梦，关于老屋，关于西兴街，关于当年的群童演义和小镇版的《三言二拍》……我不奢望能带走全部记忆，但或许能挖掘出某种新鲜的桥段，并经文字转注为永恒。

回忆像诗，听到惬意处，我停止记录，闭上眼睛，仿佛一脚踏进了"青青子衿，悠悠我心""青青子佩，悠悠我思"的从前。

D

梦 考

　　中国是个考试的国度——这么说，并非有什么大不敬——回眸你我，谁个不是身经百战的沙场老兵。"黄沙百战穿金甲"，迄今铠甲洞穿，伤痕累累，压力也变成了惯力，铭心刻骨，沦肌浃髓。乃至老来，"夜深忽梦少年事"，愕然发现，梦中常常直面考试，而且考的总是自己最蹩脚的科目。于是乎，梦中的我，若非抓耳挠腮，心烦意乱，便是捶胸顿足，徒唤奈何，最终冷汗淋漓，一惊而醒。

　　醒来，心脏犹自怦怦地跳。

　　捉弄我的对手，是与生俱来的潜意识。弗洛伊德在他的名著《梦的解析》中，专门写到"梦见考试"，这是一种普遍现象，是学生时期"考试焦虑"的变形释放。你梦见过考试大捷，金榜题名，"春风得意马蹄疾，一日看尽长安花"吗？我反正是没有。我早先梦考的，八九是英文。天呐，我中学修的是俄文，大学修的是日文，它都避开，不让我表现，偏偏哪壶不开提哪壶，专攻软肋。我梦中还延续少年的自信，认为区区三册《新概念英语》，老夫轻而易举，不在话下，旬月可以突击搞定。结果，天天为杂务缠身，为琐事分心，根本无暇顾及，待到试卷摆到面前，顿时傻了眼。

尔后，英文稍有长进，梦考又改回俄文。这个考官，潜意识也哉，是我肚里的蛔虫，枕边的隐身者，手机里的芯片。它知道我俄文长期撂荒，基本还给了老师，还给举止潇洒、神采飘逸的黄嘉仁先生。

唉，如今年华老去，考试不再，梦魇犹存。

癸卯年二月，还乡，与老同学欢聚。餐桌上，魏公乃明，我高中的铁杆挚友，一边举杯敬酒，一边诡笑着说："你高中毕业考试，数学不及格，补试时，我给你代考，你还记得吗？"

举桌哄笑，我也跟着笑，笑得溢出眼泪。

笑过了想，有这么一回事吗？

实在记不得。

高中数学，为几何、代数，我高一确定考文科，数学属于理科，不在必考之列，自忖，脑瓜不是太聪明，能力不是太强，好比运动，我擅长三级跳、标枪，玩单项可以，玩十项全能就不行，因此，与其"伤其十指"，莫如"断其一指"，我把精力集中在应试的语、外、政、史，而把数学撂在一边。也不是完全搁置不理，高二数学还考过九十多分，得到班主任丁瑛老师的表扬。高三嘛，放是放了，总归是及格的，否则，不会毫无印象。

再说，补试乃三五倒霉蛋的事，甲乙丙丁四个班的集中在一起，不超过二十人，监考老师个个认识，乃明又不可能化装易容，上演真假美猴王，怎么可能代我捉刀？

倒是有另外的作弊法：事先请学霸助考，把解题搓成纸团，寻机以"弹指神功"传给考主；或让学霸在窗外装疯卖傻，暗泄题机；或将繁难的公式抄在漆黑的桌面，需要时，哈一口气，立马显影；或是夹带小抄，传送纸条；诸如此类，不一而足。我都是听说，我天生愚笨，有贼心没贼胆，种种考场闹剧，一出也没有客串过。

且慢，乃明从政半生，养成了庄重矜持、不苟言笑的习惯，他这么说，必定枳句来巢，空穴来风，事出有因。

是晚，在下榻的星河湾酒店，正应了"日有所思，夜有所梦"，我又梦见了尴尬的考试。不过，这回梦考的不是英文，不是俄文，也不是数学，而是——倘若写小说，我会说是考历史，或是考音乐，考美术，因其纵深大，情节多，易于妙笔生花，引人入胜，但我写的是纪事，只好如实禀告——化学。

真是报应！狼狈地醒来，却又无声地笑了，苦笑。数理化，我放得最彻底的是化学。我坐在后排，化学老师是周维华（万幸还记得她的名字），她在台上讲，我在课桌下偷翻文学杂志。丁瑛老师打窗外经过，瞅个正着，我若无其事，满不在乎，丁老师是教语文的。

某次课堂小测，周老师在教室巡视，走到我的桌前，停步，盯着我的白卷看。我赶忙低下头，捏紧笔，姑妄答之地答上几句。待周老师离去，旋即停下笔，不是偷懒，是不会。

若干年后读到卡夫卡的短篇小说《考试》，主角是个仆人，一天去酒店，有位客人请他喝酒，随口问了几个问题，他一个也答不上，转身想走，客人叫住他，说："别走，这只不过是一次考试，谁回答不出这些问题，就算是通过了考试。"匪夷所思，天下竟有这等逻辑！我佩服卡夫卡的荒诞哲学。我姓卜，"卜"字常常被人写成"卡"，可惜我不是中国的卡夫卡，回顾我既往的大大小小考试，答题失手，只能自认曹操背时遇蒋干——倒霉。

倒霉？没错，高中如果有要补试的科目，也只能是倒霉的化学。

乃明是化学科代表，难怪他"往事并不如烟"。

等等，正因为乃明是化学科代表，是"二老师"，纵然他想两肋插刀，为我充当一回枪手，也绝无可能的啊。

出于哥们义气，主动帮我恶补化学，倒在情理之中。

补课间隙，冷不丁来一句："这也不懂，那也不会，干脆让我替你补考得啦！"

当然，这是恨铁不成钢的气话。

落在我头上的厄运，只能由我独自面对。

白天，与母校现任校长刘浩通话，打听今年建校八十周年的筹备，末了，我心血来潮，加了一句："想回母校听一次课。"

刘校回复："好！我一定陪同。"

那几日，忙着和失散多年的儿时朋友联络，抽不出身，直到返程在即，才赶紧和刘校落实："明天上午，听一堂化学课。"

刘校问："化学?"

我想刘校一定以为听错了，他猜我的选项必然是语文。

"对，化学。"

"好，好，我来安排。"

稍停，刘校补充："很不巧，明天我要去上海，不能陪你。"

届时，陪我听课的，是副校长朱洪文、杨超，还有一位，是高中同窗薛宝财，暌别半个世纪，昨晚通过私人的以及公家的"搜索引擎"，好不容易把他从茫茫人海里捞出，今晨幸晤，不能握手之后就分手，只好请他这位昔日的理科硕才，陪我重返母校，再听一课高中化学。

班级安排在高一（3）班。授课老师叫陈国庆，寸发，金丝眼镜，配上深棕近黑的格纹西服、淡栗微红的高领毛衣，台上一站，凛凛有一股理工男的英气。课文围绕着铁及其化合物，比如由反应原料到目标产物路径的合理选择，溶液中三价铁离子、二价铁离子的检验方法，以及铁的三种价态间的相互转化。黑板已经升级为智能，集纳米触控、液晶显示、电脑主机于一体，讲者如虎添翼，八面来风，听者赏心悦目，豁然贯通。我中学虽然没用功，但毕业之后，衣食住行，化学如影随形，无处不在；生命也是如此，造化的硬核就是化学；即便写作，也离不开化学的炉火纯青，百炼成钢，点石成金。哈哈，"学好数理化，走遍天下都不怕"，并非理科生的通行证，文科生兼收并蓄，广采博纳，自是理有应当，势所必然。是以，日常潜移默化、无师自通地习得了一些"感性"化学，今天听课，尚算轻松愉快——这也是往年梦考从没有与化学冤家道窄、狭路相逢的缘故吧。

我又想起了周维华老师。她的爱人马学深，教初中部语文，是校内公认的名师。文化，文化，文而化之，化而文之，其文，不可方物，其化，别有洞天，语文老师与化学老师结合，实乃"文化良缘"，堪称绝配。周老师既然有这样一位"郁郁乎文哉"、天马行空、学深似海的老公，对我这种重文轻理的偏科生，兴许爱屋及乌，能够予以谅解的吧。

但是我不能原谅自己，生活也不能，写作也不能。这种失误，小里说是辜负师恩，大里说是知识自残。是以，我在耄耋之年，选择重返母校，再当一回学生，再听一堂化学课，既是对昔日化学老师送上一份姗姗来迟的道歉，也是对少年无知、轻率的忏悔性补救。

古山兄弟

　　天生一个小可怜。貌似张乐平笔下的三毛，但头顶光光。眼皮耷拉，遮住瞳仁，仅仅露出一条缝，乡人形容是用芦柴篾子划的。个头矮小，六七岁了，看上去只有三四岁，走路倒蛮快，落地无声，穿檐过屋如风，状如"小老鼠"。衣服嘛，衫不像衫，裤不像裤，是他娘捡邻家孩子穿剩的破烂。老家是阜宁陈良，三岁，也就是一九五三年，随父母搬来合德。都说这是新兴的镇子，有奔头，有发展，没承想四岁那年，父亲患食道癌病逝，撇下他和十二岁的哥哥，三十出头的娘。

　　政府济弱扶倾，每月无偿划拨五斤白砂糖，供他娘制成糖球销售，赚点糊口钱。哥哥四处打小工，他稍微长大点，每天挎个竹篮，上街捡煤渣，捡烟头。早饭是没得吃的，中饭，晚饭，有一顿没一顿地凑合着。

　　"小山，你来。"西邻大妈叫他。

　　他嗖嗖地跑过来了，他知道准有好事。

　　"今天煮鱼，帮我上街买五分钱糖色酱，听清，三分钱酱，两分钱糖色。"大妈递过来一角钱。

那多出来的五分，就是跑腿费了。

他娘去码头洗衣服，西邻大妈随即跟过来，去码头洗青菜、萝卜、山芋，临了，总会给他娘洗衣盆里塞点儿杂七杂八的东西。

怜贫不落痕迹，人再穷也有自尊。

小山捡的煤渣，一斤卖二分钱，捡的烟头，剥出烟丝，晒干，一包卖五毛钱，他常把煤渣分给西邻大妈，烟丝分给西邻老爹，不要钱。

后来，娘改嫁。再后来，确切说，是一九六三年，他与娘随继父下放陈洋镇开洋村。临走那天，向西邻告别，细细的眼角噙着豆大的泪珠。

这是我童年的往事。西邻大妈是我的母亲，西邻老爹是我的祖父。记得祖父曾把小山叫过来，在纸上写下他的名字"刘古山"，一字一字地教他认，末了叮嘱："记住了小山，你的名字，就是你的脸面。"

过了一年，我也离开合德，北上京城求学。从此尘海茫茫，音断信绝，形同隔世。

内心深处，始终晃动着那个羸形垢面的"小可怜"，年岁愈长，形象愈清晰。我虽自家不富，但看不得别人穷，虽自身坎坷，但看不得别人遭难。

小山后来怎样了？

像他这种"小不点"，在凭劳力吃饭的农村如何谋生？

后来，他还有后来吗？

"后来"来了，癸卯三月返乡，一天晚上，和从前的邻居张长庚兄弟小聚，提起刘古山，长庚说，他已搬回合德，就住在我家后边。

　　有这等巧事！

　　匆匆结束晚餐，我拉了长庚，冒雨前去寻找。

　　二层小楼，临街，大门落锁，楼上遮着窗帘，不见光亮。敲门，无人应。街坊大嫂热情，帮忙拨打他的手机，终于接通电话，下楼开门。

　　我先发制人，一把拉住他的手，问："你还认得我吗？"

　　他愣了一下，定睛，左瞧，右瞧，惊呼："卞三哥！卞毓方！"

　　笑容和热泪霎时涌出，他是，我也是。

　　屈指算来，这一别，整整一个甲子。

　　他能认出我，证明我变化不大。

　　我却无论如何也认不出他。记忆，是一页泛黄破碎的稿纸，眼前，是一幅笔精墨妙的油画；记忆，是一湾死水微澜的沟汊，眼前，是一条飞星溅沫的大河。你怎么看，都看不出他是昔日那个"小可怜"。灯光下，他如霜的白发，宽阔的前额，轩昂的鼻梁，方挺的下巴，衬上酡红的脸庞，透出一股神气、福气。

　　老话说"入门休问荣枯事，观看容颜便得知"，他的命运，显然发生了移根换叶的变化。

　　坐定，环顾室内，这是一家汽车出租公司，装潢考究，四壁挂满了锦旗。我顾不上寒暄，单刀直入，问：

"古山兄弟，看来你后福不浅，你是如何走到今天这一步的?"

"三哥，不瞒你说，刚到农村那会儿，苦哇!"古山讲，"娘和我，属于弱劳力，干一天活，工分值很低，年底结账，倒欠队里八十多元。过年，连块豆腐也买不起。亏得古才哥哥从合德带来两斤茨菇，勉强过个春节。"

那是古山的低谷、泥潭，好在，一切都成了过去。"你是如何转运的?"我问。

他笑，笑纹依旧，眼缝里射出的光，是我不熟悉的一种飒亮。他说:"我从小吃惯了苦，苦是我大爷，苦是我大妈，人家怕苦，我偏找苦，我偏爱苦。我人瘦，身子结棍。我块头小，脑瓜聪明。第二年，我专挑重活、难活，别人不干的，我上。曾经有一天，我拿到九十分工，一人顶九个整劳力。群众的眼睛是雪亮的，大伙评我为劳动积极分子。"

劳动，这是实打实，硬碰硬。在农村要出人头地，就得要力拔山，气盖世。看不出他精头细爪，骨瘦如柴，竟有金刚之魄，罗汉之魂。赞!

"一九六五年社教，学习'老三篇':《为人民服务》《纪念白求恩》《愚公移山》。我没念过书，不识字，但记性好，过耳不忘，人家读，我听，三篇文章，听几遍，就背上了。我又加背了一篇《反对自由主义》。村里轰动，树我为典型，队里荐到公社，公社荐到县上，县上荐到市里，我成了盐城市学习毛著的标兵。"

这是他祖坟冒青烟，命运呈现戏剧化，诗歌化。

古山说到加入村里文娱宣传队，原来他还有艺术细胞，真是"人不可貌相，海水不可斗量"。

人不能永远待在舞台，聚光灯不会老围着一个人转，接下来一步至关紧要。

"听你谈话，肚里已有几分文水。"我满怀兴味，"你是怎样摘掉文盲帽子的？"

"毛主席著作，就是识字课本。"他答，"我能背，自然就会照着'老三篇'一字一字认。'老三篇'认完了，再认《反对自由主义》。四篇认全了，文化就有了基础。"

高，这是"曲终收拨当心画"，这最后的一"画"落在了文化。六十年代太仓有位顾阿桃，目不识丁，也是凭着背诵毛选走红，红得发紫，大红大紫，可惜没有抓住文化，脚踩虚空，难免一跌。

"当到市里标兵，领导培养我入党，让我抓队里生产，抓财务管理。我不懂账务，就跟县里一位专业会计学习借、贷记账法。后来村里考会计，一百分的卷子，实践部分占四十分，借贷部分占六十分，几位老会计拿了前面四十分，我拿了后面六十分，我得了第一，当了总账会计。"

总账会计，这是真本事。这是学业证明，能力增值，马太效应。

老话说"富不过三代"，今话则要说"穷不过二代"。古山十八岁结婚，妻子是老家陈良人。岳母娘嫌他眼睛小，他就去医院动了手术，还自己被不良发育掩盖了的明眸，睁大眼睛看世界。生两子，随时代的节拍，出息成了商界精英，一个在盐城，一个在合德。孙辈有四，两男两女，大孙子本科毕业后去国外深造，两个孙女，都已大学毕业，参加工作，最小的孙子在读初中。这一家，不啻是草窝里飞出金凤凰，歹竹出好笋，向阳门第春常在，小康人家庆有余。目前，老两口退休无事，在镇上帮二儿子照应门市。

曾经，看"山"是"山"；而今，看"山"不是"山"；站远一步，站高一步，看"山"又是"山"。古山他一路走来，谈不上惊天动地，但在其本人，绝对是脱胎换骨。他是矮小，木隐于林，"万人如海一身藏"。他是瘦弱，瘦弱也有积极的一面，放大同情，吸储关爱。他曾经眼细如缝，但目光聚焦，目中有人。如今我来看他，努力把记忆中的苦孩子和眼前的幸福老汉无缝对接，不由得赞一声时代和命运。

"嘿啦啦啦啦嘿啦啦啦"

——小记孙尔才

我记忆中的他

这是个苦命的孩子，四岁殁了爸爸，跟着娘以及两个哥哥一个姐姐度日。早先，小洋河没拓宽的时候，他家的草棚，搭在我家茅屋的右首，隔着户彭家。尔后，因挑河拆迁南移，也没挪多远，大约数十步，紧挨着我家新居的后院。印象里，他小我一岁，圆头圆脑，喜眉笑眼，人是极爽朗的，就是个子矬，比我弟弟还矮。大人说："饿的，欠长。"闹饥荒的人食量普遍大，传说他过年那天一口气喝下整整一头号盆的稀粥——他排行老三，是以落了个诨名"三大肚子"。

五六岁光景，我读私塾。孙三是野孩子，快活郎当。彼此年龄相近，一来二去，就玩在了一起。他人小鬼大，猴精，溜滑，似乎啥都懂，啥都会。我是文乎文乎，傻里傻气，除了认字，别无所长。因此，不论玩耍，还是做事，他自自然然当仁不让地成了我的小老哥。

譬如在大人嘴里与"东奔西跑，不如拾粪划草"画等号的捡烟头。孙三他，为了卖钱；我，为了孝敬祖父。孙三是从小干惯，轻车熟路；我是初出茅庐，偶尔一试。出发前，孙三告诉我门径：先去招待所，那里的人身份高，抽的烟质量好；然后去政府机关、大会堂、文化宫；最后去戏院。我问戏院离家近，为什么不先去？他一笑：现在戏刚开锣，进不去，要等到快散场，大门敞开，"拾大麦"。另外，看戏的人杂七杂八，烟屁股好丑不一，加上你踩过来他踏过去，剥出的烟丝，品相差，如果前面捡得多，就不去了。

又譬如比说话高一个等级的唱歌。私塾不教音乐，我想引吭高歌奈何腹中空空无情可抒无韵可叹。孙三不用人教，他是触耳便擒，无师自通。小时候如何跟大人牙牙学语，记不得，但我记得跟孙三学唱"嘿啦啦啦啦嘿啦啦啦啦，嘿啦啦啦啦嘿啦啦啦啦，天空出彩霞呀，地上开红花呀……"那个兴奋陶醉，真是心里乐开了花。我问孙三歌名，他说在学堂门口听人唱的，忘了问，不妨就叫"嘿啦啦"。

孙三还教我淮剧，有一首歌是《白蛇传》里许仙唱的："自从去到金山后，那法海骗我在山头。想不到上山不肯让我走，勒逼许仙把心修……"我问他淮剧和京剧有什么区别，他说淮剧土，京剧洋。我问什么叫"土"，什么叫"洋"，他说"土"就像我们穿的黑布褂子，"洋"就像画片上上海女人穿的花旗袍。

夏天，孙三常常连黑布褂子也不穿，就着一件白裤头。一天，我和他到西边田里捉蚂蚱。那里有一条东西向的小河，河的南岸住着李三大头和他的老娘，侍弄一片奢侈的菜地瓜园，屋后招摇地挺拔着几株桃树。孙三霍地脱了裤头，涉水过河，去瓜园摘了一个香瓜，转身待回，恰巧被李三大头瞥见，绰起木棍就追，口里喊"打死你这个小杂种！"孙三抱着香瓜，急跑两步，扑通跳下河，三划两划，游回北岸，然后，举着手里的香瓜，对着李三大头高唱"嘿啦啦啦啦嘿啦啦啦……"

我佩服他的精灵聪慧，泼辣果敢，可惜不识字，唉！

孙三后来放弃烟头，改为捡木柴，捡木炭，摸鱼，摸虾，拾麦穗，拾棉花。

孙三在我印象中的最后定格，是和一众男女帮人家割麦，他镰刀飞舞风卷残云遥遥领先。

那年，我读高一，正好与同学在旁边一块地里支农。丁瑛老师望着孙三的背影，夸赞："这小子是把好手！"我说："是我邻居。"话里不无沾沾的自豪。

他记忆中的我

怎么把孙三找到的？说来话长。

八十年代，在盐城汽车站偶遇，他蓄着一把逆天的兜腮胡，在那里当修理工。夫人狐疑："你怎么有这么老的朋友？"我说："你被他胡子骗了，他比我小。"

就凭这蛛丝，撒下寻找的网，辗转找到孙三的一位亲戚，然后，亲戚又找亲戚，终于把他从茫茫尘海里捞出。

这才惊讶他脱胎换骨：胡子剃了，人倍儿精神，举止像基层干部，言谈似中学老师。

这才发现记忆有误：孙三不比我小，人家属羊，长一岁为兄。

也不是一天书没念：他十三岁，经我祖父引导并资助，跨进小学的门槛，读了三年，跳了两级，终归因为超龄，被学校劝退。

这才晓得人家记性比我好：小学低年级的老师，除了二年级的班主任陈觉，他是接收我插班入学的，终生不忘，其余的，统统抛去爪哇国。而孙三，语文老师郭雨霖，算术老师朱景贤、殷秀梅，等等，俱脱口而出；还能说出朱老师老公是县检察长，姓徐；自曝生性调皮，受到朱老师惩罚，便去庄围沟里抓了一条青蛇，悄悄搁进朱老师的书桌；铭记某个下雪天，光着脚上学，朱老师心疼，赶紧回家拿了一双鞋，给他穿上。

孙三的歌唱才能也脱颖而出，大放光彩。一次县里歌咏比赛，他和同学吴芳红演老两口《逛新城》，获得二等奖。

孙三说我爹爹人好，逢到下雨下雪，都要到他家问："孙大娘，家里还有米吗？"爹爹去世，前去问询的便改成我母亲。而他母亲硬气，回答总是"还有哩。还有哩"。我爹爹与母亲茶壶里煮饺子——心里有数，总会及时救济一些。

孙三说：在周围一带，东边蔡家，西边你家，最富。（这话让我惊醒，原来，曩昔是身在福中不知福啊）根据嘛，就是：一日三餐，应时应卯，从不违误。没有大米，有穄子，没有白面，有棒子粉、豆腐渣、豆饼，总之，顿顿有食物果腹。当你家开饭，那时我小，经常站在门口"相嘴"（看人家吃饭），相了一歇，你母亲就主动分一些饭食给我。

孙三说：你从小老实，跟别人刮画片，画片贴在墙上，人往后退，看谁的飘得远，谁就赢。你比不过岁数大的彭家兄弟，也比不过岁数小的刘古山。彭家兄弟人高马大，画片贴得高高的，下落自然就远；而且哪怕寒冬腊月，他俩也必定敞胸露怀，干什么呢？撒手，后撤，利用两片衣襟上下扇风，旋着画片飞。刘古山人矮，他把画片贴在头顶，松开手，猛吸一口气，用气拽着画片飞。你呀毫无心计，哪里玩得过这帮江湖精怪。

后来你砸铜板砸出名堂，那是你长大了，脑子开窍了。而我们这批老玩家，已投身苦钱养家，至少养活自己，就连小你很多的刘古山，也开始卖糖果，卖蔬菜，"混穷"，没工夫也没兴趣再玩儿童的游戏，由得你"猴子称大王"。

孙三又说：困难时期，我带你到合德镇西北乡下拾过一次黄豆。那里住着许多海门人，勤劳，能干，比本地人富裕。说实话，对我，名义是拾，其实带偷。生存，为第一要务。见到地里的山芋、萝卜，就拔两个；见到路边的扁豆、豇豆，就将一把；见到屋旁的桃子、梨子，就摘几个。我不像你，家里好赖有吃物下锅，可以安分守己地待在收获过的黄豆田里捡遗落的豆粒。

孙三又说，他犹犹豫豫半吞半吐地说：有句话不知该不该讲，你初中那会儿，因病停学，像被霜打了的茄子，蔫头耷脑，没精打采，用现在的术语，就是患了抑郁症。

一柄冰冷的手术刀，划破迢遥的逝水。

部队是个大熔炉

我是一九六四年赴京读书的，问孙三别后的情况，他说：我一九六三年当的兵，海军，第一站在北京海军大院，警卫连，尔后调防青岛、秦皇岛，一九六八年十月复员，分配在盐城汽车公司。

少顷补充：当兵时体检，最低标准：身高一米六，体重九十斤。我身高正好一米六，体重只有八十八，差两斤，我就猛灌一肚子水，顺利达标。

哈哈！"三大肚子"关键时刻派上了用场，孙三轻而易举地灌进那改变命运的两斤水。人生那么长，穷人的机遇并不是那么多。

部队是个大熔炉，千锤百炼，把孙三的杂质化成了灰，把孙三的优质炼成了钢。他今年已交八十周岁，但思维清晰，观察精准，用词简洁而老练，胜于我返乡接触的多数同龄人；尤其是，他每天仍坚持跑步十多公里——更让我行文至此，又情不自禁地，不知老之将至地，哼起那首"嘿啦啦啦啦嘿啦啦啦"的老歌。

"难得相看尽白头"

回忆，是让落红重返枝头，是驱退潮为涌浪，是给黑白胶片着色，是织蚕丝成锦，是穿珍珠为项链。

朝花夕拾，对于我，最要紧的是回到老家，回到生命的起点。

二〇二三年三月二十二日，清晨，从登上返乡高铁的那一刻起，往事便像两侧的原野一样倏地向我扑来。

当日，下午

午后两点，抵达老家射阳，下榻县城合德镇星河湾酒店。

第一个敲门的，是孙佐。

怎么联络上他的？

此事，小孩子没娘——说来话长。

孙佐是我高中同窗，一九六一年，我俩同时考入射阳县中学高中部，同分在高一乙班。他来自兴桥，不是歇后语说的"小孩子没娘"——娘健在——是殁了爹，他那终年面朝黄土背朝天的父亲，没有熬过"三年自然灾害"，一九六〇年，四十九岁，匆匆撒手尘寰。

孙佐考上县城高中，在那穷乡，是鸡窝里飞出金凤凰的喜事。但在孙母，却是眉头紧锁，愁云惨淡。当家的走了，丢下孤儿寡母五个（大女二女已经出嫁，剩下孙佐与两个弟弟一个妹妹），念书好，谁不晓得文化高了有出息呢，但念书是要花银子的啊，什么学费、住宿费、伙食费、杂费，夯不啷当一大堆，自己在社里出工，一天才挣角把钱，不吃不喝，苦一年也不够高中半年的花费，这些钱到哪儿去弄？这个书怎么念？孙母无奈，跑去老公的坟上号啕大哭。可怜逝者听不见，可怜逝者即便听见了也无法再爬出来挣钱。唯有一旁的孙佐句句入耳，声声扎心，他扑通跪下，对母亲说："妈，您已养了我这么大，我知足，我懂事，爸爸不在了，这个家，我来顶，我高中不念了，就在家里帮您干活。"

峰回路转，贵人出现：孙佐有个姑父，在邻村当书记，有眼光，也有实力。姑父帮孙佐凑齐费用，鼓励他努力攀登，读大书，干大事。

孙佐进入射中，如同进入洞天福地。这话怎么说？生活上，他享受每月最高等级的五元助学金；政治上，他担任校学生会学习部副部长，校团委会宣传部长；学习上，他是头悬梁，锥刺股，刻苦钻研，成绩也名列前茅；生活中，他个儿高挺，相貌帅气，性格和蔼，平易近人，且能说会道，能写会画，一时风光无限。

高考栽了跟头。头场，作文题是《读报有感——关于干菜的故事》，他只顾围着"读报"海阔天空，旁征博引，全忘了扣紧

"干菜的故事"，结果膝上挂马掌——跑了蹄（题）。

对于文科生，作文跑题，是万万不该的，懊丧，悔恨，自责，情绪急转直下，导致后面几科也跟着砸锅。

高考落榜，人生跌入低谷。这低谷是何种滋味？低谷之后又是如何一步一步向上爬？此乃人生这场大戏的主旋律。苏轼通透："人生如逆旅，我亦是行人。"每个过来人，处境不同，阶段各异，感受悬殊，主旋律是一样的啊。

晚岁，我在县市诗词、书法活动报道中，见到孙佐的名字。我开始寻找，问了合德镇几位老同学，有人答复孙佐仍在兴桥，偶尔街头碰过，地址不详。月初，转问移居盐城的胡礼海，得知孙佐当过兴桥中学教导主任。这就好办，离京前，我向县教育局长周先生求助，很快得到孙佐的手机号码。

这就跟孙佐联系上了。我跟他预约，今天下午五点见面。

然而，孙佐等不及了——他等这一天，包括我等这一天，实在太久太久。

开门，第一印象是丝毫未变，还是当年那副笑嘻嘻红嘟嘟的模样，大大出乎我的意料。一般暌隔三四十年，人的体征、容貌大改，往往认不出来，"问姓惊初见，称名忆旧容"，总要过上一时半刻，才能慢慢从蛛丝牵出马迹，由陌生转为依稀。而我和孙兄已阔别一个甲子，今日重逢，却像从没离开过一样。难道是因为他的乡居岁月特别适宜于青春长驻？难道是因为他心地单纯从而免却了多少世俗江湖的浪淘风簸？

当日，晚宴

此行，纯为访旧，局外人，能瞒则瞒，免得节外生枝。

母校校长刘浩，是不能不报告的。

登上高铁，我给刘校发了短信。

刘校回复："今天晚上，给我一个机会，由我来为您接风。"

今晚原有两个方案：一、终点站下车，径直去盐城见胡礼海，他是我儿时邻居、中学同学、终身挚友，有很多话要聊。二、去合德，见孙佐。

我把底细托给刘校，他说："这很好办，我来安排，两个方案合而为一。"

我便通知孙佐，约定见面时间。

孙佐到达不久，刘校派人把胡礼海夫妇从盐城接过来，也安排在星河湾。

当晚，刘校设便宴，到场的，除礼海夫妇、孙佐，还有一位学长林兄，正是我计划要见的，可我事先并没有告诉刘校，他居然未卜先知，可见其知人之明，这个校长，不是白当的。

林兄高我两级，精通音乐，他当年在中学晚会上表演的小提琴独奏，撇开绕梁的琴音不说，光是那琴本身，就深植我的脑海，终生不忘——并非那乐器如何珍贵，而是因为那是我生平见过的第一把琴。

林兄一九六二年进入南京师大中文系，长相颇有几分像前辈幽默大师林语堂，性格尤其像，谈吐诙谐，语速不紧不慢。席间，林兄闲话白云苍狗，抛出了若干段子，其中之一，他说：我原名"宝财"，倒过来念，就是"财宝"。聚金攒银，兴家致富，老辈人的梦想。"文革"中，觉得这名字老土，忒俗，遂更名"继彪"。继哪个"彪"呢？当然是林彪，副统帅，毛主席的接班人。从此我走路腰杆笔挺，讲话声如洪钟，神气六国，洋洋得意。没几年，"九一三"事变，林彪折戟沉沙，摔死在温都尔汗。我三更梦醒，觉得这名字还得改回去。当时正在农场劳动锻炼，领导皱起眉头，说，你这名字是得改，但改回"宝财"，也不带劲啊，"四旧"，落后。我灵机一动，提议，那么就改成"保才"，保卫的"保"，才华的"才"，同音，不同义。领导眼睛一亮，说，毕竟是大学生，有才。我的名字就这样重新包装，堂皇问世。

这故事可入当代《世说新语》。

孙佐敬酒，我回敬，趁便问饭后如何回兴桥。他说：不用回，合德有房子，儿子买的，很宽大，就我和老太婆两个人住。

问他母亲后来的情况。他说：老人家活到九十二岁，赶上了子孙满堂，繁荣幸福。

席间，还有一位张林春老师，复旦中文系出身，年纪与我相仿。他是我此行访旧中的枢纽人物之一——敢情刘校预先得知信息，巧作铺垫——只有我尚懵里懵懂，浑然不觉，大幕，要四天后才哗啦揭开。

"难得相看尽白头" >>>

二十三日

合德镇的部分老同学在酒店聚会。

胡礼海从时光深处走来，从他的少年时代走来。我是高小与他的哥哥礼仁同班，礼海低一级，小两岁。礼仁是翩翩少年郎，长相俊，成绩棒。礼海呢，那时我眼里没有他，儿童相差两岁，是个很大的差距，倒是时常碰见他挑水，小小的个儿，大大的水桶，一步一晃。时常？是的，我没说错，水是重要的消费品，那时没有自来水，只有靠人从河里挑。礼仁不挑？没见过。他父母不挑？也没见过。如此说，礼海是家里主劳力？嗯，我讲的是挑水。你这么问，又使我想起，有个暑假，礼海跟我斜对门于大爷的弟弟于三爷学瓦工，当时没往深处想，今天问他，才晓得，不是学瓦匠手艺，是给于三爷当下手，负责拎水泥桶，一桶三四十斤，人家看他年纪小，每次只装大半桶，也有二三十斤，一天拎下来，腰酸背痛，为的是挣学费。礼海回忆，父亲一人工作，工资三十多块，抚养五个孩子（后来又有了老六、老七），根本没钱缴学费。开学，父亲和学校说好话，说缓些日，一定缴，一定缴。实则一拖再拖，总也缴不起。常常，老师从前门进教室，我就从后门溜出去，生怕老师叫住我，要学费。

这位未来的县教育局长，从小就深知"干活"两字的真谛：干活，干活，干才能活。

魏乃明从他的哈军工走来。他是我们班的天之骄子，德才兼备，红专标兵。一九六四年高考，他本来报考清华土木工程系，听说军校招生，享有军人资格，大学待遇，而且不用交学费，遂改报西安第四军医大学。这时，教务处夏雨苍老主任找到他，要他填报哈军工。乃明当时不知道，事后听说，哈军工提前来射中摸过底，圈定了几位预招对象，其中有他，只要体检合格，高考成绩达标，即予录取。

乃明带来了一部七万六千字的自传，记述的就是从一九六四年考入军校到一九八一年离开部队的峥嵘岁月。按乃明的沉稳、严谨、精细，他在部队干下去，必定大有前途。奈何有后顾之忧，爱人及子女生活在射阳，当年夫妻两地分居，是全民之痛，年年亲情似水，岁岁佳期若梦。终于，他在一九八一年底，选择了转业返乡。

毕竟是金子，搁在哪儿都闪光，乃明在老家也是如鱼得水，尽展其长，官运亨通，福泽一方。如今那些官职、官位俱已成了远景，人们还习惯地称他"魏主席"（政协主席），这是他仕途最后的驿站。

张玉珍似乎从前世冒出来。我这么说，一是没有思想准备，不知道她会来，也没想过她会来；二是因为她是我们那一拨的校花，人美、舞美、歌美。我至今还记得她演出的《逛新城》，汤其龙扮老汉，她扮女儿。我们当初选校花，是因为人人有爱美之心。我们走出校门这么久仍记得校花，就像永远记得童年清晨露珠映射的彩霞。老同学叙旧时动不动就提到校花，因为她是我们背过的单词，讨论过的公式，吹过的口哨，哼过的音符，朗诵过的诗词。

我请张玉珍唱一首歌，她摇头，我请她唱一句，她依然摇头，我释然，再见已是缘，夫复何求。

今日，到场的有胡礼海夫妇、魏乃明夫妇、杨忠茂夫妇、余学玉夫妇、张玉珍、王曙明、程凌。午餐前，排座合影，乃明一把将我的帽子扯下，魏夫人左其秀说："哟！头发还没全白。"

长年生活在北方，天寒，习惯了戴帽出门，这一戴就摘不掉，倒不是为了遮白发。今生今世，此日此时，借用宋人释文珦的诗："重逢宁用伤头白，难得相看尽白头。"

二十四日

午前，项达琳和吉学荣来到酒店。

道地发小，前者现居盐城，后者长住合德，自我一九六四年赴京读书，其间，仅和达琳见过一面，与学荣，则是去年九月才联络上。

我在电话中已说清意图，他俩都是有备而来。落座，寒暄既毕，达琳首先开腔，他拿过酒店的信笺，画了幅五十年代小镇的草图，把我的思绪拉回既往，他说：

小洋河自西向东，穿镇而过，分出河南、河北。河上架了两座木桥，东首的叫朝阳桥，西首的也叫朝阳桥。东朝阳桥向南扩展出一条大街，依次有邮局、新华书店、法院、电影院；东朝阳桥向北下去不远，就是县政府，最初的合德小学，就设在那后院。这些，你都是知道的了。

——没错，我在县政府后院读过半年小学。

西朝阳桥串联南北长街，北街头叫黑野门，许多人不晓得，读成黑衣门。

——我也搞不清，问过很多人，也没弄明白。

告诉你吧，日本鬼子占领合德，在北街头修了座碉堡，守卫小队长姓黑野，就叫成了黑野门。

——哦，日本是有"黑野"这个姓。

南街头？好像就叫南街头，出去，是嵇家老墩。

我家在西朝阳桥南边，在这儿（达琳拿笔点了一点），开了一爿酱园店。以我家为中心，转北朝东，伸出东兴街，转南朝西，伸出西兴街，学荣住东兴街，毓方你住西兴街。当时人口少，家家户户，几乎都认得，不信你问。

——"张震球家？"我想到他的女儿张幼珊，高小同班。

张震球是我大舅，住我家北隔壁，西医，开了个诊所，幼珊是老三，后来在合德诊所搞化验。

——"林乃德家？"乃德是初小同班，家境富裕，长相标致，一副贵胄公子的样范，爱唱京剧，拿手的是《苏三起解》。

他的爸爸叫林学高，在我家往南五六家，开个"林家铺子"，卖布，属于小资本家。林乃德和我一起读民中，他初二长到一米九，被省运动队选去，打篮球，退役安置在南京肉联厂。

——殷家琪呢？说到省运动队，不由想起了他。

我家在桥北还有一处房子，与殷家挨着，他老子叫殷奎，当过街道书记。殷家琪比林乃德还高，恐怕两米出头，被省里选去打排球，不幸患了脑瘤，很早就去世了。

——"惠振兰家？"这是高几届的学姐，掌握的校友情况多，我很想见见她。

她老爸叫惠乃青，早先给林乃德家站布店，后来转到射阳商场。大儿子惠振邦，是镇上第一批大学生。大女儿惠振仪，和我小学同班（我插话，和我初一同班，大我三四岁）。二女儿惠振兰，当过东方红小学校长、明达双语小学校长，是镇上冒尖的人物。

我了解的多是五十年代的事。我一九六〇年去省石油普查大队，一九六三年入伍，转业到盐城，合德后来的事，学荣比我更清楚。

学荣接过达琳的话：

说起后来的事，项达琳有个大姑，兴南街的陈老太太，活了一百一十二岁，创了射阳人瑞的最高纪录。每逢过生日，周围的邻居都跑去吃面，街上路过的，也跑进去吃，吃完了，还把碗筷调羹之类顺手捎走，图个福气。这事值得你写一笔。

——我认识她一个女儿陈兰生，比我高两级。

还有，你托我打听的张四维，我听人说，一九四九年，郭沫若给他写过一联："江南三月好风光，有志青年莫彷徨。""文革"中他曾口占一联："放大肚皮存气，振作精神做人。"

——是的，我在蔡中谷的微信里看过。

回忆像散文，达琳和学荣边想边叙，我也边问边听边记。回忆像小说，曾经朝夕相处、锅碗瓢勺相闻的每一家每一户，定格，放大，都是一卷"凡人春秋"。回忆像诗，听到惬意处，我停止记录，闭上眼睛，仿佛一脚踏进了"青青子衿，悠悠我心""青青子佩，悠悠我思"的从前。回忆像一面镜子，照出我们三个老头儿"昨日种种，皆成今我"，"欢笑情如旧，萧疏鬓已斑"。

二十五日

我读初三，她读高三，学校演一场晚会，总共二十个节目，她一人包揽了十八个，能不把巴掌拍红？能不由羡慕生出嫉妒？

她叫惠振兰，校内公众人物，"芳兰振蕙叶"，"兰之猗猗，扬扬其香"，不仅擅长表演，各门功课都是谷子地里冒高粱——出类拔萃。她的姐姐振仪和我曾经同班，说起这位妹妹，也是不避嫌疑，连连称赞。然而，万万不该出现的然而，这样的人才、全才，高考竟然名落孙山，真让人大跌眼镜，真让人感叹造化的不公。

"一山突起丘陵妒"，她遭遇的是鬼神妒。

下午观看淮剧《合同记》，演出前，她跟我交了底，她说：赶在高三上，父亲所在的射阳商场爆出特大盗劫案。公安人员前来侦查，商场的许多贵重物品都遭洗劫，与之同时，店员的办公抽屉也都被撬开，财物不翼而飞，唯独我父亲的抽屉，锁得好好的，纹丝未动。这事引发怀疑。按理，如果是我父亲作案，必然也会把自己的抽屉撬开，财物拿走，搞得和其他人的抽屉一模一样，伪造现场嘛。父亲为自己辩护，说他的抽屉之所以没被撬开，是因为小心谨慎，用的是一把大锁。侦查人员却从反面想，你这是故布疑阵，企图转移视线。刚好碰上我哥哥大学毕业，参加工作，把领到的第一个月薪水全部买了食品，寄回家，那是困难时期，食品紧缺嘛。侦查人员觉得又多了一个旁证，认定这买食品的钱来历不明，我家是暴富，就把我父亲抓起来，投入监狱。射阳商场是县里最大的商场，我父亲的案也成了轰动的新闻。如此一来，我的政审就有了污点，高考就不宜录取。待到后来作案者被捕（笔者注：我的记忆被激活，传说是建湖人，从天窗钻入，在天花板守了三天三夜，垂绳而下），真相大白，父亲无罪释放，公开平反，家人急忙把实情向江苏省招生委员会报告，奈何高考已成了过去，过了这村，再没这店。

一个人的命运，就这样被扭曲。

她当然不甘心，但是，平台改变，一切推倒重来。从前如高台跳水，如今似池塘玩水；从前如八面来风，如今似八方风雨；从前是长袖善舞，左右逢源，如今是巧妇难为无米之炊；从前是惊叹号，如今是感叹号；从前是梦里腾云，如今是直面现实。

别后，印象中仅见过她一面，是在学长蔡忠祥的七十寿宴上，交谈，是关于她兄长振邦先生的近况，如是而已，如是而已。但每次回乡，都听到她的消息，教书，从代课到民办到公办，从县教育局职员到主任到东方红小学校长，再到创建明达双语小学。网上查，她还是中学高级教师、盐城市数学学科带头人、江苏省数学学会理事、盐城市数学学会副理事长。我也是过来人，在氍毹上表演易，在沙碛上表演难，在荆棘丛中表演尤难！想起郑板桥的咏《兰》："便是东风难着力，自然香在有无中。"进而想到龚自珍的憬悟："世事沧桑心事定，此生一跌莫全非。"是啊，振兰学姐高考的那一"跌"，不会白跌，爬起来势必"顺手抓把泥"。

《合同记》开演，讲的是落魄书生持婚约合同投亲，途中遭家奴陷害，合同被劫，身份被家奴冒顶。书生大难不死，求见岳父无门，小姐暗中赠金，又被家奴以偷盗抓捕。今天演的是上集，我知道下集小姐必遭磨难，书生也必定挣脱牢笼，赴京赶考，高中状元，然后衣锦还乡，沉冤得雪，家奴正法，书生跟小姐成婚，花好月圆，皆大欢喜。这是老套，老套演了千百年，仍然弦歌不辍，说明受众大有人在。这很传统，也很残酷。何以见得？你想，状元只有一个，而落难的书生多了去了，一人夺魁可以扬眉吐气，而其他失意士子的出路何在？我看这出戏得改。你说这出戏要如何改？

老天给了我们出生证，并没有给我们通行证；给了我们护照，并没有给我们免签证；告诉我们成事在天，并没有教我们怎样谋事在人；人不能跟命运签合同，只能跟未来订契约。

刚想到这儿，振兰学姐说："我考虑给你送件礼品，你想要什么？"

我说："谢谢！我什么都不需要。"

其实，我从她那儿得到的已经很多很多。"少年听雨歌楼上"，她激励我放飞；"壮年听雨客舟中"，她启迪我奋争；"而今听雨僧庐下"，她告诉我无悔。

二十六日

大幕揭开，高潮涌现。

此行，最想见的，是老友曹如璧的遗孀及其子女。

如璧是我少年的知己。

最能体现友谊的，是我初二染病，如璧比他自己染病还难受。他遍翻医书，恨不能学神农尝百草。他三天两头往我家跑，恨不能逃课陪我打发寂寞。

最能体现无间的，是他一九六三年考上南大，我比自己考上还要高兴。我自觉是他的影子，他踏进南大，等于我也踏进南大。自觉他是我的化身，他知识长进，我也跟着进步。

如璧早我一年上大学，早我一年毕业，分配在浙江桐庐，当"孩子王"。他写信给我，如同写日记，谈他的失落郁闷，谈他的孤单枯寂，谈学生的懵懂无知，谈当地的方言有不少与射阳话相通，谈桐庐的丘陵，出门就是山，谈不远处的富春江，江上的严子陵钓台，谈范仲淹《严先生祠堂记》中的名句"云山苍苍，江水泱泱；先生之风，山高水长"……我至今也没有去过桐庐，却似去过一千次，一万次，随同他的脚步。

一九七二年二月，我从长沙回射阳探亲，十号，也就是农历正月初五，如璧大婚。我记不得贺客都有谁，我只记得与老同学张锦飞，宴席之后陪他打牌，醉翁之意不在酒，在于闹洞房，闹到深夜也不肯离开，撇下新娘孤单单端坐一旁，急得他老父里外转悠，大喜日，催客人走不是，留客也不是。

成语天妒英才，说的就是如璧。他笃志向学，坚韧内秀，但学非所用，用非所学。他信中说：晨起散步，经过一户农屋，小男生出门晒被褥，上面花里胡哨的尿迹，使我想起了久违的地图学。他信中又说：半夜，睡不着，起身，出校门，踱到江边，坐对渔火点点，想念父母、妻子、同学。回头，瞥见老校工在不远处站着——兴许是怕我轻生。

如璧终于争取到调回射阳，算是落叶归根，仍旧当"孩子王"。

成语天不假年，说的更是如璧。好不容易从小学调入中学，恶疾找上门，那时我正在读研，听他说在镇江住院，听他说身体无大碍，听他说想再去逛金山寺……最终等来的却是噩耗，一九八〇年二月十日，农历己未年腊月二十四，离春节还差六天，年仅三十五岁的他，遽尔辞世。

韶华不为英才留，叹人生常恨阴阳隔。

八十年代，我专程看望过他的遗孀与子女。九十年代，房地产兴起，住户拆的拆，迁的迁，我偶尔返乡，也是来去匆匆，有心寻找，苦无踪迹可循。

唯叹"死者长已矣，生者常戚戚！"

此番访旧，发愿查找如璧的家人。

返家当日，晚宴，提到一位"此行访旧中的枢纽人物"，读者应该记得，叫张林春。萍水相逢，张先生何以能成为我的贵人？原来，他是胡礼海夫妇的射中同事，也是曹如璧的连襟。

这就巧了，我问询于礼海，礼海转问于张林春，在我是千难万难，在张先生只是拨打个手机。

今日中午，假座世纪金源君豪饭店，如璧女儿曹桐华与先生沈斌设宴，到场的，有桐华的妈妈张桂芳、继父周文海、二姨夫张林春夫妇、三姨夫杭建秋夫妇，以及弟弟曹扬、弟媳孙逊，以及胡礼海夫妇和我。曹扬夫妇长住镇江，特地赶过来，途经盐城，顺便把礼海夫妇接上。

曹桐华，为如璧在桐庐执教期间所生，桐，自然指的是桐庐，华，古义同花。

曹扬，扬谐音阳，应是如璧调回射阳之后所生。

桐华像父亲小学的容貌。

曹扬像父亲中学的模样。

心头浮起两句古诗："知尔有灵应不死，沧桑更变问麻姑。"

借此聊慰如璧在天之灵。

同时感谢上苍，圆我今日访旧之梦。

而为此番聚会添上额外惊喜的是：桐华赠送我她父亲一册大学时期的日记。

众人愀然，予亦愀然。

转瞬变为感慨，唏嘘。

顷刻升华为感动，温暖。

写到此处，我敲击电脑的指头犹自微微发颤。

我曾说过，逝者只要存在一人心头，他便仍然活着。

我现在想说，今日获赠如璧大学时期的日记，宛如再见他的青春，如璧在我心头，将韶华长驻。

二十七日，尾声

高潮之后，必有余波。

清晨，幸会失联半个世纪的同窗薛宝财。

午后，辗转打听到过世十七年的老友王登成的遗属，随即登门访问。

晚间，接高中班长孙志富的电话，六十年未见，听声音还是那么洪亮，约定明日上午见面。

每一位寻找，都是亏热心的朋友帮忙，其间不乏山穷水尽，柳暗花明，不乏喜极而泣，九转回肠。

有人说：你怎么不早点动手回忆？

这个，有冠冕堂皇的回答在：我曾经说过，回忆意味着衰老，我坚持前瞻，坚持开拓。

那么现在是向衰老妥协了？

也不。回忆是为了理清来路，凝练思维，卸掉包袱，以便轻装上阵，迈向尚有漫长岁月的未来。

古诗是怎么说的？"少年别有赠，含笑看吴钩。"还有一句："老境何所似，只与少年同！"

"却顾所来径，苍苍横翠微"

一

世界读书日，电视台采访，特意安排在一幢开放型的恒隆书屋。

面对满目琳琅的书籍，我想起了从前。

高小，镇上兴办图书馆，地址在西朝阳桥之北，只对初中水平以上的人开放。我请大哥帮忙，他念过十多年私塾，算得知识分子。不行，他没有学历证明，也没有公职身份，同样无缘问津。我偶尔去门外徘徊，听几个初中大哥哥神气活现地张口茅盾，闭口巴金，羡慕得眼珠子都要掉出来。

初中，图书馆搬到东朝阳桥之南，我在项达琳的陪同下，幸运办理了借书证。馆分内外两室，外室提供图书卡片，看中了某本，将卡片抽出，交到柜台，管理员从内室书架取出该书，办理借阅手续。每次限借一册；限时多少天，忘了，我看得快，换得勤，那期限对我没用。一来二去，结缘了管理员徐玉婵，她不像本地出身，人淡如菊，秀外慧中，倒似从大观园里走出的，从唐诗宋词里走出的。徐老师给我开绿灯，放我进内室，随便看，随便借，想借多少就借多少。这无疑是改革开放的前奏，助我在书海直挂云帆。

中学也有图书馆，品种少，制度死，缺乏吸引力。某年，从县里下放一位管理员，他郁郁寡欢，神情落寞而举止傲岸。一天，他在门外贴出有奖竞猜，谜面是十位外国作家肖像，奖励是全部认出的，享受进馆挑书的特权。刚贴出，正好撞上我，十位作家都是老熟人，记得有果戈理、屠格涅夫、托尔斯泰、巴尔扎克、狄更斯、惠特曼、泰戈尔等。竞猜草草收场，他领略了学生中卧虎藏龙，我获得了进馆淘书的快意。

"假若我迟生六七十年，我将如何利用这满坑满谷的书？"一脚踏进书屋，我大脑的前额叶皮层就开始翻江倒海，借用生物学家的术语，多巴胺与脑啡肽尽情释放。采访结束，犹自情不能已，步下台阶，脑海里突然冒出一句广告式的词语——可惜录音录像已毕，我就写在这里吧："镇上打造了'安徒生童话乐园'，不失为儿童的天堂。然而，说实在的，这开放的恒隆书屋，比安徒生更安徒生。"

二

回到母校"老射中"，与昔日校友师长座谈。一九六五届学弟张以贵回顾"三年困难时期"，他说："学生食堂，一斤粮食熬成十六大碗粥，稀得一口只有几个米粒。"

以贵毕业于南京工学院（现为东南大学），当过县物资局长，办过射阳港电厂，工科生，言必有"数"，"数"必有"据"。

以贵说到"无粮饼"。"冬天，校长发动师生到校外搜罗山芋藤、扁豆藤、玉米秆、豆秆之类，集中堆放在体育场。六道工序：铡成五十公分长；洗净；再铡成几公分长；磨碎；用吊浆吊下汁水，搁进大缸沉淀；最后取出灰色淀粉，和山芋、胡萝卜、粗面混在一起蒸。"艰苦是艰苦，师生是苦中作乐，以苦为乐，自得其乐。

以贵说："当时吃喝拉撒、衣食住行，啥都要票。一九六一年特大困难，布票，每人仅发一尺六寸，做一件裤衩都不够。"

有人嘀咕："一丈六尺吧。"

我用手机搜索，网上有一篇文章，讲同年四川每人发布票一尺八寸，可见一九六一年确实艰苦，可证以贵的话不虚。

以贵又讲到挑猪草，每人每周的任务是一百五十斤，他有一周没完成，班主任F老师给他的操行等级是最差的"丁"。

这事简直相当于开除，F老师急于跟上形势，急于"上纲上线"，过了分。天工开物，仁师育人，凡师离开了仁，必然适得其反，既伤学生，又伤自己。

我于此亦心有戚戚，联想起大炼钢铁，老师号召同学把家里的金属物件，包括铁锅、铁勺、铜盆、铜锁都上缴，充作炼钢材料，我做不到如此彻底，老师并没有为难，班上的某位干部却在土高炉现场发飙，对我和另一位丁姓同学"挂牌警告"。嘻，岁月洗牌，大浪淘沙，这事本不值一提，但雁过留影，风过留声，基于历史，还是值得后人好好总结。

校园有两株老柳树，是上世纪五十年代栽下的，以贵建议现任领导精心保护，并悬挂铜牌，作为老校友回访时的打卡点。

以贵的建议，使我想起《诗经》中的名句："昔我往矣，杨柳依依。今我来思，雨雪霏霏。"现值暮春，有雨，没有雪，但柳絮也是可以当雪看的，古有名典："白雪纷纷何所似?"一人对曰："撒盐空中差可拟。"另一人对曰："未若柳絮因风起。"向来都认为后者对得好。

即使没有雨，没有柳絮，今天我们来，依然也可以吟咏"雨雪霏霏"，另一种思想上的雨与雪。

三

"回忆母校，我最感恩的是语文老师杨豪。"一九六二届的学长顾鹤冰说。

"杨老师课讲得好，这是有口皆碑的，字也写得好，尤其批改作文，特别认真。"难得的是，顾兄还保存当初的作文簿，他举例：

"这是一九六二年四月的一篇议论文，标题是《艰苦奋斗，发扬革命精神》，我写了一千四百字，老师批为'传观'。评语说：中心思想突出，并且饱和着强烈的感情，颇有'议论风生'的特色，不但能从理智上说服人，而且能从感情上打动人，有鼓动性。但今后对于论文里的感情抒发应注意掌握：它不是一种激情，不是一时感情冲动，更不是轻扬浮躁地表露，而是立足在充分理智认识的基础上，含蓄在理性中的深刻感情，这种感情应当达到'炉火纯青'的程度，使其帮助议论的鲜明、尖锐和深刻，增加论文的艺术性。决不能引起违反逻辑的后果，或者使人感到浅薄和做作。你对于论文的写作在技巧上已比过去提高，但仍须继续努力，力争平稳、谨严。"

杨老师没有教过我，仅有的一次接触，是在校园篮球场，杨老师叫住我，说："得奖的三篇作文，我都看了，你的特点是有思想。"

那是一次高中年级作文竞赛，优胜者，高三是赵国兴，高二是姚绍德，高一是我。

鹤冰兄回忆："杨豪老师国字形脸，鼻梁上架着副枣红边框的眼镜，额头高而宽，油光闪亮的黑发，整齐地从头顶向后梳，魁梧身材，洪亮嗓门，满满的学者风度。在我记忆中，他有块旧怀表，每当上课走上讲台时，第一件事就是掏出这块表，打开表盒，将它放在讲台桌角上。"

杨豪老师不久离开了射中，调任建湖县上冈中学校长，尔后又出任建湖县政协主席。是以，我历次返乡，都缘悭一面。

今天意外看到杨豪老师对他人作文的批语，如见其面，如闻其声，恍惚觉得也是对我说的，说来说去，不外"思想为文章之魂"。

四

丁超是一九六五届的高材生，当年高考，他自觉超常发挥，成绩是不用说的了，但是地主的出身无法改变，在那"以阶级斗争为纲"的年代，注定名落孙山。

转而进"农大"，带引号的，当了十三年知青。

一九七八年恢复高考，丁超报考了南京农大，这是不带引号的，专业是蔬菜。前一个"农大"让他和农村农民命运与共，血肉相依，后一个农大使他破茧成蝶，智勇双全。

毕业，丁超回到射阳，一直扑身在农业第一线。论其职务，当过镇长、农业局副局长、农林局副局长、县蔬菜办主任、县食用菌协会会长，至今仍然担任县、省大蒜协会会长、中国大蒜协会秘书长。论其著述，围绕"三农"主题，已出版各种书籍三十五部。不愧是劳苦功高，战果显赫！丁超对家乡的反哺，是十字路口的红绿灯——有目共睹。

如果高考没有挫折，如果挫折没有十三年，丁超的辉煌度无疑更高——这假设是"天问"，天无言，天不会作答。除非我们自己就是天，除非天倒过来问人，问我们自己。

想起前面提到的鹤冰兄，从杨豪老师的作文批语可以看出，他对这个学生是欣赏的，是寄以热切期望的，遗憾，鹤冰兄高考也被卡住，卡在何处？在于莫名其妙的"七人小集团"事件。七人，指他与同班的李正文、王维、臧金良、张永航、王乃六、盛正明，"小集团"也哉，是七人成绩相当，脾气相投，暑假有时在一起切磋交流。这就被人告发，指为结党结社，别有居心。我是过来人，知道在红旗下长大的这一代，人人服膺革命，都趋"左"，但是碰上"极左"，单纯的"左"就变成了"右"，这七位同学就是这样，他们碰上了"极左"的S老师，七人的关系就被上升为"小集团"。那年头，"小集团"是政治反对派的代名词，七位年轻学子的前途，就这样遭遇扭曲、葬送。

难得鹤冰兄遇难不馁，自强不息，一路从底层奋斗上来，在金融战线立足、发展，堪谓艰难困苦，玉汝于成。

又想起高三同班的王一德、邻班的征平，他俩学业上都是佼佼者，高考均卡在出身，铩羽了，折戟了。"折戟沉沙铁未销，自将磨洗认前朝。"王一德听说去了新疆，听说而已，没有下文。征平嘛，我辗转追踪，得悉她从邻县中学退休，在省城安度晚年。"自将磨洗认前朝"，谁来磨？谁来洗？毕竟"前朝"无法重现，过去的，永远不会回来。"少年击剑更吹箫，剑气箫心一例消。谁分苍凉归棹后，万千哀乐聚今朝。"吾友、生物学家梁宋平教授说："我们每一个人来到这世界，是大自然历史长河中，宇宙无限空间中一个极其偶然、非常珍贵、永远不会再现的事件。每个诞生的人类个体都空前绝后，每个人的人生故事在人类的历史长河中都永不重复，每个人的灵魂都是绝对唯一的。从这点意义上来说，每个人的生命都可视为宇宙间某种神圣之物。因此，我们应当珍惜自己、善待自己。当然，我们也同样应当珍惜他人、善待他人。"

此时此刻，我动笔写早年回忆，也是旨在珍惜自己，善待他人。

那日午餐后，我在内刊《射中人》上读到魏乃明记录的一则趣闻。物理老师黄志奇打了一下他爱人胡超然的肩膀，说："我打你等于你打了我，作用力等于反作用力嘛!"胡老师是教生物的，回复："谢谢你，你帮我促进了细胞的新陈代谢。"

五

此番返乡，为日月岛景区剪彩。

是晚，我写了一篇感言，开头说：

> 这里有一个岛，她有着最大气、最响亮的名字。
>
> "日月光华，旦复旦兮!"谁写的？先秦的一位诗人，他没有留下名字，但留下了一首《卿云歌》，歌中有这两句诗。再重复一遍，"日月光华，旦复旦兮!"什么意思？用白话讲，就是日月光华普照，明亮之上还要加上明亮。成语还有"日月经天"，下一句是什么？"江河行地"，对。天上有太阳，有月亮，地上有大江，有大河，有江河就有岛，这就构成了最佳风水。
>
> 这里有一个岛，日月岛。站高站远了看，地球本身就是太空中的一个岛。人生在世，就是过日子，一个

日，一个月，一个岛，囊括了地球人生活的全部。我们来看日月岛，就是来看自己岁月的浓缩。

奇了！我高小模仿《西游记》，创作一部神话小说，《西游记》的主角是灵猴，我设定的主角是仙鹤，灵猴的家园在东胜神洲傲来国花果山水帘洞，仙鹤的家园我安放在东海日月岛。稿子，是用毛笔写在白纸订成的本子上，写了一万多字，肚空，词穷，写不下去，遂作罢。这事，我在一篇回忆中记叙过，绝非此刻向壁虚构。时移世易，今古奇观，儿时没听说射阳有鹤，如今却是千鹤来翔，鹤鸣九皋，催生出世界之最的野生丹顶鹤湿地公园，连带开发出千鹤湖公园，千鹤湖宾馆；儿时射阳亦没有日月岛，如今却以之冠名，崛起上百平方公里的生态旅游区。是我有先见之明？是列祖列宗在点化？是大时代在我的潜意识中或曰神经元中显影？谅必谁也说不清楚。文化的玄机，常常是神鬼莫测的。

"人间万事细如毛"

唐飞

"你是唐飞吗?"下榻射阳千鹤湖宾馆,随即拨打他的手机。

"是的,你是谁?"

果然是那熟悉的嗓音,虽说中间隔了六十多载,音色难免苍老沙哑,音质丝毫未变。

"哎呀,可把你找到了,我是卞毓方。"

想象对方的手在发颤,心脏在狂跳——我是你的发小,是你当年形影相随亲密无间的朋友啊。

"你找我干什么?"出语硬邦邦的,像超手暴扣的皮球。

"前几天让你儿子跟你打过招呼的呀,我是你小学同学卞毓方。"

"我晓得,你是北京干部,我是射阳工人,你找我总归有什么事的。"

看来,这几天,他没少翻来倒去前思后想疑窦丛生百结莫解。

这也犹如一瓢冷水——他把我看成高高在上的干部,看成他生活中的一道鸿沟。

"老同学找老同学，难道还得有另外的理由吗？"我把皮球踢回去。

唐飞没有回答，手机死寂，空气窒息。

"我中午刚刚来到合德，马上去看你。"我说。

犹豫了一会儿，唐飞开口："我这儿路不好走，在修水沟，坑坑洼洼，乱七八糟。"他说的可能是实情，也有可能是搪塞、婉拒。

手机混进杂音，是旁边有人在讲话，听不清楚。

我干脆挂断，转而拨打他儿子训忠的手机——寻找唐飞的过程非常曲折，鉴于老家西兴街整体拆迁，住户分散到四面八方，帮忙的朋友使用了最原始的排查法，在合德镇若干唐姓人家中一户一户打听，直至问到在山东务工的唐训忠，答复说唐飞是他的爸爸，训忠转而跟爸爸联系，确认小学与我同窗。

我向训忠说明原委，请他转告父亲，就是老同学见见面，没有什么特别的事情，估计家里接待客人不太方便，那么，最好由家人陪同，到我下榻的宾馆来。

训忠做了疏通，半小时后，唐飞偕女婿女儿来到宾馆。

见面，拥抱，揉揉肩，拍拍背，鸿沟消除，皆大欢喜。唐飞大我两岁，属马，当年比我高，现在比我矮，鬓发半白，四方脸依旧，身板宽厚壮实，是工人阶级的标配，唯腰杆有些弯，显出背负的岁月重压。

坐定寒暄，得知：小升初，第一道栏没跨过，父亲是船民，搞货运，就上船当帮手。一九六五年入伍，在东北。一九六八年复员，进磷肥厂，依旧搞船运，直至退休。有一个儿子，两个女儿，今天陪他来的是大女儿大女婿，妻子十几年前去世，又找了个老伴儿，"搭伙"。

小学同学，他只记得一个王乃荣，玩得好的，已经过世。

其他的，通通记不得。

说到老师，也摇头。

说到邻居，我记得他家隔壁是朱秀成，与我弟弟同班。

唐飞说："是我亲戚。"

"什么亲？"

"他妈妈是我父亲妹妹。"

这么说是表兄弟了。

安排晚饭。席间，我问一句，他答一句，话语简短，有力，像出膛的子弹，绝不拐弯，更无拖泥带水。

晚间写日记，思忖：唐飞问我找他有什么事，也是在情理之中。老话说"无事不登三宝殿"，六十多年来，我从没联系过他，如今突然找上门，他能不纳闷？能不心生狐疑？设身处地，换了我，会怎么想？我若说是为了写作青少年回忆，在我，当然是正儿八经的事。在他，恐怕是几年难得摸一回书的，更不用说我写的回忆录，听起来难免云山雾罩，丈二和尚摸不着头脑。

当初我俩无猜，住得近，走得亲，每天一起上学、放学，一起玩，我曾在一篇回忆中写到，他似我的影子。尔后，读初中的那几年，"失去了唐飞，寂寞感油然而生，正如一个人在太阳底下失去了影子，四望茫然无措"。

唐飞失去了我，也有过失去影子般的寂寞吗？

这次会面，我的感觉，始于恍惚，终于魔幻。初见，他像匹从战场归来的老马，喷着响鼻，喘着粗气，似欲抖落什么的甩动着鬃毛；转瞬，时空逆转，一变而为活蹦乱跳的马驹，而且并非他"一匹"，在他身后，闪现出我当年所在的射小六甲班全体同学，不，全体"马驹"，无论雌雄，无论赤黄黑白，争相从时光的尘埃中冲出，一律后腿蹬地，前蹄腾空，发出震天动地的欢鸣。

王中保·彭宝·彭大兵

中学，王中保高我两级，他是一九六二届，我是一九六四届，他住桥南街，我住西兴街，他是海门人，我是本庄人，课内课外俱无交集。

大学，他读的是北京对外贸易学院，我读的是北京大学，仅仅见过一次，是随他的同届、在人民大学就读的王建前去探访。毕业，他分配至山东临沂，我分配至湖南长沙，尔后读研返京，从此天南海北，相忘于江湖。

但我内心的一个角落始终珍藏着他，皆因他高中阶段，在《江苏青年报》发表了一篇小小说《相亲》，学校作为大喜事，在办公楼前的报栏张贴。那一刻，我被一簇文学的强光射得目盲。

别后，我在任何报刊，从没见过他的名字。奇怪，这是不符合人才成长的轨迹的。二〇一三年，母校七十华诞，出版内刊《射中人》，收有他的自述，方知，他已改名王苏川。

今春三月返乡，恰好中保兄也在合德，承他多情，主动与我联系。听中保兄说，在临沂从事的是广播新闻，一干就是一辈子，离文学远又远，而少年的初衷始终未泯，视文坛为圣域。中保兄每读我在微信公众号上发布的文章，都热情点赞，不乏溢美之词。中保兄告诉我，他对卞姓有感情，源于他的奶奶姓卞，奶奶遗憾合德同姓人少，尤其是女性，四处打听，终于在镇东乡里认了一位卞姓干姊妹。

合德卞姓，数我祖父来得最早，尔后，从阜宁、建湖陆续迁来多家，落户镇东乡里的，有两家是至亲，只不知他奶奶认作干姊妹的，是否为其中一家。

"要这么说起来，咱还可能是亲戚呢！"他由衷感慨。

又一日，中保兄激动地告诉我：他的妹夫彭大兵，是我的老邻居，对我家了如指掌。

喜出望外！我一直在寻找当年的邻居，因为拆迁搬家，多半杳无踪迹。比如北邻孙尔才，我上大学，他入伍，转业在盐城汽车公司，八十年代，曾在旅途擦肩而过，记得他年纪轻轻，留了一副兜腮浓须，以后便失去联系，害得我每次去盐城，总要对街头的大胡子老翁多看几眼，用我夫人的话，就是"疑神疑鬼，神经兮兮"。彭大兵嘛，比我小八九岁吧，他父亲叫彭正扬，按辈分，我叫他彭四爷。早先，小洋河未扩宽前，我们两家沿河比邻而居，夏日，黄昏，常常坐在门口拉呱儿。尔后挖河，搬家，也就隔着三四户，仍不出近邻的范畴。待至街道整体拆迁，居民星散，也就莫知其所踪——没想到他竟是中保兄的妹婿。

找到大兵自然就找到他的姐姐彭宝，彭宝与我弟弟同龄，幼时那副嫣然一笑，洒脱而又顽皮的样子，历历在目。

如是，中保兄与我愈走愈近。

老话说"心有灵犀"。

只有知己心里才有灵犀。

只有少年时代钟情缪斯而后被迫改向的老情种，才会借他人的酒杯浇自家胸中的块垒。

老骥虽然伏枥，壮心犹在千里。

此番回乡，当晚，我就与中保兄及彭家姐弟见面。

当中保兄说到他的祖父、外祖父，与我祖父差不多是前后脚迁来合德，那时人家少，低头不见抬头见；当彭宝说到我家老屋前的小花园，南邻周大汉，说到夏天晚上乘凉，听我祖父讲前朝后汉的故事；当大兵说到我家老祖宗（我祖母，活到近百岁）年轻时的轶事，说到我家的小院尽管有门，而形同虚设，外人可以随便出入，说到我母亲的与人为善，宁愿自己少吃半顿，也要把碗里剩余的饭倒给讨饭花子……我心头一热，泪水几乎要夺眶而出。

"都奔八十的人了，您老还不能控制自己的情绪？"

这个嘛，当你和我一样老迈，和我一样离开家乡两三千里、五六十载，突然面对儿时的邻居，仿佛遁入时光隧道，穿越回童年，再见那些永远消失了的人人物物事事，时间不是老去，是冷藏，空间不是消逝，是幕隐，而就在一抬头一弹指之间，曾经的温馨，翩然重现，曾经的遗忘，悉数归来，曾经的惹你笑惹你歌惹你恋惹你痴，一股脑儿兜上心头……你就会明白，什么叫五内沸腾，什么叫百感交集，什么叫"老乡见老乡，两眼泪汪汪"。

陈长久

他的爸爸，和我的祖父、父亲过往密切，他本人，也熟悉我的父亲和大哥，称得上是世交了，尽管小我五岁，对本人不甚了了，还是乐意与之接触。

他没有念过书，一字不识，但记性好，口才佳，接着我的第一个问题"你大名是哪两个字"，随即打开话匣，如飞流直下，滔滔不绝。

他说："我名字叫长久，为什么起这个名字呢？父母生了九个小孩，我是老九，前面死了五个，到了我，想拴住，就叫我长久。你大哥小名叫大成，你是老三，叫三成，你大侄子小名叫大筛子，二侄子叫二筛子，这'成'，这'筛子'，和'长久'一个意思，都是要把小孩子留住。"现今世界上能张口说出我家两代小名的外人，大概只有他这位星宿了。

少顷，我把话打断，问："你老家住在什么地方？"

"西朝阳桥北，望鹤楼西边，跟哪几家为邻呢？估计你知道的，有项二爷家，他二儿子项达琳是你同学。有方家玉家，他大闺女方淑君也是射中毕业的。有殷奎家，他儿子殷家琪长得好高好高，在南京打球，得了一种怪病，对象是张家的，没来得及成婚，就去世了。有林大华家，他儿子林宝财，是射中毕业，考上南京师范学院，后来回射中教书。有惠乃青家，惠大姐去世了，前天我在街上碰到二姐惠振兰，在明达双语小学当过校长，那是台胞顾建东创办的。顾建东还创办了明达大学，校长是他的亲戚顾乡，也是作家，在你们北京工作，你的老街坊唐熙，嘿，被请去当书法教授……"

我又把话打断，问："你能讲讲老合德吗？"

"那要从抗日战争讲起。日本鬼子占领了合德，在轧花厂身底建了碉堡，老百姓叫'鬼子窝'，拉拢地方士绅，目的是收购棉花，运回日本，他们国家小，缺乏资源……"话题转到新四军打日本，那些革命健儿的名字、事迹，他如数家珍，头头是道，绘声图影。他是一九四九年出生，不可能亲见，皆为耳闻，难得他记得如此清晰。接着跳到我所在的西兴街，他说我大哥满腹文水，一表人才，"那文水要是分我半桶，我就快活上天了"。又说我父亲老实，不奸不滑，骨子里是读书人，传我爹爹的代。说到五六十年代的街道领导，如韩栋，如高志成——我眼前立马浮出二位青壮时代的模样——他说："高志成健在，九十大几了，你要有时间，不妨见见他。"

我不再插话，任他手挥目送，信马由缰。

他说到南灶，北灶，那是早先盐民的区划；说到东分哨，西分哨，那是日本鬼子的哨卡；说到三角镇，五丈河，息心庵，耦耕，瞢塘，老剧场，晨光桥，三步两个桥，那都是我小时候脚板底踩踏过的地方，是心灵的磁场。

记忆唤醒记忆，由息心庵，我忽然想到老街上的一个测字先生，姓铁，左手写字，诨名"撇爪子"。我旁观他给一个乡下汉子算命，论定"父在母先亡"，汉子说，"不对，我老子死了，我老妈还在。"铁先生拈须微笑，"我没有说错，我说的正是你父亲走在你母亲的前面。"由老剧场，又想到一个昔日的孩子王，姓耿，大名就免提了，性极豪莽，孔武有力，更有一项说不出口但让一帮顽童佩服得五体投地的特异功能：冲天一尿，高出屋脊。

长久子承父业，在一个民俗乐团吹喇叭，交游广阔，遍及九流三教，五行八作。鲁迅有言："人生识字糊涂始"。长久不识字，凡事靠耳闻，靠目睹，靠脑袋瓜收集归纳存储，世间百态，众生百相，望闻问切，无师自通。这聪明就显露在他的外貌上：白面方额，眉清目朗，伶牙俐齿，淡定雍容，今年七十有四，看上去，仅五十出头。他是老合德的"百科博士"，逝去的时光委托他叙述，在座者有他的知交好友张庆云，不时点拨几句，引领话题，于是谈兴更浓，口若悬河，舌灿莲花，假如条件许可，兴许能连续讲上几天几夜。他应该学说书的，我想，才华当不在单田芳、刘兰芳之下。尤其是，因为远离文字和权力的干扰，说出的话，清爽，本真，筋道，这是上乘的文体，活生生的民间口头文学。

我想，长久今天一定很过瘾：卞某人专门从京城过来听他讲小镇掌故。长久他有所不知的是，我在聆听之余，还悄悄干着另一件私活——如果你是马尔克斯，如果你是莫言，这当口正是想象力大放异彩的时候。我呢，实话实说，只是把他的讲话打乱拆散，从中截取挑选，重新排列排版，挪移空间，复位磁场，拼成一幅我翘首企盼望眼欲穿的画面：儿时的背景图。

张庆云

我只记得他的姓，以及大约地址，住在桥南街小菜场的对过。

前月返乡，在饭桌上与人谈起，没想到他还有点小名气，有几个上了年纪的，认识他。

进一步打听，他八十四五，思想新潮，爱玩微信，这就好办，三花五绕，终于在"云端"相逢。

传去一篇《孤本记忆》，写少年往事的，里面有他熟悉的郭本富，而且他和本富的大哥本荣交好，时常结伴外出旅游——他判断我找他的动机，正如该文所说，"为了抢救民间记忆"。

他开始在微信里谈自己的过去：祖辈三代赤贫，父亲卖烧饼油条，哥哥是老党员，当过桥南街书记。他只读到小学四年级，曾经去南京闯荡，先进工厂，后进饭店，少年郎当，吃不了异乡那份苦，遂又回到合德。一度摆旧书摊谋生，和唐光浩合伙。问都卖什么书，答说从社会上收购，啥都有，比如《辞海》《康熙字典》、高尔基《童年》《在人间》《我的大学》、巴金《家》《春》《秋》、鲁迅杂文集等。由是爱上阅读，手不释卷，目耕舌诵，俨然成了大知识分子，也由是在尔后"大老粗最光荣"的年代吃尽苦头。他的合伙人唐光浩走的是文学创作的路，经数年沉浮、磨砺，眼界日宽，腹笥渐丰，嗣后移居无锡，改名唐灏，成了著名影剧作家。而他，凭着财务经验和核算能力，进了县油化厂，当会计。

上网查唐灏："江苏射阳人，1945 年出生，自学函授完成大专学业，拉过板车，做过小工，插过队。1984 年开始发表作品，2003 年加入中国作家协会，著有长篇纪实文学《远东国际大审判》《毛泽东中苏结盟之行》《周恩来万隆会议之行》《乔冠华重返联大之行》，电影文学剧本《肝胆相照》《周恩来万隆之行》《中国法官》《华夏使者》《共和国第一外交使命》《来日重聚首》《远东国际大审判》《驼峰天使》等。"

《隋唐演义》写好汉秦琼，落难他乡时也有过出售胯下黄骠马的凄惶——唐灏家庭成分高，初中毕业即失学，这里所谓"做过小工"，应该包括卖旧书吧。

此番同庆云先生见面，畅谈过往，讶然发现，他居然"位卑未敢忘忧国"，唐人刘叉诗云："野夫怒见不平处，磨损胸中万古刀。"他不，年虽耄耋，胸中那把"万古刀"犹自铮铮作响，这就使他和常人隔了维度，成了小镇老叟中的另类。末了，我问他：

"我俩是什么时候认识的？"

他说知道我的名字，记不得打过交道。

我几番想说，又忍住。

事实是：一九六四年八月，我考上北大，他来我家，要买我的高中课本，以及平时积攒的杂志、小说。

"你上大学了，这些书对你已经没用。"

我不卖。这是我学业的基石，精神的驿站，心头的肉，我怎么舍得出售呢。待他走后，我把一应书籍打捆，存放于内室的搁棚。

大一暑假回来，那捆书没有了，问母亲，说是被我一个姓张的朋友买走了。

我跌足嗟叹不已。

这事长埋心底，不思量，自难忘。

如今时过境迁，我不怪张庆云——敲锣卖糖，各干一行，他吃的就是旧书的饭，为了"货源"，自然要挖窟打洞，锲而不舍，现代人称之为企业家精神。也不怪母亲——她只说那捆旧书占地方，碍事绊绊，莫如卖几个小钱，不晓得在我是无价的宝贝。尤其听庆云先生说起合伙人唐光浩——唐灏，我一个激灵，心头一热，如某首谣曲所唱，"我被青春撞了一下腰，扭得飞花随着白云飘"，顿觉眼前天女散花，花团锦簇，花明柳媚，花好月圆。青春万岁！理解万岁！回过头来，我不仅不埋怨母亲，反而要感谢她老人家，那批旧书既然是我"一个姓张的朋友"所需，给得对，给得好。回到唐人刘叉的另两句诗："日出扶桑一丈高，人间万事细如毛。"那批旧书，在未来的动荡岁月，即使不送去旧书摊，也很难历劫幸存。何况书摊的二摊主唐灏是我从小就结识的挚友——他日后加入中国作协，正是我介绍的——在他那段艰难竭蹶的日子里，我的那捆书籍，或许曾解他一时疗饥御寒之急，不失为缘网中的区区一折"相濡以沫"。

母校，永远的大本营

——在射中八十周年校庆大会上的发言

母校走过了八十年，一个八十岁的老学生有幸出席这个盛会，证明我与时俱进——与母校的时间表俱进，母校八十，我八十，母校九十，我九十，母校一百，我一百……这是任何力量都无法改变的。面对这么多如花似玉的青少年，证明我生命中还有春天，还有明天——你们的春天，就是我的春天；你们的明天，就是我的明天。

我曾经说过："少年比的是才气，中年比的是学问，老年比的是人品人格。"同学们青春年少，风华正茂，才气纵横，我来，是来呼吸大家蓬勃的朝气、淋漓的元气。老师们年富力强，才高八斗，传业授道，我来回炉——回炉这个词，有些同学可能不懂，待会儿讲。我，以及比我年纪大的老师、学长（如在座的季汉田、王源泉老师，滕宽海、韩朝良学长），或同届或略微小一些的同学，无疑是老了，但大家能从四面八方赶来赴这个盛会，证明心有母校，没有忘本——这也是人品人格。

稍微发挥一下，前些日有媒体采访，问我最近在干些什么。

我告诉他，每天都在爬山，学问的山。也许爬十米，也许爬一米两米，也许，爬一厘米，两厘米，总归是在爬。可以想象，山，愈来愈高；路，愈来愈陡；空气，愈来愈稀薄。这时候，最渴望的是什么呢？是大本营，是补给站。

言归正传，我来射中，就是把母校作为我的大本营，补给站。这不是哗众取宠，不是信口雌黄。举例说，今年三月份，我来射阳，是采访老同学，老朋友，写我的早年回忆。其间，我给刘浩校长打了一个电话，说："我要去射中听一堂课。"

刘校长问我："听什么课？"

我说："听化学。"

大家也许好奇，为什么听化学？

答案是：我来回炉，重新补课。

高中，我选择文科，放松了数理化，其中放得最厉害的，是化学。

后来吃亏的是谁呢？当然是我。因为毕业之后，日常生活，衣食住行，哪一处也离开不了化学；生命也是如此，造化的硬核就是化学；即便是写作，也离不开化学的炉火纯青，百炼成钢，点石成金，从量变到质变。

因此，我不能原谅自己，生活也不能，写作也不能。这种失误，小里说是辜负师恩，大里说是知识自残。是以，我在耄耋之年，选择重返母校，再当一回学生，再听一堂化学课，既是对昔日化学老师（周维华）送上一份姗姗来迟的道歉，也是对少年无知、轻率的忏悔性补救。

当天是朱洪文、杨超两位校长陪我听课；讲课的，是陈国庆老师；课堂，是高一（3）班。事后，我写了一篇散文，准备在这个会上发表。今天，时间所限，我不能讲得太多，只是打一个招呼，学生不管年纪多大，母校，永远是我的大本营，补给站。母校的各位校长，永远是我的校长；母校的各位老师，也永远是我的老师！

谢谢！谢谢！

也是不亦快哉

中秋节晚上，日月岛举办音乐会。谁知到了下午，天空就飘起了雨花，而且越飘越稠，越密，始于霏霏，进而洒洒，终至飒飒。想：这音乐会还怎么演？

撑了伞，前往现场，但见人头攒动，摩肩接踵，一律穿着雨衣，打着雨伞，而且挥着手里的荧光棒，与天空的雨、台上的演员跺脚互动，齐声放歌。

这样的景象在城里哪能看到？

这样的故乡大野你以前哪能看到？

我也禁不住同声相应手舞足蹈起来。

访问西兴街五十年代的老书记、如今九二高龄的高志成先生，听他叙说当年街道历届领导班子成员，如李善书、王学诗、韩栋、马兆宏、许步仁、陈德富、李桂林、周乃荣，以及街坊王长德、姜文佐、于国成、朱珍兰等，那些风干石化多年的名字，又一一在我脑海里复活。

其间，高夫人王为英老太太拉着我的手，一边使劲拍打，一边大呼大叫："哎呀喂！今天见到你，真是太阳打西边出。从前，我和你的奶奶无话不谈，和你的妈妈亲如姐妹，好得不得了！那年你考上大学，你大嫂前边生了五个男孩，可巧又生了一个女儿，都说是双喜临门……"

这一切，对于我，像是梦里的情节，又像是老电影的倒带。

季云飞是我的高中同窗，一九六四年高考落榜，在乡下教小学。八十年代初，曾专程前去看望，以后就失了联络。

晚年，每次回乡，都动心寻找，奈何尘海滔滔更茫茫，一点踪影也没有。

这次，仰政府帮忙，按"名"索骥，终于查到了同名同姓者的户口。是不是我要找的季云飞，尚不能确定。于是，一个电话打给他的二儿子季红来："请问，你的父亲季云飞是不是射中一九六四届毕业的？"

"是啊，你问这干什么？"

"老同学卞毓方找他。"

红来心忖："哪儿来的一个'变'同学，'变'只怕是'骗'，这年头电话诈骗多，专找老人下手，莫非……"

红来远在河北创业，当即，连夜赶回了射阳老家。次日午前见到登门拜访的我，笑了："原来是'卞'伯伯，不是'变'。"

迎面一片花海。偏巧我是花盲，认识的，不超过一打。赶巧早晨刚下载了一个手机识花软件，正好现炒现卖，一路对着陌生的花儿拍照，"咔嚓""咔嚓"一阵过后，它们的形与名，统统上了我手机的"花名册"。

转回身，发现遍地霞飞锦舞，色泼香喷，比先前更觉浓艳了十分；有几朵受宠若惊、得意而忘形的，竟然笑出了声。

哈哈，想必花儿和人类一样，也喜欢出名吧。

于是，我又冲着它们幸福的笑靥，大拍特拍起来。

"您就是那个扒着门缝看戏的卞老?"

宾馆门前，邂逅一位老者——也称不上老，比我年轻得多。

"是啊。"我笑了，他一定看过我的回忆《门缝里看戏》，《射阳报》转载过的。

"请问，您是——"

"您不认识我，我姓陈，老家泰州的，搬过来才二十多年。"

"那么，您怎么会认出我?"报纸上又没有刊登照片，我想。

"年初，请朋友帮忙，加入您的微信，您公号的文章附有近照，我都看熟了。"

啊，原来如此。互联网把世界连为一体，只要加入一个微信群，"天涯"立马就成了"比邻"。

有友来访，谈起我月前创作的《射阳大米赋》，我告诉他："已请人译成英文、日文。其中有些句子，如'万物无米不结籽，五谷无米不成粮'，用的是拆字法，'米'加'子'为籽，'米'加'良'为粮。又如'阳射光耀普世，德合泽惠四方'，是把'射阳''合德'两个地名倒过来用，外文很难直译。"

"那怎么办？"朋友问。

"高明的译者自有办法，"我说，"诗经、楚辞、唐诗、宋词，哪一项好翻？现在不都有了多种外文译本。越是难，才越见出汉语言的精妙和译者的功夫，我们不必为它伤脑筋。"

在庆祝母校八十周年暨高质量发展大会会场，见到一个熟悉的面孔，刹那愣住，想不出他的姓名。

对方自报家名："我是汪祥喜，小时候跟你一起光屁股玩水的。"

哇！当今世上，能说出这光荣经历的，绝对没有几个。

隔天，祥喜给我引来了陈鼎，也是儿时的玩伴。

陈鼎进门就说："我今天来负荆请罪。"

怎么回事？

陈鼎说："小学五年级，一天课间休息，我玩砸石子，一不小心砸中了你的后脑瓜，当下鲜血直流，吓得我迅速溜回家，几天不敢上学。"

记得后脑瓜被人砸过，记不得是被谁砸的，伤无大碍，过两天就好了。我也没去追查，记忆里，跟陈鼎一直是两小无猜的金兰之交。

陈鼎今日旧事重提，是为了把背了六十多年的歉疚卸下。我感慨他的真诚，悟得这也是人生一缘。

缘从何来？陈鼎高中毕业入伍，去过越南前线，立过战功，转业回家，安排在街道居委会，对我家颇有照拂；尔后他担任镇房管所所长，又特意点招了我的长兄出任保管员。我长兄私塾出身，一个阿拉伯字母也不识，肯定为陈鼎增添了不少麻烦——这其间，焉知没有我和他的情分在。

祥喜也是高中毕业入伍，海军，复员后辗转在交通、信访、法院等部门工作，热爱摄影与写作。祥喜给我最大的惊喜，是居然翻出了我八十年代写给他的两封信——足见挚友的真情。或许回京后，我也能在书橱的某个角落翻出他当初的来函吧。

母校八十，我八十（虚岁），我的同班学友，也多数处于这个年龄段。是以，庆典次日中午，我假座千鹤湖酒店，办了一个"集体欢度八十岁"的生日宴会。

出席的有陆汉城（一九六三届）夫妇、魏乃明夫妇、杨忠茂夫妇、余学玉夫妇、孙佐夫妇、季云飞夫妇，以及胡礼海、孙志祥，以及我新结识的文友、射阳高级中学的崇俊先生与其爱人。

崇俊夫妇带来了一捧鲜花，宴散，我将它交给了孙佐。孙佐与孙志祥同行，途中，他又把花转给了志祥。志祥家住黄尖，夫人身体不适，未能前来聚会。

第二天一早，孙佐来电，转告志祥的话，说他夫人接到鲜花，激动得不得了，精神顿时焕发，身体好了许多。

这功劳是崇俊夫妇的。

这功劳是孙佐的。

这功劳也是孙志祥的，他一定借花献佛，把鲜花说成是我们全体同学对他夫人的祝福。

我应该早就想到这一点的——现在补说也不晚，谨借这篇短文，为志祥夫人送上一句真诚的祝福。

附　录

"宁静默默致远"

——记卞毓方先生一次乡行

两双布满皱纹的手，穿过岁月的风尘，紧紧地握在一起。

"昨晚一夜没睡着，真是做梦也没想到，你还能来找我。"说话的，是季云飞先生，曾任当地小学老师，退休后在老家三角镇务农。

"我可是一直梦见你，每次回来，都想着要找你，直到昨天，才得知你的下落。"回答的，是卞毓方先生，当今著名文化学者。

他俩少年时是射中同窗，一九六四年高考，卞毓方进了北大，季云飞落榜。原本，季云飞打算次年再考，遂一边在小学代教，一边积极复习。一九六五年初夏，他听了错误的消息，以为落榜生要有两年劳动资历才能报考，竟稀里糊涂地放弃了。再到后来，世事浮沉，他就此断了念想，安心在小学任教，一干就是四十年。

季云飞是全才，语数政体，哪一科都能教，哪一科都教得很好。但要论他自己最爱教的，当数音乐课。他说，音乐能使人快乐，在那段艰苦的岁月里，和孩子们一起纵情放歌，让他觉得每一天都有盼头。

八十年代初，卞先生曾来看过季云飞。而后，渐渐断了音讯。

八月里，卞先生返乡，跟我说要寻访当年的老同学，尤其是季云飞。他说寻找很是艰难，时移世易，老同学们大多都搬了家，更有许多人早已不在射阳。但先生并未放弃，仍旧耐心地寻访查找。

今天得偿所愿，两人都很激动。季先生感慨道："道路虽有坎坷，只要咬牙挺过来，终究还是幸运的。我做了一辈子教师，边教书边务农，在学校里哪科缺人就主动教哪科，甚至一个人兼三四科，从来不叫苦。退休后，我也不服老，至今承包着二十多亩水稻田……"

"哦，怪不得此处稻香四溢、诗韵甚浓，"卞先生开怀大笑，"我刚才一看见你门前直挺挺的水稻，就知道你必然身体硬朗、精神焕发，庄稼如其人嘛。"

季先生闻言亦大笑，"刚退休时，在城里住了一阵儿，可这儿的稻田似乎总在心底逗引着我回来——人是要有所依傍的，心灵无处着落，人是会枯萎的。我这辈子，就像稻子一样长在这片土地上，既从土地中获取养分，又竭尽所能来回报它。有一阵儿，村里水井瘫痪，村委会拿不出钱来，我垫资了两万块疏通水井，并义务担任水井管理员，村里十多年再也没断过水……现在我和老伴既种水稻，也栽果树，每年这树上结的果子多得吃不完，我和老伴就挨家挨户地送给乡邻。我总说，咱这辈子能给子孙后代留下点啥呢？无非是清清白白地做一世人，干干净净地留下一个好名声。"

饭后，卞先生提出要去他家远处的田垄上看看。于是，大家相跟着走向天空与稻田交汇的地平线。天上的白云十分应景地铺排开去，与地上这一行人遥遥相应，清清爽爽的金风从田间拂过，翻涌起层层稻浪，雨后松软湿润的泥土上，留下了一串深深浅浅的脚印……

十月二日，江苏省射阳中学建校八十周年，学校举行高质量发展大会，来自全国各地的校友代表齐聚一堂，共话母校辉煌历史，再叙当年深情厚谊。

卞先生作了即席发言。讲话中，他寄语在场的青春学子，"少年比的是才气，中年比的是学问，老年比的是人品人格"，更称自己此行"是来呼吸大家蓬勃的朝气、淋漓的元气"的，引得现场一片欢笑与掌声。

卞先生又提及自己之前接受采访的一段经历，说自己现在"每天都在爬山，学问的山。也许爬十米，也许爬一米两米，也许，爬一厘米，两厘米，总归是在爬。可以想象，山，愈来愈高；路，愈来愈陡；空气，愈来愈稀薄。这时候，最渴望的是什么呢？是大本营，是补给站。"先生言辞恳切，足见对母校情笃意深，亦使得众人拊掌称赞。

值得一提的是，在所有发言嘉宾中，卞先生是唯一即席发挥而无需读稿的，以至于会后主办方向先生索要底稿，先生只能以"全在脑中，无从奉上"作答。为不使工作人员为难，先生托我根据现场录音帮忙整理。

我受命于先生不敢不谨慎从事，然而这份工作实在轻松，先生声音洪亮，思路清晰，语言精妙，只要照实记录即可，并不需额外删改校正。

后来才知道，贾平凹先生早年在文章中评价卞先生，"说话没有习惯性的口语，且层次分明，一句是一句，似乎都经过了深思熟虑，记录即可成文件"。

流散四方的旧时同窗，在母校建校八十周年时再聚首，彼此也都步入了人生的八十春秋。这次回乡前，卞先生就打定主意，要借此机会举办一次特殊的宴会，邀请所有能来的老同学一起庆祝母校和自己的八十岁生日。通过多方联系，陆汉城、魏乃明、胡礼海、杨忠茂、孙佐等一众射中老校友夫妇悉数到场，前几日登门拜访的季云飞夫妇也应邀前来，一个甲子前在射中校园里指点江山、挥斥方遒的同学少年们，如今在射阳千鹤湖酒店的宴会厅里高谈阔论、语笑晏晏了。

承蒙先生抬爱，我与妻子也参加了这次重逢盛会。席间，恭闻诸位贤达诉说往昔情谊、岁月沧桑，情感为之激荡，内心深受触动——"欢笑情如旧，萧疏鬓已斑"，除却已经谢世和因身体原因等不能前来的，当年故交已大多在此。母校校庆为当年星落云散的老朋友们提供了再聚首的宝贵契机，先生的苦心安排更让似断梗流萍飘零半世的旧日同窗在这寥廓的秋季执手相看，共叙桑麻。

相聚的时光总是美好而短暂，但年长者的分别相较年轻人多了几分庄重和体面。在宴会行将结束时，大家决定合影以为纪念。作为宴会主人，卞先生提议合影时女士坐在前排、男士站在后排，得到了现场绅士们的双手赞成。在女士落座后，大家纷纷推让卞先生站到后排中间的C位，先生连连摆手，拒绝了众人的盛情，最终只站在旁边。

我忽然想起见过其他几张先生的合影，好像都是这样默默地站在后排的一侧，大抵先生向来如此吧。席散后，我与先生谈及此事，他只淡淡说道："这不很自然吗，老同学聚会，没有那些穷讲究。"

前次，卞先生返乡，应邀作《射阳大米赋》，其中有句云："淡泊寂寂明志，宁静默默致远；津津已然乐道，蒸蒸正在日上。"先生这是化用了四句成语，赋予其新的境界。现在想来，这四句既是先生对射阳大米特质和射阳人精神的妥帖概括，更是先生自己为人和为学的精妙写照。

崇俊

代跋：日月岛放飞

晨起，一拉窗帘，扑睫而来的芳草，蒙蒙茸茸，芊芊绵绵，如茵，如绣。仔细看，每片叶儿，都托着挑着晶莹的露滴若珠；每颗露珠，又都映着一簇金箭似的霞光若锦。仿佛——瞬间想起禅宗的一桩公案，世尊在灵山拈花示众，众皆默然，惟迦叶独得谛旨，破颜一笑。嘿，这儿不是迦叶，是草叶，草木不经花传，直接悟道：这是北纬三十三度的初夏，它们正迎来生命最豪奢的挥霍。

满怀激动，且感喟，索性走出茅庐（诸葛亮在隆中高卧的那种），走近草坪，贪婪地欣赏：遍地浓翠，不仅占据了空间，也占据了时间，不仅染碧了肺叶，也染碧了过路的风，觅食的鸟，游荡的云与影，像梵高《星空》的画境。

久蛰城市的钢筋水泥丛林，难得看到这份恣意潇洒、超凡脱尘的绿。

绿是生命的底色。啊，文学艺术也有生命，它们的底色也应是绿。绿是自然。绿是生机。绿是橄榄枝。绿是康乃馨。

当然还要有红。红是热烈。红是奔放。红是鲜血。红是火炬，大纛，阳光。你看，就在这一望无际的绿毡绿毯中，也穿插了一片姹紫嫣红。那是精心设计的"花龙"，"花凤"，迷霞错彩，艳艳欲燃。如果说景观也有韵律，讲究抑扬顿挫，那么，草木是抑，花卉是扬，茅庐是顿，曲径是挫。

曲径走到尽头，是一排五彩斑斓美轮美奂的建筑：风味餐厅、时尚茶社、精品书画轩、日月畅想馆、太空乐园等。左侧，毗连亦旷达亦野趣的绿地广场、月牙湖泊、彩虹滑道、梦幻码头；右侧，邻接诗意浓郁的竹海梵音、紫薇花海、逝去的年轮、侨驿桥。这都是供游客打卡的，心情想怎样放飞线路就怎样自由组合。

我是来寻求宁静——近来，写作陷入困顿，表现为神经疲乏，思路艰涩，灵感枯竭，遂趁返回老家射阳之机，暂时抛开，找了这处清幽闲雅如桃源仙乡的民宿，给混沌的大脑放几天假——因此，径直穿过景区大门，穿过环岛跑道，避开晨练的红男绿女，专拣荒僻小路走。走走就走远了，这是一处原生态的乡野，风景是三百六十度的，全方位的。天，出奇地蓝；水，意外地清；花，任性地红；鸟，纵情地喧。仰看，云淡风轻；移步，傍花随柳；左眄，小桥流水；右睇，残菊疏篱。哎，这一切，这一切，仿佛在哪儿见过——仿佛？仿什么佛？蓦然又想起了那桩公案，弟子迦叶已然莞尔，而我，千载之后的我，犹茫茫然如当初的众位弟子，满脸惶惑，一头雾水——噢噢，想起来了，想起来了，这是唐诗宋词的经典场面，儿时谙熟了的，借助

《芥子园画谱》画惯了的，夜阑梦回动辄悠然神往的，如今真真切切、清清新新、爽爽朗朗地呈现在眸底，活似唐人宋人哪部卷帙间滑落的一幅插图。

转而怅然，若有所失的是，啊不，若有所得的也是，其间点缀了若干或立或卧或秀或皱的"飞来石"，以及或挺或偃或盘或曲的古木，以及杜甫草堂式的茅舍、野渡无人而自横的扁舟……提醒我这仍是景区的辖地，出于匠心的独具。

大美，在于经意与不经意之间。

我把自己扔在这隅乡野，忘了写作，忘了浮名，忘了餐饮，也忘了翻看手机……直到暮色如烟才学倦鸟归巢。

次日，我把自己交给了湖上摩托艇，交给了粼粼、湛湛、浩浩与汤汤。孔子说："仁者乐山，智者乐水。"我乐水，居京最爱的是昆明湖；卜宅，首选的是临河；旅游，最喜的是览海观潮。但我绝非智者，相反，亲近的人都说我呆头呆脑，傻里傻气。这不，驰艇碧波，我一路乘风破浪，一路傻傻地引吭高歌，把平生的所学所听所记，挨个儿唱了一遍，管它五音不全，管它忘词跑调，旁若无人，旁若无神无仙无世界。唱完了，实在想不出还剩哪首没唱了，便一改为狂吼。古人钟爱啸，撮口作声，"天门一长啸，万里清风来"，何等豪阔！"抬望眼，仰天长啸，壮怀激烈"，又是何等慷慨！奈何我嘴笨，学不来，只好作粗喉大嗓的吼。我把小艇泊在湖心，奋举双臂，昂首挺胸，状若拼命三郎，赌足丹田的元气，将雄浑滂沛的"啊"音拽成幽幽沉沉的"吽"

（读ōu），及之渐微渐弱，犹自循环往复，声声不息。

恍惚觉得，天和地应，云驻风歇。

"老先生好肺活量！"邻艇一位后生真诚地点赞。

"见笑，见笑，"我转身拱手答谢，"不过是把平常积攒的废气吐掉罢了，换一腔湖上的新鲜空气。"

这一吐纳，又得浮生半日闲，得大释放，大空明。

第三日，值农历十七，正逢周末，晨起，景区人流暴涨，我一反常态，专拣人多的地方凑热闹。行至美食厅，也进去尝几式，似乎觉饱，也似乎仍饿，皆因过了这村，就没这店；行至茶社，也入内饮一盏，不为解渴，只为品味；行至书画轩，也一步三停兴致盎然地浏览，感慨高手在民间；行至太空乐园，我有点犯怵，这是儿童世界，老人似乎不宜，正犹豫进还是退，一队红领巾打园内拥出，告别天地玄黄，宇宙洪荒，告别日月双丸，星辰大海，乌睛，闪闪亮，脸蛋，扑扑红，胸脯，微微挺，一场事关太阳系事关银河系的航天梦，在心头暖洋洋地孵化开。这种场合，若用一句广告词，就是："地球人进去，太空人出来。"

忽地联想到文学，一切优秀的作品，都要有助于读者的精神与梦想飞扬。

是日晚间，中学校友王君请我野餐，地点设在湖畔花汀。彼时，红日西沉，余晖在野，高树夕照宛若灿灿的烛焰，雀鸟返窝，流萤初飞，灯火乍明犹暗，晚风薄凉，暗香浮动。少顷，月上东天，光华似水，倒影入湖，随波幻相。回看，车流，不，人流（车辆进不了景区），似钱塘涨潮滚滚滔滔鼎鼎沸沸而来，汇聚身后的绿地广场：那里即将揭幕音乐晚会。

王君是诗人，诗人置身良辰美景，犹如李白面对玉液琼浆，说出的话，也凝练，精粹，诗性十足。他说：

日，是后羿射日的孑遗。月，是嫦娥奔月的寒宫。你要是问我：谁能坐实这一点呢？哈哈，自然是传闻，是神话。唯有这个岛，千真万确，是东海扬尘的结晶。其质，为沙，为泥。泥腴生草，草高成木。有凤来仪，百鸟和鸣。岛外是水，是那种海奔洋立、鱼咏龙吟、漭呼漭吸的前世记忆。这就是日月岛的原始家当。其他的，您也看到了，都是踵事增华，是规划，是新建。怎么样，看气色，您这几天休息得不错，接下来，该回归您的创作了。

岛是自然生成，取名日月，上通天心，下接地脉，辟为园林，装点山川，美化生活。我说，我是作家，我想得更多的是，地球本身就是太空的一座孤岛，一轮日，一丸月，一座岛，囊括了红尘的基本要素。人生在世，唯钟"卿云烂兮，糺缦缦兮"的自转及公转，唯爱"日月光华，旦复旦兮"地过日子。说到创作嘛，问岛知陆，问月知日，举一隅而三反，触类而旁通，这几天转悠下来，直觉灵感女神已来到门外，我听到了她的娇憨喘息，仿佛她跑得太快，有点儿迫不及待——脑海又浮出那则禅林掌故，我非佛教徒，在我看来，佛就是醍醐灌顶后的觉悟。此时此地，在我心里，佛即是日月岛，即是岛上的一草一花，一景一色。王君心有灵犀，粲然一笑。于是乎碰杯，为日月岛的赐福，为创作瓶颈的突破。王君是酒，我是茶，一杯又一杯，一杯又一杯，恍兮惚兮，不知今夕何夕，俯兮仰兮，不知此月何月。

卞毓方

2024 年 6 月 23 日